古典文獻研究輯刊

十一編

曾永義 主編

第5冊

論石崇及「金谷園意象」的形成與衍化

陳婉玲 著

國家圖書館出版品預行編目資料

論石崇及「金谷園意象」的形成與衍化／陳婉玲 著 -- 初版 --
新北市：花木蘭文化出版社，2015〔民 104〕
目 2+160 面；19×26 公分
（古典文學研究輯刊 十一編；第 5 冊）
ISBN 978-986-404-111-4（精裝）
1.（晉）石崇 2.學術思想 3.文學評論
820.8   103027542

ISBN-978-986-404-111-4

9 789864 041114

古典文學研究輯刊
十一編 第 五 冊   ISBN：978-986-404-111-4

論石崇及「金谷園意象」的形成與衍化

作　　者 陳婉玲
主　　編 曾永義
總 編 輯 杜潔祥
副總編輯 楊嘉樂
編　　輯 許郁翎
出　　版 花木蘭文化出版社
社　　長 高小娟
聯絡地址 235 新北市中和區中安街七二號十三樓
　　　　 電話：02-2923-1455／傳真：02-2923-1452
網　　址 http://www.huamulan.tw 信箱 hml 810518@gmail.com
印　　刷 普羅文化出版廣告事業
初　　版 2015 年 3 月
定　　價 十一編 29 冊（精裝）台幣 52,000 元

論石崇及「金谷園意象」的形成與衍化

陳婉玲　著

作者簡介

陳婉玲，1982 年生，台中豐原人。國立成功大學中國文學研究所碩士，本文為碩士學位論文。現職台南一中國文科教師，發表過〈在紅海與藍海之間——論石崇「仕」與「隱」的矛盾與衝突〉（南市哲學學會第五屆學術研討會：記憶藍海——事件、社群與現代性）。

提　　要

　　在西晉殊奇的時代背景中，石崇人格與行事隨宦途波折而轉變，觀其一生，遊走於「雅」與「俗」之間，二元對立的矛盾與衝突，使其生命既超越又沉淪。在石崇身名俱歿後，詩人為其留下詩篇，記載金谷盛事，結合著豪奢、多情與惋惜的「金谷園意象」在歷經各朝各代型塑後，最終收結在富貴繁華、侈麗豪奢的單一形貌中，成為現今我們所熟知的「金谷園意象」。

　　本文旨在探討「金谷園意象之形成與衍化」，為通透「金谷園意象」，需重返歷史真實，在史學基礎下，綰合地理場域與當代人事，循線探察文學的豐厚意涵。故本論文前半以「石崇」為核心，論其時代背景、考其家世淵源，透過《晉書》及各地宗譜，溯其先世、追其後代，進而追索抄家滅族後是否仍有石氏遺族？其次，繫其年譜，分析石崇人格與行事的裂變與轉折。另藉由傳世文學，了解其交友狀況與應世心態；後半以「金谷園」為核心，從當代金谷園之地理環境、人物活動、宴飲唱答等起筆，延伸討論南北朝、唐、宋、元、明、清等歷代詩歌對於「金谷園」的關注重心與評議。

誌　謝

　　多少回，想見執筆誌謝的時刻，將名鏤上，疲憊塵封，讓「金谷園意象」悄悄站上館中書架，和前輩共振、共鳴、共吟唱，偶爾陽光灑落，暈開一地回憶，屬於這些年的美好與焦慮，在光影變幻間靜默展演。

　　三年前，慕江老師之名，悠遊《世說》海，享受聽課的喜悅，亦在嚴謹的學術討論中煎熬，紮實的訓練與學習，為日後研究奠定穩固基石。猶記得老師允諾收我為徒的興奮與激動，滿懷鬥志以為能戰勝一切困挫。然而，繁重的工作壓力，淚水交織的教甄生活，我幾度放棄三年畢業的信念，是老師的溫柔堅持，給足力量，要我義無反顧前行。撰寫論文的日子，「息交絕友」是老師的殷殷叮嚀，每當莫名的焦慮襲捲心頭，老師的提點與鼓勵，總能安撫徬徨不安的情緒。論文撰寫期間，溫馨關懷更不曾少，即使身體微恙，仍心繫著論文進度，悉心指導，沒有江老師的帶領，這本論文無法順利完成，誠摯致上感謝，也盼老師身體健康、寬心平安！感謝蔡老師、昌明老師，口考當天所給予的寶貴建議，老師們的溫柔敦厚，提攜後輩的用心與體貼，我深深感受，亦滿懷感恩。

　　三載光陰，漫長而又短暫，旅程的起點只為圓一個未完成的夢，而其歷程意外照見動人的愛與關懷，那麼就以感恩做為故事的結尾。感謝娘家父母兄姊，一路陪伴，成為我心靈的重要依靠；感謝公公、婆婆的包容與支持，用具體行動關照生活點滴；感謝婆婆的美味晚餐，溫飽著身體與內心。感謝為我遮風擋雨、灑掃煮飯、心靈輔導、無悔伴讀、南征北討的信宏，謝謝你在我埋首撰寫論文，又一面與教甄奮力拚搏時，始終給予最適切的支持與鼓勵。彷徨焦慮、沮喪失落，總因有你，我才能在挫敗中堅定信心，在跌倒後

勇敢站起。千言萬語，無法盡訴，但我深知你都能懂，曾經，家事由你包辦，自落筆完成誌謝的這一刻，全由我承接。三年，那麼漫長、又那麼短暫，感謝有你相伴。

　　一本論文，二種身份的轉換與調適，數場教甄的煎熬與失落，而今回首，全皆雲淡風輕。感謝老師、家人，豐富亮麗了我生命的每一刻。論文口考日，父親生日時，謹以此論文，獻給最疼愛我的父親，感謝您的栽培，祝　生日快樂！永遠快樂！

目

次

第一章　緒　論

第一節　研究動機與目的

　　魏晉遞嬗之際，英雄與名士以其瀟灑風流活躍於歷史舞台，所爲見於青史，所言載於翰墨，生命縱然殞落，其言其行依然閃耀。常人論及魏晉，喜引用宗白華〈論《世說新語》和晉人的美〉，言其爲「中國政治上最混亂、社會上最苦痛的時代，然而卻是精神史上極自由、極解放，最富於智慧、最濃於宗教熱情的一個時代」〔註1〕。二元對立的矛盾與衝突，表現於時代，也展演於人格行事中，於是一種既超越又沉淪的生命情態，熱烈活躍於歷史長流。

　　英雄與名士，論者不乏其人，縱觀西晉，有些名士，評議負面，觀其所爲，又深具影響力。世代交替間，歷史的人物形貌在時間中隱褪，轉以文學形象活躍於典籍——石崇正是如此人物！武帝太康元年（公元 280 年），西晉滅吳，表面上的政治統一，帶來了相對穩定的十年。是年，石崇三十二歲，因伐吳有功封安陽鄉侯，其間山濤屢薦，推爲中庶子、太子衛率，據考，此二官職，需具「忠篤、有文武、有信義」等條件，石崇能爲山公屢薦，知其行事當屬正向有爲。然，自武帝司馬炎崩殂（公元 290 年），惠帝司馬衷即位，此後，新一波的動盪接續而生，石崇生活其間，行事與人格，皆在紛亂中悄然變化。

〔註 1〕宗白華：〈論《世說新語》和晉人的美〉，《美學的散步》，合肥市：安徽教育
　　　　出版社出版發行，1994 年 12 月，頁 269。

　　交斬美人、蠟燭作炊、鬥富爭豪……，多年以來我們借劉義慶之筆，片面閱讀石崇，卻忘了進一步追索，在功臣子身份及穎悟有財等條件外，石崇人格上、經歷上的裂變與轉折。觀其人格行事，既貪財戀名、卑佞殘忍，卻又雅好文學、慷慨任氣，石崇究竟有何魅力，使其卓然於西晉士人中？元康六年，石崇登高一呼，金谷雅集的繁華盛景，在文學史上融鑄鮮明印記。由於金谷園集會持續時間短暫，所留存之詩歌作品及文獻記錄相當有限，加之以石崇個人傳世詩作未見豐贍，以至於後世難以對其人、其園進行全面研究，故歷來文學史對此部分的探究，相較於其他主題逐顯寡少，如俞士玲於《西晉文學考論》一書中以爲：

> 西晉時廣爲人知的文人集團和文人聚集無疑是石崇的「金谷之會」、賈謐的「二十四友」，但在筆者看來，「二十四友」是賈謐爲纂修晉史而羅致的有名人士，其間眾賢的爲數很少的詩作都不足以代表他們的成就；「金谷之游」則以親友俊彥宴游吟咏的形式爲後人響往追隨，而眞正對有晉一代文學風貌產生影響的文人集團和聚會，主要有：晉武帝的華林園之會、以張華爲中心的同好之會和以陸機、陸雲爲中心的同鄉之會。〔註2〕

由於政治色彩過於濃烈，加之以傳世詩作不豐，因此文學史上對於石崇詩文的討論相當有限，論者多集中於〈王明君辭〉、〈金谷詩序〉及〈思歸引〉，其他酬唱詩文則多半略而不論。至於金谷宴遊，文學史中雖能肯定其重要性，然亦多梗概介紹，關於石崇或其金谷園，今未有專書專論之。對於石崇的研究，馬良懷於《魏晉文人講演錄》中提到：

> 石崇這個人在文學史裡一般是不被關注的，但作爲西晉文人典範，石崇是比較突出的一個。〔註3〕

馬良懷以「典範」一詞稱譽石崇，似是給予了過高的評價，然不可否認地，石崇的人格特質，相當程度地反映了當時世風及士人心態，這點馬良懷所言確實能引人共鳴。其又言：

> 石崇年輕時也曾有「士當身名俱泰」的抱負，但生活於一個不辨是非的年代，石崇也就逐漸地意志消沉，滑向了追逐財富和聲色犬馬的生活之中。……總之，石崇是一個有缺陷的文人，譬如他的搶劫

〔註2〕俞士玲：《西晉文學考論》，南京：南京大學出版社，2008年9月，頁214。
〔註3〕馬良懷：《魏晉文人講演錄》，桂林：廣西師範大學出版社，2009年3月，頁159。

財富，揮霍無度，甚至擅殺奴婢等，都是應該批判的，但這又恰好
反映出西晉文人的人格特徵，因此他是西晉文人中的一個典型。……
現在人們在探討魏晉文人的時候，一般都很少去關注石崇。實際上，
石崇的生活方式是非常文人化的。他的文，尤其是他的〈金谷詩序〉，
在歷史上是非常有名的。……可見〈金谷詩序〉在兩晉時期的地位
很高，影響也很大。〈金谷詩序〉是我們研究西晉時期莊園經濟的珍
貴資料。……我們不能因爲他的人品來否定他的文學成就和當時文
人中的重要位置。〔註4〕

人格與作品的高度不對襯，是後世研究者在面臨西晉文人與作品時的一大矛
盾。文不必如其人，文學的高度與成就，亦不因人格高尙或卑劣而有所異，
使文學歸文學，人格歸人格，這似乎是對亂世人物一種較公允、亦較爲同理
的對待。因此，倘若以石崇爲圓心，「金谷園」爲半徑，次第拓展，則有助深
化對西晉文學的認識。從歷史背景起筆，綰合歷代詩作，以「金谷園」爲書
寫主題的論文，目前尚付闕如，故筆者希冀在現有材料及前賢研究上，多面
且完整地呈顯石崇複雜的歷史形貌，藉此重返當年歌舞昇平的金谷園，一窺
當代盛景，進而探求世代遞嬗間「金谷園意象的形成與衍化」。

第二節　研究現況回顧與展望

　　關於西晉文學，歷來評價褒貶不一，鍾嶸《詩品》稱此時期爲「文章之
中興」〔註5〕，然劉勰評述與之相對，以爲：「晉世群才，稍入輕綺，張、潘、
左、陸，比肩詩衢，采縟於正始，力柔於建安，或析文以爲妙，或流靡以自
妍，此其大略也。」〔註6〕大抵而言，劉勰對於晉代文學總體評價不高，然肯
定當時作家輩出，才能超卓，「綺靡」二字約可概括西晉文學風格。檢閱西晉
研究，不論政治、文學或文化，前賢著力甚深，研究成果亦多如繁星，今就
「西晉文學」、「石崇及其金谷園」二面向，綜合整理現有研究成果。

〔註4〕參考整理自馬良懷：《魏晉文人講演錄》，桂林：廣西師範大學出版社，2009
　　　年3月，頁159～160。
〔註5〕【南朝梁】鍾嶸著、陳延杰注：《詩品注》，北京：人民文學出版社，1961年
　　　10月，頁1。
〔註6〕【南朝梁】劉勰著、范文瀾注：《文心雕龍注》，北京：人民文學出版社，1958
　　　年9月，頁67。

一、西晉文學研究

　　研究西晉詩、文，清代嚴可均輯《全上古三代秦漢六朝文》〔註7〕、丁福保《全漢三國晉南北朝詩》〔註8〕及近人逯欽立輯校《先秦漢魏晉南北朝詩》〔註9〕，為詳整之詩文集成。文學史部分，近人劉師培有《中國中古文學史講義》〔註10〕，其重視原始材料，廣搜各代評論，力求評論者與評論對象時代相近，如此，方能對比分析各種見解，使評論趨於客觀完善。對於西晉文學的研究，著重於作家寫作風格的繼承關係，劉師培以為西晉文人在為人處世及文章寫作等方面，皆有學習效仿的對象。王瑤《中古文學史論》〔註11〕中有〈潘陸與西晉文士〉一篇，其以獨特觀點分析西晉文學，論述甚為精深。餘尚有專論魏晉一朝者，如張仁青《魏晉南北朝文學思想史》〔註12〕、季羨林《20世紀中國文學研究・魏晉南北朝研究》〔註13〕、趙玉萍《魏晉南北朝文學發展研究》〔註14〕、徐公持《魏晉文學史》〔註15〕等。翻檢各本文學史，關於西晉作家的研究，通同點在於多使論述聚焦於三張、二陸、兩潘、一左。

　　除文學史介紹外，以專書專論西晉文學者，研究面向大抵有二：其一，「全面概論」，此以宏觀視角論述西晉文學，或對此時期之作家、士人進行歸納與分析，如陳美朱：《西晉之理想士人論》（國立成功大學中國文學研究所碩士論文，1995年）、日人佐藤利行：《西晉文學研究》（北京：中國社會科學出版社，2004年）、葉楓宇：《西晉作家的人格與文風》（上海：上海三聯書店，2006年）、俞士玲：《西晉文學考論》（南京：南京大學出版社，2008年）、孫明君：《兩晉士族文學研究》（北京：中華書局，2010年7月）等。其二，「局部分論」，以時代為區段，針對單一時期或部分作家進行討論。前者如檀晶：《西

〔註7〕【清】嚴可均校輯：《全上古三代秦漢三國六朝文》，北京：中華書局，1999年6月。下引《全上古三代秦漢三國六朝文》，皆據此本，不另作註。

〔註8〕丁福保撰：《先秦漢魏晉南北朝詩》，臺北：世界出版社，1962年。

〔註9〕逯欽立輯校：《先秦漢魏晉南北朝詩》，臺北：木鐸出版社，1983年。下引《先秦漢魏晉南北朝詩》，皆據此本，不另作註。

〔註10〕劉師培：《中國中古文學史講義》，臺北：南桂馨出版，1936年。

〔註11〕該書完成於1948年，1951年由棠棣出版社出版。王瑤：《中古文學史論》，臺北：長安出版社，1986年。

〔註12〕張仁青：《魏晉南北朝文學思想史》，臺北：文史哲出版社，1978年12月。

〔註13〕季羨林、張燕瑛、呂薇芬主編：《20世紀中國文學研究・魏晉南北朝研究》，北京，北京出版社，2001年12月。

〔註14〕趙玉萍著：《魏晉南北朝文學發展研究》，成都：四川大學出版社，2009年8月。

〔註15〕徐公持：《魏晉文學史》，北京：人民文學出版，1999年。

晉太康詩歌研究》（北京：中國社會科學出版發行，2009 年）；後者針對單一作家進行研究者，對象眾多，舉凡張華、傅玄、張載、張協、左思、潘岳、潘尼、陸機、陸雲等，均有專書、專論，據其人格、文風、詩文主張及影響深入研究，此不一一列舉。

二、石崇及其金谷園研究

　　歷史陳跡中，西晉文化、文學與人物都曾引發熱烈討論，然而相較於三張、二陸、二潘、一左的顯著關照，與石崇相關的論述顯得寡少。至於「金谷宴遊」與「蘭亭雅集」的研究數量，前者又少於後者。綜合與「石崇」及「金谷園」相關論述，整理現有研究成果如下：

（一）石崇及其作品研究

李光富：

〈論石崇的縱情享樂及其社會環境〉，《成都師專學報》，第 4 期，頁 23～34，1998 年

徐公持：

〈石崇與二十四友〉，《魏晉文學史》，北京：人民文學出版社，頁 327～333，1999 年 9 月

盧靜：

〈石崇詩淺論〉，《社科縱橫》，第 4 期，頁 72～73，2000 年

馬以謹：

〈石崇「王明君」詩探源〉，《逢甲人文社會學報》，第 2 期，頁 187～206，2001 年 5 月

張愛波：

〈論石崇人格特徵的多元性〉，《甘肅社會科學》，2007 年第 1 期，頁 151～155，2007 年

晁成林：

〈祿利誘因下西晉士人人格衝突範型的文本關照──對讀石崇的《王明君辭》和《楚妃歎》〉，《學科新視野》，頁 125～128，2007 年 12 月

夏芒：

〈石崇：奢我其誰〉，《領導文萃》，頁 100～102，2010 年 10 月

譽高槐、廖宏昌：

〈石崇之歷史原貌及文學形象演變探微〉，《北方論叢》，2010 年第 6 期，頁 25～28，2010 年

戴東明：

〈石崇巨富探因〉，《聊城大學學報》（社會科學版），2010 年第 2 期，頁 100～102，2010 年

李乃龍：

〈詩序範型與西晉名士剪影——論《思歸引序》的雙重價值〉，《賀州學院學報》，第 27 卷第 1 期，頁 67～69，2011 年 3 月

關於石崇討論，大抵不出「汰侈」、「逸樂」兩大主題，環繞於此，遂有人格衝突、文學形象等研究，在前賢基礎上，得明顯看見石崇的複雜人格與行事已逐漸受到重視，其中譽高槐、廖宏昌：〈石崇之歷史原貌及文學形象演變探微〉一文，跨足文學領域，探其形象轉變。然而，關於石崇家世、系譜等相關考證，則是較少受到關注的，此部分之研究仍有待開發。傳世文學中，討論重心多落於〈王明君辭〉、〈楚妃歎〉、〈思歸引序〉等詩篇，透過上述詩作，得一窺石崇幽微的應世心態。除此，石崇尚存部分贈答詩，鮮少為人所關注，然此類詩歌卻是交遊與處世心態的重要參考，因此，有關贈答詩的分析與討論，亦為本文關注處。

（二）金谷園研究

1. 遺址考

謝剛：

〈梓澤與金谷〉，《語文學習》，頁 47～49，2011 年 1 月

李根柱：

〈金谷園址新考〉，《洛陽理工學院學報》（社會科學版），第 26 卷第 4 期，頁 1～5，2011 年 8 月

關於金谷園遺址，今有謝剛及李根柱兩位學者進行相關考證，前者指出「梓澤」與「金谷」乃相臨之兩地，推測石崇除有「別廬」亦有「別業」〔註 16〕；後者則明確指出「金谷」所在地「發端於今洛陽市孟津縣橫水鎮東南，貫穿常袋鎮長谷中」〔註 17〕。有關金谷遺址考，大陸學者在地理實

〔註 16〕謝剛：〈梓澤與金谷〉，《語文學習》，2011 年 1 月，頁 47～49。

〔註 17〕李根柱：〈金谷園址新考〉，《洛陽理工學院學報》（社會科學版），第 26 卷第 4 期，2011 年 8 月，頁 1～5。

查之優勢中能發新意，其研究成果可做爲古籍閱讀的重要輔助，有助掌握金谷遺址。

2. 宴遊考

張金耀：

〈金谷遊宴人物考〉，《復旦學報》（社會科學版）第 2 期，頁 128～132，2001 年

按石崇〈金谷詩序〉所云，元康六年金谷雅集，與會者共三十人，然由於《金谷詩集》已佚，與會諸人除留下詩文記錄者及史傳提及者，餘皆湮沒不可考。張金耀藉各項間接史料，推測與會者名單，按其在場可能性區分爲：「有可能在場」、「不太可能在場」與「絕不可能在場」三層次，由於金谷雅集與會諸人不乏二十四友成員，故查考金谷集會成員，亦有助掌握二十四友名單。

3. 二十四友考

江建俊：

〈在超脫與沉淪之間——以「玄」的角度解讀「賈謐與二十四友」〉，《成大中文學報》，第 7 期，頁 1～30，1999 年 6 月

隋秀玲：

〈從「二十四友」看西晉文化精神與文學風貌〉，《鄭州航空工業管理學院學報》第 27 卷第 5 期，頁 16～19，社會科學版，2008 年 10 月

張珊：

〈從魏晉官制背景看「二十四友」的出現〉，《殷都學刊》，頁 31～35，2009 年

俞士玲：

〈賈謐「二十四友」性質考〉，《陸機陸雲年譜》，北京：人民文學出版社出版，頁 168～184，2009 年 2 月

徐公持：

《浮華人生——徐公持講西晉二十四友》，天津：天津古籍出版社，2010 年 6 月。

「二十四友」的集合，反映著時代的風氣與石崇的應世心態，藉此得照看當世之官制與時代背景，其中江建俊先生於〈在超脫與沉淪之間——以「玄」

的角度解讀「賈謐與二十四友」〉一文中，提出精要見解，其以為：在二十四友幽暗隱微的人性裡，需以「素論」、「清議」予以檢驗，方能詮解二十四友既超脫又沉淪的矛盾與衝突，且二十四友有「玄心」而無「玄德」，是以在「全生」與「護志」間兩相失落。

4. 文化意義相關

周海平、韓廷俊：

〈略論「金谷之會」的重要意義〉，《常熟高專學報》，第 3 期，頁 78～81，2002 年 5 月

劉慶華：

〈從《金谷詩序》、《蘭亭集序》看兩晉文人的生存選擇與文學選擇〉，《廣州大學學報》（社會科學版），第 5 卷第 3 期，頁 91～96，2006 年 3 月

那秋生：

〈適我無非新──從《金谷詩序》到《蘭亭集序》〉，《閱讀與寫作》， 第 7 期，頁 37，2009 年

王亞風：

〈金谷集會的文化意義〉，《安徽文學》，第 6 期，頁 159～160，2011 年

張金耀：

《金谷與蘭亭──晉代文人集會個案研究》，復旦大學碩士學位論文，1998 年 5 月

在金谷集會的「浮華」表象下，其背後的文化意蘊與文人的生存選擇，都成為後世研究的一環，其中由於集會形式近似，「金谷」與「蘭亭」屢屢合併討論。從西晉到東晉，「慕賢」、「慕達」、「慕雅」之風暢行於世，故金谷集會的文化意蘊日顯重要。前賢研究指出，金谷集中呈現的多為個人逸樂之滿足，飲酒、娛樂、賦詩為集會的重要活動，此後，蘭亭集循此模式，在仰觀宇宙、俯視人生中，深化著對生命不永的思考。從金谷至蘭亭，活動間的默契成為一種文化，生命的沉潛與反思亦在此中完成。

5. 金谷園詩作探析

黃菊芳：

〈詩與歷史──唐詩人筆下的「金谷園」〉，《國立編譯館館刊》，第 28 卷第 2 期，頁 27～43，1999 年 12 月

侯豔：

〈從金谷詩到蘭亭詩——兩晉文人山水生態審美之漸變〉，《甘肅社會科學》，頁95～98，2011年第5期

關於「金谷詩」的討論，大抵分爲兩部分：其一，元康六年作於金谷園之詩；其二，以「金谷園」爲題之金谷詩。前者旨在透過詩歌了解兩晉文人照看山水的心態轉變，後者跳脫金谷場域，討論詩人解讀金谷園的視角。

綜合上述研究成果，得發現各家文學史對於西晉文學之研究，褒貶觀點不一。貶抑者，多以爲此時期作品不足以論，故多略談；肯定者，則多集中於三張、二陸、兩潘、一左的關照。然，關於石崇在文學方面的表現，論者多集中於〈王明君辭〉、〈金谷詩序〉及〈思歸引〉，其他酬唱詩文則多牟略而不論，此或與石崇作品太牟散佚及其人格之負面評述有關。翻檢各版本文學史，徐公持《魏晉文學史》一書，可說是文學史中對於石崇論述較爲詳盡、亦較爲全面者，因此，關於石崇的論述與介紹，此書地位相當重要。專書部分，徐公持：《浮華人生——徐公持講西晉二十四友》一書，以二十四友爲主軸，敍其本事，談其交友、行爲與性格，作爲二十四友的指標性人物，書中對石崇其人、其事多所介紹。除上述專書外，相關研究多集中於期刊，現有石崇研究，多從時代、生活行事與人格進行討論，至於石崇詩歌研究關注者，現有之研究有：2000年盧靜發表〈石崇詩淺論〉、2001年馬以謹著有〈石崇「王明君」詩探源〉、2007年晁成林發表〈祿利誘因下西晉士人人格衝突範型的文本關照——對讀石崇的《王明君辭》和《楚妃歎》〉、2011年李乃龍著〈詩序範型與西晉名士剪影——論《思歸引序》的雙重價值〉。「金谷園」議題，自1995年起迄今，研究面向涵括五大領域：遺址考、宴遊考、二十四友考、文化意義及金谷園詩作探析等方面。「金谷園」做爲一宴遊場地，在遊賞逸樂等功能下，園林藝術亦融於日常生活中，成爲後世的重要研究。倘若以時間爲序，前後連結，「金谷遊」、「蘭亭集」亦得前後呼應、比較異同。再使研究視角向上提升，論其「文化意蘊」，則西晉之獨特風貌將躍然紙上。前賢研究範疇與成果大抵將論述焦點集中於西晉當朝，唯黃菊芳：〈詩與歷史——唐詩人筆下的「金谷園」〉與吳秋慧：〈唐代文士的「金谷」印象〉兩篇研究，跳脫金谷發生時地，轉以唐人詩筆重新召喚金谷園意象，透過詩歌傳唱，歷史陳跡有了新的詮釋與運用。相較於三張、二陸、兩潘、一左的顯著研究，石崇及其金谷園的相關命題仍有諸多討論空間，在前賢之研究基礎上，本論文

希冀結合歷史與文學，從史地金谷園起筆，一探歷代詩人對於金谷史事的不同閱讀與感受，進而追索「金谷園意象」的形成與衍化。

第三節　研究步驟與方法

　　本文旨在探討石崇及「金谷園意象」之形成與衍化，在文學意象的衍化命題中，需重返歷史真實，回歸西晉金谷園，以縮合地理場域與當代人事。園林文化之所以傳世不朽，其因在於人物活躍其中，故欲了解金谷園所扮演的角色與地位，唯有深度了解石崇，方能透顯豐富的金谷意蘊。本文擬以石崇為出發點，論其時代背景、家世淵源與人格行事，從仕途進程，將政治活動、宴遊酬唱與人格轉變緊密連結。在全面的史學基礎下，循線探察文學的豐厚意象。

　　本論文材料來源，史部類書目以《晉書》、《三國志》、《資治通鑑》、《廿二史劄記》、《二十五史補遺》等為主要搜索範圍；子部類作品以《世說新語》為主；集部類作品廣攝魏晉迄清歷代詩作，舉凡《先秦漢魏晉南北朝詩》、《全上古三代秦漢三國六朝文》、《全唐詩》、《文苑英華》、《全宋詩》、《元詩選》等皆為檢索對象，此外另以《四庫全書》中當朝詩人別集、歷代詩歌選集互為補充。

　　本論文研究步驟主要分為兩部份，前半以「石崇」為核心，論其時代背景、家世淵源、交友狀況、人格特質與詩文創作；後半以「金谷園」為核心，從當代金谷園之地理環境、人物活動、宴飲唱答等起筆，延伸討論歷代以「金谷」或「金谷園」命題的「金谷詩」。

　　研究方法如下：關於「石崇」論述，以史傳記錄為底本，從西晉歷史發展中，照看人物行事之準則與應世心態。查考西晉作家，舉凡三張、二陸、二潘、一左，皆有家族世系及繫年專書，獨石崇闕如。故本論文以問題法起筆，對石崇先世與後代提出疑問，復以文獻考探法及歸納法，據史傳資料及各地宗譜建構「石崇系譜」，藉此溯其先世、追其後代，以明抄家滅族後是否仍有石氏遺族？其次，廣搜西晉史料，從時代環境與社會風尚佐證石崇之人格與行事，匯整歸納以成「石崇年譜」。透過完整之世系研究及生平繫年，得了解石崇其人及應世心態，進而探究人格上的極端轉變。在透徹的分析歸納下，完整建構一個正直的、侈靡的、多情的、殘忍的、卑佞的石崇形貌。最後，再據石崇文學印證其幽微的心理活動與處世思維，於是遂能深度了解常人眼中的汰侈人物其本有之多樣面貌。

　　有關「金谷園」命題之研究方法，先以「西晉」金谷園起筆，論其地理位置、興起與特色，再從當代人物的心理活動與文人集會，述其人文與文化。接續在問題法出發下，對「金谷園意象」的形成提出疑問，如：「金谷園意象」形成於何時？歷代詩人在不同的視野關照中，如何詮解金谷事典？自南北朝以後，其間又經過了何等的漫長衍化？論文中將據「中國古籍基料庫」檢索各朝各代「金谷園詩」，歸納並分析不同時代背景及不同主體心靈，在閱讀同樣的金谷事典時，有著如何的閱讀視角。文末以綜合分析法，串連「金谷園意象」的形成與衍化，以見其文學生命力。

第二章 石崇本事

　　繁華落盡，西晉史事消亡，歷史的眞相自記憶淡出，然而關於石崇的鬥富行徑，卻以《世說》爲載體不斷傳唱。於是，複雜、分裂的行事風格及人物性情，在時代淘洗下，逐漸凝煉爲汰侈、殘忍的單一形貌。倘欲跳脫文學的渲染與誇飾，照看歷史人物濃於眞情的一面，必得綜合西晉史事，以歷史爲經，事件爲緯，遂得發其幽微。

第一節　太康、元康時之政治環境

　　「政失準的」[註1] 語出羅宗強《玄學與魏晉士人心態》，其以簡約四字，爲西晉士人依違兩可的應世觀做了絕佳說明。由於西晉世局的建立，肇始於三司馬以不義手段取得政權，在以司馬氏爲首的汝潁集團篡取曹氏爲首的譙泗集團後，西晉政權宣告成立。忠義失衡造成朝廷綱紀瓦解，政局混亂導致士子生命價值失卻依歸，遂使平天下的終極理想，及修身、齊家的基礎亦隨之動搖。

一、忠義失衡的政治情勢

　　追述史事源頭，自曹芳正始十年（公元 249 年），至魏元帝曹奐咸熙二年（公元 265 年），此十六年間，表面上由曹氏家族任掌君位，實則政權旁落司馬氏。若再將時間撥到曹芳嘉平三年（公元 251 年）至曹髦甘露二年（公元 257 年），七年中發生了三次大規模的變亂事件。第一次事件始於嘉平三年四

〔註 1〕羅宗強：《玄學與魏晉士人心態》，台北：文史哲出版社，1992 年 11 月，頁 182。

月，王凌謀立楚王曹彪（曹操子）於許昌，企圖與掌控洛陽的司馬氏對抗，豈料司馬懿以急行軍壓制，五月，王凌失敗自殺。六月，楚王曹彪自殺，是年八月，司馬懿病逝。後，其子司馬師繼權擅政，殺夏侯玄，廢曹芳，爆發第二次變亂，並立十二歲曹髦為帝，時曹髦年幼，大權先後掌於司馬師、司馬昭兄弟手中。第三次變亂，由諸葛誕發起，出兵討伐司馬昭，諸葛誕兵敗被殺。曹髦及長，對司馬昭日生不滿，作《黃龍歌》。魏甘露五年（公元 260年）四月，曹髦召見王沈、王經、王業三人，語：「司馬昭之心，路人所知也！吾不能坐受廢辱，今日當與卿自出討之。」〔註2〕曹髦不顧郭太后及眾臣反對，率三百餘宮人伐之。未料，王沈、王業先行奔走以告司馬昭，司馬昭派兵防衛，雙方會於東止車門，中護軍賈充在南闕下率軍迎戰曹髦，賈充命成濟殺之，曹髦殞，年僅二十歲。隨後，司馬昭以皇太后郭氏名義下詔，加諸罪狀於曹髦，一時之間輿論譁然，司馬昭遂將弒君之罪轉嫁予成濟，以「大逆不道」誅成濟一族。後，立曹奐為帝，此時，司馬氏大權幾已穩固。有關曹髦受刺一事，《資治通鑑》載：

> 昭聞之大驚，自投於地，太傅孚，犇往，枕帝股而哭，甚哀，曰：「殺陛下者，臣之罪也。」昭入殿中，召群臣會議。尚書左僕射陳泰不至，昭使其舅尚書荀顗召之。泰曰：「世之論者，以泰方於舅，今舅不如泰也。」子弟內外咸共逼之，乃入，見昭，悲慟。昭亦對之泣，曰：「玄伯，卿何以處我？」泰曰：「獨有斬賈充，少可以謝天下耳。」昭久之曰：「卿更思其次。」泰曰：「泰言惟有進於此，不知其次。」昭乃不復更言。〔註3〕

對此，羅宗強分析：

> 誰是弒君的主犯？無疑是司馬昭自己。王沈和王業賣主告密之後，司馬昭顯然已經作了周密的安排，賈充的一切行為，當是根據司馬昭的佈置，他只是一個執行者而已。〔註4〕

史書的記載，將當時激烈的政權移轉過程清楚呈現，若再輔以羅宗強對事件的解讀，則可揭露弒君實情實導於司馬昭。為使該事件圓滿落幕，司馬昭擬借重陳泰名望，尋求解決之道，豈料陳泰以斬殺賈充回應。賈充乃司馬昭心

〔註2〕【宋】司馬光編集、【元】胡三省音註：《資治通鑑》卷77，臺北：藝文印書館印行，1955年，頁1187。下文引《資治通鑑》語，均據此本。

〔註3〕【宋】司馬光編集、【元】胡三省音註：《資治通鑑》卷77，頁1187～1188。

〔註4〕羅宗強：《玄學與魏晉士人心態》，台北：文史哲出版社，1992年，頁192。

腹，陳泰此言，固不可行，於是事件解套關鍵落於成濟身上，成濟臨刑前心懷憤懣，大罵不已。坦言誅殺賈充之陳泰，其生命亦在該事件不久後殞落。其因緣何，歷來研究多對史書所載持保留態度，史事真相既無從查考，後世遂又多了層解讀空間。

司馬昭卒後，子司馬炎為相國，於魏咸熙二年十一月迫使曹奐禪讓，改國號晉，西晉世局於焉確立。總體而論，晉初以不義手段竊取政權，已為日後禍敗亂亡預留伏筆。且，為取得世家大族的認可與支持，門閥士族按官品得享免除賦役的特權，士族犯罪，依其身份與地位，得減刑、免刑，甚或以金錢贖罪，錢之妙用無窮，無形中助長了物質慾望的高漲。忠義失衡的政治局勢，使得西晉士風走向「士無特操」的混亂局勢中。對此，李曉風在〈西晉士風與文壇風氣〉〔註5〕一文中寫道：

> 西晉士人大多和政局關係密切，但卻沒有什麼是非原則和操守觀念，不講忠直、不顧名節，只以自身利益為中心，攀附權貴，不擇手段謀求利祿，對國家的利益於不顧，貪圖世俗生活的享受。用石崇的話來說，便是「士當身名俱泰」，這就是他們人生的準則和目標，而具體表現在行為上就是求名、求利、保身、放蕩以及追求飄逸情趣。

又，馬良懷於〈最具人格缺陷的群體——西晉文人〉一文中，也論及同樣概念，其言：

> 在司馬氏代曹的過程中對名士的大肆殘殺，尤其是殺嵇康，這個對西晉的文人影響非常大。我們看竹林文人，雖然他們是生活在一個極其殘暴的年代，但是他們的是非準則是非常清晰的。他們還有一種理想追求，就是人生還有目標在，還有理想在，尤其是他們的精神層面，對理想人格和精神境界的追求非常突出。但是，隨著嵇康的被殺，竹林之風也就徹底瓦解了。……西晉時期的文人是在最世俗的層面生活的一群文人。他們既沒有竹林文人那種超越世俗的人生追求，也沒有建安文人的那種為拯救天下蒼生去建功立業的遠大抱負。他們是在最世俗的層面，同時也是在最自私的層面來安排自己的人生，而這一變化和特點又與他們生活的時代有著緊密的關係。〔註6〕

〔註5〕見於李曉風：《陸機論》，鄭州：中州古籍出版社，2007年8月，頁21。

〔註6〕馬良懷：〈最具人格缺陷的群體——西晉文人〉《魏晉文人講演錄》，桂林：廣西師範大學出版社，2009年3月，頁149。

在評價西晉世人前，時代背景的掌握實有助我們了解人物的心理變化及行事
準則。推敲晉初用世心態之扭轉，除受清談風氣影響外，政治勢力的推衍尤
顯重要。西晉建國前，嵇康被殺、阮籍病卒，「越名教任自然」的反禮教代表
成為絕響。嵇康的「非湯武而薄周孔」及其不仕、不合作，最後使得生命走
向消亡，然而生命殞落所帶來的衝擊，直接撼動著向秀行事態度，其懼禍入
洛，使得中心信仰產生矛盾。面對政權之移轉，向秀以變節，展現「應變順
和」的智慧，《晉書・向秀傳》載：

> 康既被誅，秀應本郡入洛。文帝問曰：「聞有箕山之志，何以在此？」
> 秀曰：「以為巢許狷介之士，未達堯心，豈多慕。」帝甚悅。秀乃自
> 此役，作〈思舊賦〉。〔註7〕

面對司馬昭提問，向秀阿諛之以堯為喻，表明自己在堯的帶領下當全力配合。
向秀內心的轉變與衝突，在〈思舊賦〉的深層蒼涼裡一覽無遺。通透歷史真
相，得清楚照見士子用世心態的衝突與轉變。從前理所當然地為國盡「忠」，
此刻竟已成極大矛盾。這種由積極入世、為國盡忠，逆轉為以個人為依歸，
實是面對現實社會不得不然的全生之道。由此可見，此時期之用世思維，早
與傳統「濟世救民」相距甚遠，「仕」與「不仕」，已非表象所見單純。「仕」
的心態略可分為兩種：其一，為求全生避禍，隱藏真實想法，是以表面為官，
實則哀痛欲絕。其二，銳意事功，卑佞求取，然事功之建，非在濟世救民，
而是走向個人名利的追尋。前者如向秀，後者如石崇。「不仕」亦非對民生的
全然冷漠，而是對統治階層之不公不義，提出的消極反抗。是以欲觀石崇用
世心態，則需著眼於西晉一朝，欲通透西晉士人處世思維，則需放大視野，
整體觀照，倘能如此，則石崇用世心態之幽微轉變則可清楚照見。

〔註7〕【唐】房玄齡等撰：《晉書》卷49，〈向秀傳〉列傳第19，臺北：鼎文出版社，
　　　1976年，頁1374～1375。下文引《晉書》語，均據此本，不另作註。該事件
　　　另載於《世說新語》〈言語〉18：嵇中散既被誅，向子期舉郡計入洛，文王引
　　　進，問曰：「聞君有箕山之志，何以在此？」對曰：「巢、許狷介之士，不足
　　　多慕」王大咨嗟。劉孝標注引《向秀別傳》：後康被誅，秀遂失圖，乃應歲舉，
　　　到京師，詣大將軍司馬文王。文王問曰：「聞君有箕山之志，何能自屈？」秀
　　　曰：「嘗謂彼人不達堯意，本非所慕也。」一坐皆說，隨次轉至黃門侍郎、散
　　　騎常侍。余嘉錫：《世說新語箋疏》，台北：華正書局，2003年11月，頁79。
　　　以下凡引自此書之內容，皆於引文後直接作註，註腳處僅標註書名、篇名、
　　　頁碼。為免文章過於繁瑣，注或箋疏直接列作者與論述，不另加註頁數。

二、汰侈競奢的社會風尚

　　自武帝掌政以來，雖曾施行禁奢返儉的律令，然因未能以儉克己〔註8〕，且豪奢者多爲政治重臣，是以雖有儉約之心，卻落於不得管制的窘境。孔子曾言：「政者，正也。子帥以正，孰敢不正？」〔註9〕又言：「其身正，不令而行；其身不正，雖令不從。」〔註10〕當晉之政權取得已失卻正當性，加之以君王本身不修私德、好色縱欲，即使深知以儉立國之必要，甚至在執政初期亦曾以儉爲德匡正天下，末了卻是無疾而終，且默許了奢靡世風的流行，以奇爲貴、以富爲貴，且成皇親國戚、世族大家的生活常態。在西晉短暫的盛世中，汰侈人物不勝枚舉，上起武帝，下至開國大臣、外戚、名士、佞臣等，莫不以競侈鬥富爲高，試觀西晉汰侈事例：

> 何曾：性奢豪，務在華侈。帷帳車服，窮極綺麗，廚膳滋味，過於王者。每燕見，不食太官所設，帝輒命取其食。蒸餅上不坼作十字不食。食日萬錢，猶曰無下箸處。人以小紙爲書者，敕記室勿報。劉毅等數劾奏曾侈忕無度，帝以其重臣，一無所問。〔註11〕

> 何劭：驕奢簡貴，亦有父風。衣裘服玩，新故巨積。食必盡四方珍異，一日之供以錢二萬爲限。時論以爲太官御膳，無以加之。〔註12〕

> 何遵：性亦奢忕。〔註13〕

> 王濬：濬平吳之後，以勳高位重，不復素業自居，乃玉食錦服，縱奢侈以自逸。〔註14〕

> 王濟：性豪侈，麗服玉食。時洛京地甚貴，濟買地爲馬埒，遍錢滿之，時人謂爲金溝。〔註15〕又《世說新語・汰侈》載：武帝

〔註8〕　《晉書・后妃上》載：時帝多內寵，平吳之後復納孫晧宮人數千，自此掖庭殆將萬人。而並寵者甚眾，帝莫知所適，常乘羊車，恣其所之，至便宴寢。宮人乃取竹葉插戶，以鹽汁灑地，而引帝車。【唐】房玄齡等撰：《晉書》卷31，〈后妃上〉列傳第1，頁962。

〔註9〕　【宋】朱熹：《四書集註・論語》6，〈顏淵第12〉第17則，台北：藝文印書館，1980年，頁17。下文引《四書集註》語，均據此本。

〔註10〕　【宋】朱熹：《四書集註・論語》7，〈子路第13〉第6則，頁3。

〔註11〕　【唐】房玄齡等撰：《晉書》卷33，〈何曾傳〉列傳第3，頁998。

〔註12〕　【唐】房玄齡等撰：《晉書》卷33，〈何曾傳附何劭傳〉列傳第3，頁999。

〔註13〕　【唐】房玄齡等撰：《晉書》卷33，〈何曾傳附何遵傳〉列傳第3，頁999。

〔註14〕　【唐】房玄齡等撰：《晉書》卷42，〈王濬傳〉列傳第12，頁1216。

〔註15〕　【唐】房玄齡等撰：《晉書》卷42，〈王渾傳附王濟傳〉列傳第12，頁1206。

嘗降王武子家，武子供饌，並用琉璃器。婢子百餘人，皆綾
羅綺襦，以手擎飲食。蒸㹠肥美，異于常味。帝怪而問之。
答曰：「以人乳飲㹠。」帝甚不平，食未畢，便去。王、石
所未知作。〔註16〕

羊琇：性豪侈，費用無復齊限，而屑炭和作獸形以溫酒，洛下豪貴
咸競效之。〔註17〕

王愷：性復豪侈，以粕澳釜，作紫絲布步障四十里，用赤石脂泥壁。
〔註18〕

賈謐：負其驕寵，奢侈踰度，室宇崇僭，器服珍麗，歌僮舞女，選
極一時。〔註19〕

賈模：貪冒聚斂，富擬王公。〔註20〕

任愷：縱酒耽樂，極滋味以自奉養。〔註21〕

夏侯湛：湛族爲盛門，性頗豪侈，侯服玉食，窮滋極珍。〔註22〕

司馬柰：殖財貨，奢僭踰制。〔註23〕

司馬同：既輔政，大築第館，沈於酒色，驕恣日甚，海内失望。〔註24〕

何綏：自以繼世名貴，奢侈過度。〔註25〕

藉上述事例得見侈靡之風已在王宮貴族、豪門權貴間蔓延，上行下效，相沿成
風。有關侈靡之生活享受，劉義慶於《世說新語》中別立〈汰侈〉一門，以載
當世殊奇景致。在文學家的渲染與誇飾下，石崇的汰侈形象深植人心，自此，
有關石崇之歷史評議，漸與「侈靡」一詞不可分離，下載石崇汰侈事例：

〔註16〕余嘉錫：《世說新語箋疏》，〈汰侈〉3，頁878。

〔註17〕【唐】房玄齡等撰：《晉書》卷93，〈羊琇傳〉列傳第63，頁2411。

〔註18〕【唐】房玄齡等撰：《晉書》卷33，〈石苞傳附石崇傳〉列傳第3，頁1007。

〔註19〕【唐】房玄齡等撰：《晉書》卷40，〈賈充傳附賈謐傳〉列傳第10，頁1173。

〔註20〕【唐】房玄齡等撰：《晉書》卷40，〈賈充傳附賈模傳〉列傳第10，頁1176。

〔註21〕【唐】房玄齡等撰：《晉書》卷45，〈任愷傳〉列傳第15，頁1287。

〔註22〕【唐】房玄齡等撰：《晉書》卷55，〈夏侯湛傳〉列傳第25，頁1499。

〔註23〕【唐】房玄齡等撰：《晉書》卷37，〈宗室〉列傳第7，頁1089。

〔註24〕【唐】房玄齡等撰：《晉書》卷59，〈齊王同傳〉列傳第29載：（同）輔政，
居攸故宮，置掾屬四十人。大築第館，北取五穀市，南開諸署，毀壞廬舍以
百數，使大匠營制，與西宮等。鑿千秋門牆以通西閣，後房施鍾懸，前庭舞
八佾，沈于酒色，不入朝見。坐拜百官，符敕三臺，選舉不均，惟寵親昵……
於是朝廷側目，海内失望矣。……同驕恣日甚，終無悛志。《晉書·齊王同傳》，
頁1606～1607。

〔註25〕【唐】房玄齡等撰：《晉書》卷33，〈何曾傳附何綏傳〉列傳第3，頁1000。

石崇廁，常有十餘婢侍列，皆麗服藻飾，置甲煎粉、沉香汁之屬，無不畢備。又與新衣著令出，客多羞不能如廁。王大將軍往，脫故衣，著新衣，神色傲然。羣婢相謂曰：「此客必能作賊。」〔註26〕〈汰侈2〉

《世說新語‧汰侈》共十二則，其中反應「競奢」行為者有四，四則故事中，王愷與石崇競奢的篇章即占有三篇，試觀以下事例：

王君夫以粃糒澳釜，石季倫用蠟燭作炊。君夫作紫絲布步障碧綾裏四十里，石崇作錦步障五十里以敵之。石以椒為泥，王以赤石脂泥壁。〔註27〕〈汰侈4〉

王愷、石崇為顯其富，窮盡奢華之能事，如：「蠟燭作炊」、「錦步為障」等鬥富行止，都成為後世以金谷園宴樂為「侈靡意象」的材料。再如：

石崇為客作豆粥，咄嗟便辦。恒冬天得韭蓱虀。又牛形狀氣力不勝王愷牛，而與愷出遊，極晚發，爭入洛城，崇牛數十步後，迅若飛禽，愷牛絕走不能及。每以此三事為搤腕。乃密貨崇帳下都督及御車人，問所以。都督曰：「豆至難煑，唯豫作熟末，客至，作白粥以投之。韭蓱虀是擣韭根，雜以麥苗爾。」復問馭人牛所以駛。馭人云：「牛本不遲，由將車人不及制之爾。急時聽偏轅，則駛矣。」愷悉從之，遂爭長。石崇後聞，皆殺告者。〔註28〕〈汰侈5〉

上則載「為客作豆粥」原為鬥富事例，至北宋蘇東坡觀之有感，遂作〈豆粥〉抒其思。石崇、王愷競奢事例，又如：

石崇與王愷爭豪，並窮綺麗，以飾輿服。武帝，愷之甥也，每助愷。嘗以一珊瑚樹，高二尺許賜愷，枝柯扶疏，世罕其比。愷以示崇，崇視訖，以鐵如意擊之，應手而碎。愷既惋惜，又以為疾己之寶，聲色甚屬。崇曰：「不足恨，今還卿。」乃命左右悉取珊瑚樹，有三尺四尺，條幹絕世，光彩溢目者六七枚，如愷許比甚眾。愷惘然自失。〔註29〕〈汰侈8〉

翻檢《世說新語‧汰侈》事例，發現多數競奢行止皆發生於西晉中朝，由是得見當時國勢之盛與侈靡風氣之熾。這種競奢鬥富的表現，實是石崇「身名

〔註26〕余嘉錫：《世說新語箋疏》，〈汰侈〉2，頁877～878。
〔註27〕余嘉錫：《世說新語箋疏》，〈汰侈〉4，頁878～879。
〔註28〕余嘉錫：《世說新語箋疏》，〈汰侈〉5，頁880。
〔註29〕余嘉錫：《世說新語箋疏》，〈汰侈〉8，頁882～883。

俱泰」中「身泰」的極至展演。在追求物質享樂的同時，錢財的積攢成為必需。查考史傳，王衍、王戎、和嶠、庾敳等人都以愛財聚斂名顯一時。面對如此惡習，張華曾著〈輕薄篇〉，意欲譏刺當時世風，其言：

> 末世多輕薄，驕代好浮華。志意能放逸，貲財亦豐奢。被服極纖麗，肴膳盡柔嘉。僮僕餘粱肉，婢妾蹈綾羅。文軒樹羽蓋，乘馬鳴玉珂。橫簪刻玳瑁，長鞭錯象牙。足下金鑮履，手中雙莫耶。賓從煥絡繹，侍御何芳蕤。朝與金、張期，暮宿許、史家。甲第面長街，朱門赫嵯峨。蒼梧竹葉清，宜城九醞醝。浮醪隨觴轉，素蟻自跳波。美女興齊、趙，妍唱出西巴。一顧城國傾，千金寧足多。〔註30〕

又，魯褒亦感於「綱紀大壞，傷時之貪鄙」，作〈錢神論〉：

> 錢之所祐，吉無不利，何必讀書，然後富貴！昔呂公欣悅於空版，漢祖克之於嬴二，文君解布裳而被錦繡，相如乘高蓋而解犢鼻，官尊名顯，皆錢所致。空版至虛，而況有實；嬴二雖少，以致親密。由此論之，謂為神物。無德而尊，無勢而熱，排金門而入紫闥。危可使安，死可使活，貴可使賤，生可使殺。是故忿爭非錢不勝，幽滯非錢不拔，怨讎非錢不解，令問非錢不發。洛中朱衣，當途之士，愛我家兄，皆無已已。執我之手，抱我終始，不計優劣，不論年紀，賓客輻輳，門常如市。諺曰：「錢無耳，可使鬼。」凡今之人，惟錢而已。〔註31〕

當時，除張華、魯褒著文刺時，另有王沈〈釋時論〉、杜嵩〈任子春秋〉疾時之作。然清貞之士的大聲疾呼，終究掩沒在不可扼抑的時代潮流中，以侈靡為高的社會風尚，遂為西晉一大特色。後世史官為這段歷史，留下如是記載：

> 武帝初，何曾薄太官御膳，自取私食，子劭又過之，而王愷又過劭。王愷、羊琇之儔，盛致聲色，窮珍極麗。至元康中，夸恣成俗，轉相高尚，石崇之侈，遂兼王、何，而儷人主矣。崇既誅死，天下尋亦淪喪。僭踰之咎也。〔註32〕

忠義失衡的政權取得，加之以汰侈奢靡的時代風尚，西晉在其大一統的盛世表象下，暗藏著八王之亂、永嘉之禍等敗亡因子，觀西晉史事，不乏忠義清

〔註30〕張華〈輕薄篇〉，收錄於【宋】郭茂倩：《樂府詩集》，卷67，雜曲歌辭7，臺北：里仁書局，1999年1月，頁963。

〔註31〕【唐】房玄齡等撰：《晉書》卷94，〈隱逸列傳·魯褒〉列傳第64，頁2437〜2438。

〔註32〕【唐】房玄齡等撰：《晉書》卷28，〈五行中〉志第18，頁837。

明之人，然最終還是未能扭轉可遇見的危機，公元 316 年曾經終結漢末分裂的西晉王朝，正式走入歷史。然而，石崇的影響力未隨時代的結束而消亡，在浮競的西晉一朝中，在不可指數的汰侈事例裡，石崇成為最具代表性的汰侈人物，楊衒之《洛陽伽藍記》載北魏河間王元琛富貴驕人，甚至將前朝石崇做為比較對象，由此得見在西晉的侈靡風向中，石崇其人其事儼然成為侈靡的指標。文載：

> 琛在秦州，多無政績，遣使向西域求名馬，遠至波斯國，得千里馬，號曰：「追風赤驥」。次有七百里者十餘匹，皆有名字。以銀爲槽，金爲鎖環，諸王服其豪富。琛語人云：「晉室石崇乃是庶姓，猶能雉頭狐掖，畫卵雕薪，況我大魏天王，不爲華侈？」造迎風舘於後園，牕戶之上，列錢青瑣，玉鳳銜鈴，金龍吐佩。素柰朱李，枝條入簷，伎女樓上，坐而摘食。琛常會宗室，陳諸寶器。金瓶銀甕百餘口，甌檠盤盒稱是。自餘酒器，有水晶鉢、瑪瑙琉璃碗、赤玉巵數十枚。作工奇妙，中土所無，皆從西域而來。又陳女樂及諸名馬。復引諸王按行府庫，錦罽珠璣，冰羅霧縠，充積其內，繡、纈、油、綾、絲、綵、越、葛、錢、絹等，不可數計。琛忽謂章武王融曰：「不恨我不見石崇，恨石崇不見我。」〔註33〕

元琛逼人的富貴豪氣，帶出一代自有一代的侈靡人物，其暢言「不恨我不見石崇，恨石崇不見我。」除自豪於財之豐贍外，更可見石崇於西晉所遺留之奢靡行事，其人物形象似已在北魏定型。

第二節 石崇系譜與生平

　　初唐官修《晉書》，爲現存最早記錄石崇生平之正史，卷三十三載〈石苞傳〉，石崇傳附於此傳後。本章主以石崇爲核心，從家族世系考入題，再針對個人生平事跡及詩文編年繫事，生平考略中設「時事」一欄，載記重要事件與相關人物之生卒、著作。世系部分，以《晉書》、《資治通鑑》爲本，各地家譜爲輔，上溯石氏源起，下追石崇後裔，藉此明其家風家學與滅族後子孫流衍。本節所引石崇詩文，除特別說明外，均出自逯欽立輯校《先秦漢魏晉南北朝詩》及嚴可均輯校《全上古三代秦漢三國六朝文》。

〔註33〕 【北魏】楊衒之：《洛陽伽藍記》卷第四〈城西〉，臺北：華正書局，1980 年4 月，頁 207～208。

一、石崇系譜考

查考石姓世系，西漢《急就章》將之列為漢代常見姓氏之一，《中國人名大辭典》中，收錄石氏共一百六十五例，又宋代《百家姓》中，將之列為第一百八十八姓。關於源起，據《通志‧氏族略》分類，將石氏一支由來，列在「以字為氏」，文中載：

> 石氏，姬姓。靖伯之孫石碏，有大功於衛，世為衛大夫。齊有石之
> 紛如。楚有石奢、石乞。鄭有石申父、石癸、石楚、石制、石首、
> 石臾。周有石速、石張、石尚。漢有石奮，生建、慶，號萬石君。
> 五代石氏建國號晉，又，烏石蘭氏改為石氏。
> 臣謹按：晉揚食我，字伯石；鄭公孫段，字子石，則知此之為石者，
> 必其字也。〔註34〕

又，《古今姓氏書辯證》載：「（石）出自衛大夫石碏。其先以王父字為氏。」〔註35〕據此得見，石氏家族組成複雜，其後又有外族加入，主要世系起源可歸結為三方面〔註36〕：一、源於姬姓，為石碏後裔。石氏得姓於春秋時期，先祖得上溯至西周衛靖伯。衛靖伯，名已失，靖伯有孫，名為公孫碏。公孫碏，字石，因有功於衛，故世代貴為大夫。子孫以石為姓，世代繁衍，稱公孫碏為「石碏」，久之，石碏即為石姓始祖。鄭樵再據揚食我、公孫段之字，得證石氏一支乃「以字為氏」。二、外族加入。據《唐書》載，石氏乃隋唐時期「昭武九姓」〔註37〕之一，時西域石國（故址在今烏茲別克塔什干一帶）

〔註34〕【宋】鄭樵：《通志》卷27，〈氏族略第3〉，清文淵閣四庫全書本，頁834。

〔註35〕【宋】鄧名世：《古今姓氏書辯證》卷39，清文淵閣四庫全書本，頁292。

〔註36〕按巫聲惠《中華姓氏大典》將「石氏」源起細分為十，分別為：一、衛公族石駘仲之後，姬姓。二、晉公族楊食我字伯石，子孫有以石為氏者，姬姓。三、鄭公子段字子石。四、宋公族，子姓，石祏之後。五、楚公族，羋姓，石奢之後。六、南北朝石蘭靖，東陵人，其先周成王之子、石文侯之孫，亦姬姓。七、西晉石勒之後，羯族。八、唐昭武九姓之一。石國人，以國為姓，唐有石演芬。九、鮮卑烏石蘭氏改為石氏。十、石敬瑭之後，沙陀族。巫聲惠編《中華姓氏大典》，石家庄：河北人民出版社，2000年，頁536～537。

〔註37〕昭武九姓，亦稱九姓胡，中國南北朝、隋、唐時期對西域錫爾河以南至阿姆河流域的粟特民族和國家及其來華後裔之統稱。即康、史、安、曹、石、米、何、火尋（花剌子模）和戊地九姓（出自《新唐書》，又有包括穆、東安、畢、沛捍、那色波、烏那曷、穆、漕等姓的說法），唐代又稱九姓胡。《隋書》記載，九姓的祖先是月氏人，原居祁連山昭武城（今甘肅張掖帝臨澤縣）（「張掖」既「昭武」轉音），為匈奴所破，遷居蔥嶺，分為多個小國，其王均以昭武為姓。昭武九姓人善商賈，和中國通商很早，唐代在中國的外商，以昭武九姓人最多，其中又以康國人、石國人為主。

有遷居中原者，遂以石爲氏，唐有石演芬，即石國人；三、他姓改異。南北朝時，鮮卑族複姓改異，如：《魏書・官氏志》載，北魏孝文帝遷都洛陽，代北三字姓溫石蘭氏、烏石蘭氏改爲單字石氏；又，十六國時有張氏、冉氏改爲石氏，據《北史》載，有婁氏改爲石氏者。再據石姓家族《萬姓統譜》記載：

石（武威徵音春秋公子譜　石駘仲之後　又望出渤海）

石苞　字仲容，渤海西皮人。雅曠有智局，容儀偉麗，不修小節，時人爲之語曰：「石仲容，姣無雙。」縣召爲吏部，玄信奉使苞爲御。後販鐵於鄴市，沛國趙元儒見苞異之，期爲公，輔苞，由是知名。稍遷中護軍司馬。文帝敗於東關，苞獨全軍而還，帝指所持節，謂苞曰：「恨不以此授仰以究大事。」累官大司馬，封樂陵郡公，加侍中，六子：越、喬、流〔註38〕、浚、雋、崇

石喬　字祖，苞子，歷尚書郎、散騎侍郎，帝嘗召喬不至，深疑苞反，及苞至，有慙色，謂之曰：「卿子幾破卿門。」喬遂終身不仕。

石雋　字彥倫，苞子，少有名譽，議者稱爲令器，官至陽平太守。

晉

石崇　字季倫，苞子，生於青州，故小名齊奴，少敏惠，勇而有謀。苞臨終，分財物與諸子，獨不及崇。母以爲言，苞曰：「此兒雖小，後自能得。」年二十餘，爲修武令，有能名，入爲散騎郎，遷城陽太守，伐吳有功，封安陽鄉侯。在郡雖有職務，好學不倦，徵爲大司農，復鎭下邳。崇財業豐積，室宇宏麗，庖膳窮水陸之珍，與王愷競以奢靡相尚，後爲趙王倫所害，惠帝時詔以卿禮之。

石垣　字洪孫，自云北海劇人，居無定所，不娶妻妾，不營產業，食不求美，衣必麤弊，或有遺其衣服，受而施人，有喪葬輒杖策而弔之，路無遠近，時有寒暑，必在其中，或同日共時，咸皆見焉，又能闇中取物，如晝無差，姚萇之亂，不知所終。

〔註38〕按《晉書斠注・石苞傳》載，此處所記之「流」疑爲「統」之誤。【唐】房玄齡撰、【清】吳士鑑、劉承幹注：《晉書斠注》卷33，〈石苞傳〉列傳第3，臺北：新文豐出版，1975年6月，頁679。下文引《晉書斠注》語，均據此本。

> 石鑒　字林伯，厭次人，出自寒素，雅志公亮，仕魏爲御史中丞，
> 　　　多所糾正，朝廷憚之，入晉累官司徒，封昌安縣侯。
> 石苞　字仲容，容儀偉麗，語曰：「仲容，佼無雙。」〔註39〕

由《萬姓統譜》載錄得知，最早可考之石姓成員乃春秋時期石碏。石碏素有
「大義滅親」美譽，其子石厚因曾參密謀弒君，石碏大義滅親下令誅之，《春
秋》譽之：「石碏純臣也，惡州吁而厚與焉，大義滅親，其是之謂乎？」〔註40〕
石厚之子駘仲，以祖父之字爲氏，稱「石氏」，自此史書得見「石氏」之記載。
自周之後，漢代可考之石氏成員有石奮、石慶、石苞，及苞之子，然所載有
限，未能進一步確立石奮、石慶、石苞三者間的關係。唐代林寶《元和姓纂》
卷十「石」姓條，以地方分類，進一步指出漢代石奮之遠代子孫爲渤海石苞
及平原石鑒。原文如下：

> （石）衛大夫石碏之後。又，石駘仲，衛大夫，生石祁子。見《左
> 傳》。《禮記》：楚有石奢。鄭石癸，癸字甲父。周石速。漢石商、石
> 奮。奮生建、慶，號萬石君。
> 渤海　奮裔孫苞：晉司徒，樂陵公。生喬、統、越、峻、儁、嵩，
> 　　　統孫瑛：趙司空，五代孫眷，眷五代孫晷，唐虞部郎中。
> 平原　厭次人，奮後，晉司徒石鑒。又駕部郎中，石仲覽，宣州人，
> 　　　今居廣陵。〔註41〕

《元和姓纂》係唯一指陳石崇世系來源者，據此，石崇世系得上溯至漢代石
奮，爲「姬姓」後世子孫。此外，又載明晉司徒石鑒亦石奮後代子孫，由是
推知：石苞、石鑒當源出一脈。二人時代疊合，然未見相關文獻載其親疏遠
近。石苞先祖石奮原居河南溫縣，後隨劉邦徙往首都長安〔註42〕，石奮一家

〔註39〕【明】凌迪知：《萬姓統譜》卷121，清文淵閣四庫全書本，頁 1977～1978。

〔註40〕【晉】杜預注、【唐】孔穎達疏：《春秋經傳集解》，〈隱公第1〉，四部叢刊景
　　　宋本，頁 13。

〔註41〕【唐】林寶：《元和姓纂》卷10，清文淵閣四庫全書本，頁 204。

〔註42〕據【漢】司馬遷《史記・張石張叔列傳》載：「萬石君名奮，其父趙人也，
　　　姓石氏。趙亡，徙居溫。高祖東擊項籍，過河內，時奮年十五，爲小吏，
　　　侍高祖。高祖與語，愛其恭敬，問曰：『若何有？』對曰：『奮獨有母，不
　　　幸失明。家貧。有姊，能鼓琴。』高祖曰：『若能從我乎？』曰：『願盡力。』
　　　於是高祖召其姊爲美人，以奮爲中涓，受書謁，徙其家長安中戚裏，以姊
　　　爲美人故也。其官至孝文時，積功勞至大中大夫。無文學，恭謹無與比。」
　　　【漢】司馬遷：《史記》卷130，〈張石張叔列傳〉，清乾隆武英殿刻本，頁
　　　998。

多居高官，家族聲勢顯赫。就地望分布觀之，《郡望百家姓》載：「石氏望出武威郡。」〔註43〕《姓氏考略》則云：「望出武威、渤海。」〔註44〕，此處「望」之所指即「郡望」，是世居某郡而為當地仰望之意，由是得見當時石姓家族在武威與渤海郡深具地位。渤海郡，為西漢時所置，位於今河北省、遼寧省之渤海灣沿岸，此即石崇出生處。據《元和姓纂》所陳，渤海、平原（今屬山東）、上黨、河南（河南洛陽）四處俱屬石氏郡望。由此得見，石姓於晉朝實為大姓且族人分佈甚廣。

　　檢索文獻中以明朝凌迪知所輯《萬姓統譜》內容最廣，然據現有資料交叉比對，不論橫向或縱向連結，倘欲建構石崇世系仍有侷限。明代石堅曾考其宗譜，寫下〈石氏宗譜序〉：

　　粵考石之為姓，春秋衛大夫石碏後也，世久人遠，其詳不可得而稽矣。第溯其來，有石奮為九卿，鳴於漢；石苞號八公攀龍，顯于晉；在唐則有石洪，以明經見舉；在宋有石介，號徂徠先生。……自歷代以來，惟為文德世次相近，所居坊號目擊尚存，而連之石姓確其流派也。惜乎，家譜毀於兵燹，先達零落無聞。〔註45〕

又清代石韞玉於〈丹陽石氏宗譜序〉中，考其姓氏起源：

　　吾家得姓甚古，春秋時衛有石碏，楚有石乞，齊有石之紛如，則已散見於諸侯之國。古者天子因生而賜之姓，胙土而命之氏，禹貢曰：錫土姓明乎姓與土並錫者也。武王伐商，諸侯不期而會於孟津者八百國，後世不復能考其名，然則土姓之不傳者多矣。吾宗之姓或在其中乎，漢時萬石君載於史，唐時韓昌黎有送石處士序，其人本末不詳，宋時則岨峽、曼卿兩公最為知名，……嗚呼！秦漢以來，罷侯置守舟車所至四海如一家，斯民皆輕去其鄉，故易散而難聚。〔註46〕

明、清兩代文獻皆指出石姓源起甚早，始祖得溯及春秋時衛國石碏，此外，楚地、齊地各有一人，其餘散佚各諸侯國不可考。宗譜中所言與爬梳《通志‧氏族略》、《古今姓氏書辯證》、《萬姓統譜》及《元和姓纂》諸作所得結論相同。石韞玉言：「武王伐商，諸侯不期而會於孟津者八百國，後世不復能考其

〔註43〕陳明遠、汪宗虎主編：《中國姓氏辭典》，北京：北京出版社，1994年，頁384。
〔註44〕陳明遠、汪宗虎主編：《中國姓氏辭典》，北京：北京出版社，1994年，頁384。
〔註45〕【明】石堅：〈石氏宗譜序〉未有紙本文獻可供查考，此處參用「廣東省連州石姓網」之電子資源 http://www.lzsx.org.cn/
〔註46〕【清】石韞玉：《獨廬稿》三稿卷2，清寫刻獨學廬全稿本，頁285。

名，然則土姓之不傳者多矣。吾宗之姓或在其中乎。」按其所陳，石氏世系核心無疑是春秋時代衛國大夫石碏後裔，此為道地漢族，然，在史上兩次民族大融合時，加入許多外來新血，石氏家族日益壯大，成員廣及西夷、羯族，此中亦有張、冉、婁等氏改異。自漢代萬石君後，石氏可考者出現於唐、宋，在「家譜毀於兵傳，先達零落無聞」的混亂世局中，譜牒斷層加深了石崇系譜建構上的困難。

　　史傳載錄既有所侷限，各地宗譜之保存與記載尤顯重要，在石氏族人勠力搜羅下，今有江西樂平《武威石氏宗譜》、浙江新昌《南明石氏宗譜》、山東泰安《俎徠石氏族譜》〔註47〕等資料可供查找，藉由宗譜記載，可補史傳闕如。今可查考之石氏宗譜，唯浙江新昌《南明石氏宗譜》可見紙本文獻，此摘錄〈石氏源流序〉以與上文查考相補充，並據譜系所溯，以證漢萬石君起源說大抵無誤。

> 舊說會稽石氏承季倫之後，妄矣！今按家譜，參列史傳石氏之姓源
> 於姬，周由衛分封，而因國受氏，衛大夫石碏，蓋其先也。至漢萬
> 石君奮始大焉。其後八世孫渾尚書昶東萊太守始自京兆，而一徙冀
> 州之渤海、一徙青州之厭次。
>
> 萬石君奮生慶，慶生德，德生宏，宏生侃，侃生徵，徵有二子：恭、咸。

〔註47〕透過「廣東省連州石姓網」：http://www.lzsx.org.cn/之電子資源查詢，得見江西樂平《武威石氏宗譜》、浙江新昌《南明石氏宗譜》及山東泰安《俎徠石氏族譜》。藉宗譜世系所陳，得清楚建構石崇世系。另，書面資料可供查找者有浙江新昌《南明石氏宗譜》，該宗譜收錄於（清）石右軍等纂修之《中國國家圖書館藏早期稀見家譜叢刊》，北京市，線裝書局，2002 年。筆者撰文之際，台灣地區僅清華大學、暨南大學圖書館存有此書。有關石氏世系，另有《石氏家譜》可供檢索，該書共分五章，首章譜續錄，載垣曲石氏族譜敘略，並附老族譜根源影本。該譜以興祖為一世創譜，敘中載：「自晉魏以來，迄今清季，世代變更，兵火累遭，影世之間編既殘，缺於掌撤，父老之傳說又凋謝於風移，從末之世紀，邈乎不可追矣，又焉知夫家於垣曲幾十世，又焉知夫某人某地徙耶，自幾盛幾衰耶，不敢妄為之說。聲幼待光考庠唄常言，吾家相傳或云晉之石敬塘之後，或云衛石碏之後，或云自豫州所遷徙者，紛紛莫知所定。」（頁 1。）文中力陳烽火連天之際，纂修族譜之重要。第二章載新、舊譜規及輩份之排序，按老譜規中載：「亂派、喪名節者，立即扣除其名字與子孫永不得入譜。」（頁 11）未知此譜規是否通行於歷代石氏，若是，則此原因或與石崇世系難以查考有間接關係。第三章為世系錄，分別為長門、二門、四門二支、四門三支、四門四支、四門五支及四門六支。第四章載石氏部份族人及學子錄。第五章乃石氏寓居地概況。最末一章為捐資錄。人物亦點出，文史石繼平編輯：《石氏家譜》，家譜編輯委員會，2004 年 3 月 18 日。

長曰恭，恭生渾，仕尚書郎，始自京兆，而徙冀州之渤海；

幼曰咸，咸生昶，東萊太守，始自京兆，而徙青州之厭次。

晉史書大司馬仲容爲渤海南皮人。渾生乾，乾生臣，臣生大司馬苞，

字仲容，仲容生崇，字季倫。〔註48〕

據該段文字呈顯，可歸納出下列要點：其一，駁斥會稽石氏源於季倫一脈的說法。此說不見於史傳，家譜記載可補史傳闕如；其二，推斷石氏起源於衛石碏，至漢代石奮聲名日顯。此段記載與史料相符合；其三，清晰載錄漢萬石君至石崇世系，可與《晉書・石苞傳》互爲補充；其四，明白載錄先世遷徙源流，有助了解石崇家族源起處。漢石奮至晉石苞世系俱陳於《武威石氏宗譜》、《南明石氏宗譜》及《徂徠石氏族譜》，三宗譜間同中有異，下分別載錄比較之：

江西樂平《武威石氏宗譜》

石碏→環→厚充→鄜源→稷→賈→邵→圍→益→和→宗→雷→永→統→微→磻→奮→慶→瑞國→偉→易→琥→欽→禪→仲先→益仁→振→斌→遠→勁→桂→苞

浙江新昌《南明石氏宗譜》

石奮→慶→德→尚宏→偘→徵→恭→渾→乾→良臣→苞

山東泰安《徂徠石氏族譜》

石作蜀→彥→方→名→隋→白→謙→善繼→奮→建→紹→曜→懷璧→鮮→口太→靈珍→臻德→虔遜→繼祖→苞

倘若以晉代石苞爲核心溯及先世，則江西、浙江、山東三地宗譜，分別指向不同源流，然又於石奮一世相交會。據《武威石氏宗譜》所指，石苞乃桂公第三子；《南明石氏宗譜》則載，石苞係良臣公獨子；又《徂徠石氏族譜》指出，石苞爲繼祖長子，另有一弟石茂。三宗譜，三源頭，不知何者爲是？再往上查考，三宗譜交會於漢代石奮。石奮娶曾氏，生四子：建、甲、乙、慶，其下世系，《武威石氏宗譜》與《南明石氏宗譜》同系於四子石慶，《徂徠石氏族譜》則系於長子石建，此分歧亦不知何者爲是？又，《武威石氏宗譜》與《南明石氏宗譜》雖於石奮之後系上石慶一世，然前者云慶公娶沈氏，生四子，長子瑞國爲石苞先世，後者云慶公配隴西李氏，唯生一子石德，此亦石

〔註48〕　【清】石右軍等纂修：《南明石氏宗譜》卷1，北京市：線裝書局，2002年，該線裝書頁碼模糊難以辨識。

苞先世，此歧出不知孰是孰非？再者，石奮一世，《武威石氏宗譜》載爲磻公長子，《徂徠石氏族譜》則載其爲善繼公之子，此亦難解疑點。宗譜所載雖分歧不一，然其爲漢代石奮後裔之說，當可確立。今藉各地問世宗譜，與正史相整合，建構石崇世系如下表：

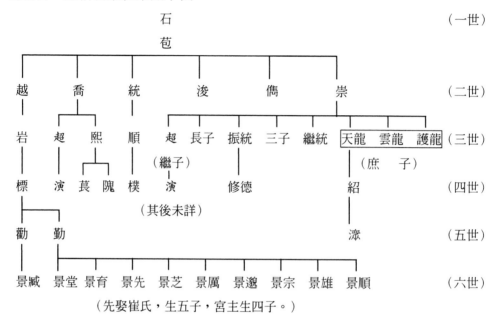

（先娶崔氏，生五子，宮主生四子。）

　　晉惠帝永康元年，石崇慘遭滅族，史書記載至此終結，今藉宗譜，續其支脈，可略補史書不足。據譜可證，石崇後世支脈有三：其一，繼子石超，孫石演，其後未詳；其二，石崇滅族之際，長子、三子在任，亦同時遇害，次子振統、四子繼統在家聞難，潛逃於泰山。振統潛逃後避世不出，幸得全身而退，續其宗脈。其三，天龍、雲龍、護龍爲石崇庶子。據家譜記載，天龍自幼隨母親前往吐蕃避難，今於石氏宗譜得見其脈。

二、石崇生平考述

　　石崇生平，近人多有考證〔註49〕，編年繫事，成其年譜。年譜中附「時

〔註49〕 有關石崇生平及著作，尚無專書專論之，本節行文，主要參照：【唐】房玄齡等撰：《晉書》（臺北：鼎文出版社，1976 年）、陸侃如《中古文學繫年》（北京：人民文學出版社，1998 年）、敖士英《中國文學年表》（台北：文海印行，1971 年）、劉汝霖《漢晉學術編年》（上海：上海書店出版，1992 年）、吳文治《中國文學史大事年表》（合肥市：黃山書社，1996 年）。綜合各家說法，整理匯編成完整之石崇生平繫年。

事記要」，載記重要政治事件，以明時代背景及仕宦歷程。據繫年所指，27 歲以前爲石崇人格奠定期，在驍勇善戰的家風影響下，深化著欲立事功的人生觀。其後，匯整、歸納其仕進歷程與行事風格，可將其生命進程分爲三階段。其一、勇而有謀，積極濟世（27～37 歲）；其二、侈靡縱欲，言直見黜（38～42 歲）；其三、望塵而拜，攀比權貴（43～48 歲）。下詳述之：

石崇出生　249 年〔註50〕　**己巳　魏正始十年　嘉平元年**

【時事記要】正月，魏司馬懿趁帝曹芳與曹爽赴高平陵祭掃魏明帝墓，發動政變，控制洛陽，誅殺曹爽、何晏、丁謐、鄭颺、桓範等。司馬氏遂專魏政。是年石崇一歲，潘岳三歲〔註51〕。

　　石崇，渤海郡南皮縣（今河北）人，按《晉書》本傳載，石崇於永康元年被害，年五十二，往前推之，當生於本年，當時父親石苞在琅邪任上。《晉書》評議石崇一生，完整涵攝其才、其情、其奢：

> 石崇學乃多聞，情乖寡悔，超四豪而取富，喻五侯而競爽。春畦（艸霮）靡，列於凝沍之晨；錦障逶迤，互以山川之外。撞鐘舞女，流宕忘歸，至於金谷含悲，吹樓將墜，所謂高蟬處乎輕陰，不知螳螂襲其後也。贊曰：……何石殊操，芳飪標奇。帝風流靡，崇心載馳。矜奢不極，寇害成釁。邦分身墜，樂往哀隨。〔註52〕

《晉書》本傳中正面肯定了石崇的勤學多聞，然亦點明敗家喪身之禍源繫侈靡。下文編年繫事，載崇五十二載光陰之生命歷程。

〔註50〕以西元爲前，後繫以朝代年號，西元二字省略。

〔註51〕潘岳生年考訂，據陸侃如《中古文學繫年》所載爲是。《晉書》卷五十五《潘岳傳》：「潘岳字安仁，滎陽中牟人也。祖瑾，安平太守。父茈，琅邪內史。岳少以才穎見稱，鄉邑號爲奇童，謂終賈之儔也。」吳士鑒、劉承幹《斠注》：「《世說新語·仇隙》注，《文選·金谷集作詩》注，王隱《晉書》曰：岳父文德爲琅邪太守。又《懷舊賦》注引臧榮緒《晉書》，亦作琅邪內史。」《水經·洛水注》曰：「羅水……又西北逕潘岳父子墓前，有碑。岳父藝，琅邪太守。碑石破落，文字缺敗。案文德當爲茈字，內史太守當時往往互稱，《水經》作茈爲茈之誤。」《元和姓纂》四曰：「勖生茈、滿。是勖與茈爲兄弟，滿與岳爲兄弟。林氏以茈滿爲兄弟，岳、尼爲兄弟，誤也。」《世說新語·容止》：「潘岳妙有姿容，好神情。少時挾彈出洛陽道，婦人遇者莫不連手共縈之。」注引《岳別傳》：「岳姿容甚美，風儀閒暢。」《文選》卷七岳《藉田賦》李善注引臧榮緒《晉書》：「總角辯惠，摛藻清艷，鄉邑稱爲奇童。以咸寧四年作《秋興賦》年三十二推之，岳當生於本年。陸侃如《中古文學繫年》，頁550。

〔註52〕【唐】房玄齡等撰：《晉書》卷33，〈石苞傳〉列傳第3，頁1010。

崇父石苞（約 206～273），字仲容，為西晉開國元勳。歷任典農中郎將、
東萊太守、琅邪太守、徐州刺史、青州刺史、鎮東將軍、征東大將軍、驃
騎將軍，封東光侯。

　　一般以為石苞之生年不詳，此處據《晉書·石苞傳》及《魏志·鄧艾傳》，
推敲石苞生卒年約當於西元 206～273 年。《晉書·石苞傳》載：「……會謁者
陽翟郭玄信奉使，求人為御，司馬以苞及鄧艾給之。行十餘里，玄信謂二人
曰：『子後並當至卿相。』」〔註53〕《魏志·鄧艾傳》注《世語》曰：「鄧艾少
為襄城典農部民，與石苞皆年十二、三。謁者陽翟郭玄信，武帝監軍郭誕元
奕之子。建安中，少府吉本起兵許都，玄信坐被刑在家，從典農司馬求人御，
以艾、苞與御，行十餘里，與語，悅之，謂二人皆當遠至為佐相。」〔註54〕
由是得知，吉本之亂後，謁者郭玄信向典農司馬尋求人才擔任皇帝近侍，典
農司馬於是推舉鄧艾及石苞，是年兩人皆約十二、三歲。吉本事件發生於建
安二十三年（218 年）正月，時吉本與少府耿紀、司直韋晃等發動叛亂，吉本
趁夜攻打身在許都（今河南許昌）之丞相長史王必。該事件最後由王必和潁
川典農中郎將嚴匡所平定，吉本等兵敗被殺。《三國志·魏書一·武帝紀第一》
載：「春正月漢太醫令吉本與少府耿紀，司直韋晃等反，攻許，燒丞相長史王
必營。」〔註55〕又《資治通鑑》卷第六十八：「二十三年春正月，吉邈等率其
黨千餘人，夜攻王必，燒其門，射必中肩，帳下督扶必犇南城。會天明，邈
等眾潰，必與潁川典農中郎將嚴匡共討斬之。」〔註56〕倘若將郭玄信尋求皇
帝近侍一事繫於此年，往前推算，則石苞生年約當繫於西元 206 年前後。

　　石苞效命於司馬師、司馬昭，在職期間忠誠勤政，能以威德服人，西晉
建立後，遷任大司馬，進封樂陵郡公，加侍中。其之驍勇善戰曾令文帝持符

〔註53〕《晉書·石苞傳》載：石苞，字仲容，渤海南皮人也。雅曠有智局，容儀偉
　　　　麗，不修小節。故時人為之語曰：「石仲容，姣無雙。」縣召為吏，給農司馬。
　　　　會謁者陽翟郭玄信奉使，求人為御，司馬以苞及鄧艾給之。行十餘里，玄信
　　　　謂二人曰：「子後並當至卿相。」文中所載乃建安年間事，吉本叛亂後，謁者
　　　　郭玄信向典農司馬求人為御，典農司馬推舉鄧艾與石苞。郭與二人交談甚歡，
　　　　肯定其治世才能，語其必大有所為。後，石苞又得趙元儒賞識，聲名益顯。【唐】
　　　　房玄齡等撰：《晉書》卷33，〈石苞傳〉列傳第3，頁1000。
〔註54〕【晉】陳壽撰：《三國志》卷28，〈魏書28〉，百衲本景宋紹熙刊本，頁 491
　　　　～492。
〔註55〕【晉】陳壽撰：《三國志》卷1，〈魏書1〉，百衲本景宋紹熙本，頁31。
〔註56〕【宋】司馬光撰：《資治通鑑》卷68，〈漢紀60〉，四部叢刊景宋刻本，頁
　　　　713。

節語之：「恨不以此授卿，以究大事。」又於諸葛誕壽春起兵事件上，助司馬氏鞏固政權。〔註 57〕任職期間忠誠勤政，能以威德服人，亦敢於直諫，其不畏權貴的果敢性格爲時人稱善。〔註 58〕《晉書》贊曰：「何（曾）石（苞）殊操，芳餌標奇。」〔註 59〕郭廙有言：「前大司馬苞忠允清亮，才經世務，幹用之績，所歷可紀。」〔註 60〕毛漢光於〈兩晉南北朝主要文官士族成分的統計分析與比較〉〔註 61〕一文中，曾針對歷代「司徒」之身份進行統計，西晉司徒計 14 人，其中士族 8 人、小姓 2 人、寒素 4 人。據毛漢光統計，西晉一朝以寒素身份位列司徒者僅石苞、魏舒、山濤及石鑒等四人。於當世門第背景下，石苞得因驍勇善戰立有功勳，而成西晉開國功臣之一，才能卓著，可見一斑。然亦因出身「寒素」，故後代門第考中，多未見石苞家族世系考。縱觀石苞一生，馳騁戰場，爲晉室立功，驍勇善戰且忠誠勤政，臨終前，甚至預立《終制》，表明不願鋪張浪費之心意，此亦石苞所欲承傳之家風。

石崇母，（？～286）。

　　《晉書斠注·石苞傳》：「《御覽》八百六十三《太康起居注》曰：『石崇、崔亮母疾日，賜清酒粳米各五升，豬羊肉各一斤半。』又三百七十一《志怪集》曰：『石季倫母喪，洛下豪俊赴殯者傾都，王戎亦入臨殯。』」〔註 62〕陸侃如以爲，該事件年月無考，是以姑且附於晉武帝太康七年丙午（西元 286

<hr />

〔註 57〕石苞戰功之彪炳，詳載如下：文帝之敗于東關也，苞獨全軍而退。帝指所持節謂苞曰：「恨不以此授卿，以究大事。」乃遷苞爲奮武將軍、假節、監青州諸軍事。及諸葛誕舉兵淮南，苞統青州諸軍，督兗州刺史州泰、徐州刺史胡質，簡銳卒爲遊軍，以備外寇。吳遣大將朱異、丁奉等來迎，誕等留輜重于都陸，輕兵渡黎水。苞等逆擊，大破之。泰山太守胡烈以奇兵詭道襲都陸，盡焚其委輸。異等收餘眾而退，壽春平。拜苞鎮東將軍，封東光侯、假節。頃之，代王基都督揚州諸軍事。苞因入朝。當還，辭高貴鄉公，留語盡日。既出，白文帝曰：「非常主也。」數日而有成濟之事。後進位征東大將軍，俄遷驃騎將軍。【唐】房玄齡等撰：《晉書》卷33，〈石苞傳〉列傳第3，頁1001。
〔註 58〕《晉書·石苞傳》載：時魏世王侯多居鄴下，尚書丁謐貴傾一時，並較時利。苞奏列其事，由是益見稱。歷東萊、琅邪太守，所在皆有威惠。遷徐州刺史。【唐】房玄齡等撰：《晉書》卷33，〈石苞傳〉列傳第3，頁1001。
〔註 59〕【唐】房玄齡等撰：《晉書》卷33，〈石苞傳〉列傳第3，頁1010。
〔註 60〕【唐】房玄齡等撰：《晉書》卷33，〈石苞傳〉列傳第3，頁1002。
〔註 61〕毛漢光：〈兩晉南北朝主要文官士族成分的統計分析與比較〉，《中國中古社會史論》，臺北：聯經出版，1988 年 2 月，頁 139～188。
〔註 62〕【唐】房玄齡撰、【清】吳士鑑、劉承幹注：《晉書斠注》卷33，〈石苞傳〉列傳第3，頁680。

年）〔註 63〕，時石崇三十八歲，遷侍中。又〈石崇傳〉載，晉惠帝永康元年石崇被害，崇母兄妻子無少長皆被害。此處所言之「母」，不知所以爲嫡母、庶母或其他？

長兄石越，字弘倫，早卒。石苞六子中，子孫緜延詳於家譜者，唯此兒。

次兄石喬，字弘祖，歷尚書郎、散騎侍郎。武帝曾召之不至，深疑苞反。苞遂廢之，終身不聽仕，又以有穢行，徙頓丘，與弟崇同被害。

三兄石統，字弘緒，歷位射聲校尉、大鴻臚。苞以統爲嗣。

四兄石浚，字景倫。清儉有鑒識，敬愛人物，位至黃門侍郎，爲當世名士，早卒。

五兄石儁，字彥倫。少有名譽，議者稱爲令器，官至陽平太守，早卒。

石崇姊，嫁蘇紹，《世說‧賞譽》云紹是石崇姊夫。〔註 64〕

石崇妻，《三國志‧蘇則傳》卷 16，裴注云：「愉子紹，字世嗣，爲吳王師，石崇妻，紹之兄女也。」又，余嘉錫《箋疏》中亦引李詳云：「詳案：《魏志‧蘇則傳》裴注云：『石崇妻，紹之兄女』。此云紹爲石崇姊夫，疑爲輩行不倫。」〔註 65〕張金耀於《金谷與蘭亭：晉代文人集會個案研究》一文中推測，若《世說‧賞譽》所云：「紹是石崇姊夫。」及《魏志‧蘇則傳》裴注云：「石崇妻，紹之兄女。」兩處記載均無訛誤，則石、蘇之間存在著雙重的姻親關係，意即：二人各自娶了對方的姊姊。〔註 66〕

外甥

歐陽建，字堅石，渤海人也，世爲冀方右族。歷山陽令、尚書郎、馮翊太守，時人語曰：「渤海赫赫，歐陽堅石。」〔註 67〕

子姪

石超，次兄石喬長子，出繼胞叔崇爲嗣。仕晉爲中郎將，後爲振武將軍。累有大功，封都成侯，事詳《晉史》。其後居抹陵，配安定胡氏。八王之亂時爲成都王司馬穎麾下將領，最後與范陽王司馬虓作戰時被殺。

〔註 63〕 陸侃如：《中古文學繫年》，頁 669。
〔註 64〕 余嘉錫：《世說新語箋疏》，〈品藻〉57，頁 530～531。
〔註 65〕 余嘉錫：《世說新語箋疏》，〈品藻〉57，頁 530～531。
〔註 66〕 張金耀：《金谷與蘭亭——晉代文人集會個案研究》，復旦大學碩士學位論文，1998 年 5 月，頁 9。
〔註 67〕 【唐】房玄齡等撰：《晉書》卷 33，〈石苞傳附石崇傳〉列傳第 3，頁 1009。

石熙，次兄石喬子，永嘉年間曾任太傅、東海王司馬越參軍。

石順，三兄石統子，官至尚書郎。

姪孫

石演，超公之子。因祖崇被趙王倫、孫秀誣陷，一家遇害，及懷帝即位，詔使其姪孫演承接其嗣。惠公時授封爲樂陵公，配汝南吳氏，其後未詳。

石樸，字玄眞。爲人謹厚，石勒以與樸同姓，俱出河北，引樸爲宗室，特加優寵，位至司徒，沒於胡。〔註68〕

六歲　254年　甲戌　魏嘉平六年　魏高貴鄉公曹髦正元元年

【時事記要】九月，魏司馬師廢魏帝曹芳。十月，立文帝孫高貴鄉公曹髦爲帝，年十四歲，改元正元。作〈啟元大赦詔〉、〈自敘始生禎祥〉、〈封楚王彪世子詔〉、及〈以司馬師爲相國進號大都督詔〉。潘岳八歲，嵇紹一歲〔註69〕（～304）。

十歲　258年　戊寅　魏甘露三年

【時事記要】二月，魏司馬昭攻陷壽春城，殺諸葛誕，誕左右皆戰死，將吏以下皆降。五月，司馬昭自爲相國，封晉公。

〔註68〕 石樸（一作璞）石樸，字玄眞，渤海南皮人。晉大司馬苞之曾孫也，爲人謹厚，無他材藝，洛陽之亂沒於石氏，勒以樸與己同姓，俱出河北，引爲宗室寵待，彌隆虎嗣立，累遷侍中。時虎跨據河北，士馬強盛，涼州刺史張駿憚之，遣別駕從事，馬詵來朝，辭旨蹇傲，虎大怒欲殺詵，樸曰：「今國家所當先除者，遺晉也，區區河右不足爲意，今靳馬詵，必征張駿，則南討之師勢分爲二，建康君臣復延數年之，命矣！勝之不爲武，不克，爲四夷所笑，不如因而厚之，彼若改圖謝罪，率其臣職，則我又何求，迷而不悟，討之未晚也。」乃止虎，後作役非時，百姓愁苦，樸又上疏言：「今者，天文錯亂，百姓凋敝，而又大興苦役，非明主惜民之所宜也。」詞甚切直，虎不納，冉閔之世，歷位司空，羌胡之亂，爲軍士所殺。【南北朝】崔鴻《十六國春秋》卷二十後趙錄十（明萬曆刻本），收錄於清《文淵閣四庫全書》，頁132。

〔註69〕 嵇紹生年考訂，按吳文治《中國文學史大事年表》所載，繫於魏嘉平五年（253年），吳文治《中國文學史大事年表》，合肥市：黃山書社，1996年，頁276。此據陸侃如《中古文學繫年》所載爲是。陸氏考：《晉書》卷八十九《忠義傳》：「嵇紹字延，魏中散大兼康之子也，十歲而孤。」吳士鑒、劉承幹《斠注》：「《類聚》四十八裴希聲《侍中嵇侯碑》曰：少有清劭之風，長懷弘仁之度。」嚴可均《全三國文》卷四十七載康《與山巨源絕交書》：「男年八歲。」書作於景元二年，康辛於四年，上推紹當生於嘉平六年（254年）。陸侃如：《中古文學繫年》，頁574。

十二歲　260年　庚辰　魏甘露五年　魏元帝曹奐景元元年

【時事記要】五月，魏帝曹髦率殿中宿衛討司馬昭，不克，曹髦被殺。司馬昭諉罪於成濟，殺濟，滅其族。迎立常道鄉公曹璜，爲明帝嗣。六月，曹璜即位於洛改名奐，是爲元帝，年十五，改元景元。賈充四十四歲，因參與刺殺曹髦有功，進封安陽鄉侯，增邑千二百戶，統城外諸軍，加散騎常侍。其女賈午，是年生。

十三歲　261年　辛巳　魏景元二年

【時事記要】是年陸機一歲〔註70〕（～303）。

十四歲　262年　壬午　魏景元三年

【時事記要】是年陸雲一歲〔註71〕（～303）。

十五歲　263年　癸未　魏景元四年

【時事記要】司馬昭爲相國，封晉公，加九錫。十一月，後主劉禪降。

十六歲　264年　甲申　魏景元五年　咸熙元年

【時事記要】三月，魏進司馬昭晉公爵爲晉王。遷蜀漢帝劉禪於洛陽，封爲安樂公。五月，司馬昭奏復五等爵。改元咸熙。孫楚爲石苞參軍，代苞作書遺孫皓。

〔註70〕按俞士玲：《陸機陸雲年譜》及陸侃如《中古文學繫年》之考證載如下。《文選》陸機《文賦》李善注引臧榮緒《晉書》云，陸機「年二十而吳滅」。《晉書》本傳云：「年二十而吳滅。」吳滅於晉武帝太康元年（280），逆推之，陸機生於是年。《文選》陸機《嘆逝賦》李善注引王隱《晉書》云：陸機「爲（成都王司馬）穎所害，臨刑，年四十有三。」《世說新語・尤悔》劉孝標注引《陸機別傳》云：「見害，時年四十三。」據《晉書・惠帝紀》及本傳，陸機被害在太安二年（303），逆推之，亦知其生於是年。時父抗正在鎮軍任上。俞士玲：《陸機陸雲年譜》，北京：人民文學出版社，2009年2月，頁3；陸侃如：《中古文學繫年》，頁604～605。

〔註71〕陸雲之生年，可考證之資料有三：一、《世說新語・賞譽》劉孝標注引《陸機別傳》云：「云字士龍，……機同母之弟也。」則陸雲生年不得早於262年。二、《陸機別傳》又云：「（雲）年十八，刺史周浚命爲主簿。」周浚爲晉揚州刺史，命陸雲爲主簿最早應在太康元年（280）吳滅後。由此上推，知云之生年不得早於是年。三、《晉書・陸雲傳》，陸機兵敗，以大逆罪被收殺後，「併收雲，……殺雲，時年四十二。」陸機於太安二年（303）被殺，故學術界一般以此上推，定陸雲生於262年，幼於其兄陸機一年。陸侃如《中古文學繫年》從此，詳見頁607。俞士玲《陸機陸雲年譜》則以爲陸雲之死或已至永安元年（304），則其生年當繫於263年，幼於其兄陸機二歲，詳見頁6～8。

十七歲　265 年　乙酉　魏咸熙二年　晉武帝司馬炎泰始元年

【時事記要】三月，吳遣使至魏請和。八月，晉王司馬昭卒，子司馬炎嗣爲相國、晉王。十二月，司馬炎迫魏帝曹奐禪位，廢曹奐爲陳留王，自立爲皇帝，國號晉，改元泰始，是爲晉武帝。武帝下詔，禁樂府靡麗百戲之伎及雕文游畋之具。司馬炎追尊司馬懿爲宣帝，爲景帝，昭爲文帝。大封宗室爲王，授以職位；解除魏室禁錮，罷部曲將長吏以下質任。

十八歲　266 年　丙戌　晉泰始二年

【時事記要】孫楚復爲石苞參軍，作〈王驃騎誄〉。《晉書・孫楚傳》卷五十六：「復參石苞驃騎軍事。楚既負其材氣，頗侮易於苞。初至，長揖曰：『天子命我參卿軍事。』因此而嫌隙遂構。」湯球輯王隱《晉書・孫楚傳》卷七：「石苞泰始之初拜大司馬，舊參軍於都督無敬，故孫楚抗衡於苞。」

十九歲　267 年　丁亥　晉泰始三年

【時事記要】孫楚免官。《晉書・孫楚傳》卷五十六：「苞奏楚與吳人孫世山共訕毀時政，楚亦抗表自理。紛紜經年，事未判，又與鄉人郭奕忿爭。武帝雖不顯明其罪，勝以少賤受責，遂湮廢職年。初參軍不敬府主，楚既輕苞，遂制施敬，自楚始也。」

二十三歲　271 年　辛卯　晉武帝泰始七年

【時事記要】晉安樂公劉禪卒。劉琨生（～318）〔註72〕。

二十四歲　272 年　壬辰　晉武帝泰始八年

【時事記要】二月，賈充女南風冊拜太子妃。七月，賈充以軍騎將軍爲司空。潘岳二十六歲，爲司空賈充賞識，入其幕爲僚屬。向秀卒。

二十五歲　273 年　癸巳　晉泰始九年　二月，石崇遭父喪。

【時事記要】晉選公卿以下之女入宮，采擇未畢，禁止婚嫁。

　　《晉書・武帝紀》卷三：「九年春……二月癸巳，司徒樂陵公石苞薨。」

〔註73〕《晉書・石苞傳》卷三十三：「苞在位稱爲忠勤，帝每委任焉。……泰始八年薨。帝發哀於朝堂，賜秘器，朝服一具，衣一襲，錢三十萬，布百匹。

〔註72〕按《續疑年錄》作生於晉武帝泰始六年（270），卒於元帝建武元年（317）。此據《歷代名人年譜》及新《辭海》考訂。吳文治《中國文學史大事年表》，頁 300。

〔註73〕【唐】房玄齡：《晉書》，台北：鼎文書局，1980 年，頁 62。

及葬，給節、幢、麾、曲蓋、追鋒車、鼓吹、介士、大車，皆如魏司空陳泰故事。車駕臨送於東掖門外。策諡曰武。咸寧初，詔苞等並為王功，列於銘饗。」〔註74〕《晉書・石苞傳》卷三十三載「泰始八年薨」，然《晉書・武帝紀》卷三及《資治通鑑》皆載其卒年於「泰始九年二月癸巳」，又，按陸侃如《中古文學繫年》所考，癸巳為二十五日。八年二月無癸巳，可證傳誤〔註75〕。故據《晉書・武帝紀》、《資治通鑑》及陸氏所考為是，石崇遭父喪繫於此年。又《晉書・石苞傳》卷三十三載：「苞臨終，分財物與諸子，獨不及崇。其母以為言，苞曰：「此兒雖小，後自能得。」〔註76〕據此足證石崇財之豐贍，皆「自用其方」積攢而得。

二十六歲　274年　甲午　晉泰始十年
【時事記要】山濤為晉吏部尚書。濤典選舉十餘年，甄拔人物，各為題目，然後上奏，時稱「山公啓事」。

二十七歲　275年　乙未　晉武帝咸寧元年　　崇為脩武令，有能名。
【時事記要】晉改元咸寧。

　　《晉書・石崇傳》卷三十三：「年二十餘，為修武令，有能名。」吳士鑑、劉承幹《斠注》：「案《書鈔》七十八引王隱《晉書》作年二十餘，《文選・思歸引序》注引臧榮緒《晉書》亦作二十餘，則三十誤也。」〔註77〕陸侃如以為：嚴可均《全晉文》卷三十三及丁福保《全晉詩》卷四均載石崇〈思歸引序〉，其言「弱冠登朝，歷位二十五年，五十以事去官」，可證崇始出仕在二十五、六歲，大概在喪父既葬之後，《書鈔》所引為誤無疑。（嚴可均以〈思歸引序〉即〈思歸嘆序〉，誤）〔註78〕

二十八歲　276年　丙申　晉武帝咸寧二年　　崇，入為散騎郎。
　　《晉書・石崇傳》卷三十三：「入為散騎郎。」假定在會脩武後一二年。〔註79〕

〔註74〕【唐】房玄齡等撰：《晉書》卷33，〈石苞傳附石崇傳〉列傳第3，頁1003。
〔註75〕陸侃如：《中古文學繫年》，頁658。
〔註76〕【唐】房玄齡等撰：《晉書》卷33，〈石苞傳附石崇傳〉列傳第3，頁1004。
〔註77〕【唐】房玄齡撰、【清】吳士鑑、劉承幹注：《晉書斠注》卷33，〈石苞傳〉列傳第3，頁680。
〔註78〕陸侃如：《中古文學繫年》，頁665。
〔註79〕陸侃如：《中古文學繫年》，頁669。

三十歲　278 年　戊戌　晉武帝咸寧四年　崇，遷城陽太守。

【時事記要】十一月，大醫司馬程據獻雉頭裘，帝以奇技異服典禮所禁，焚之於殿前，敕內外敢有犯者罪之。是年，何曾卒。石崇退翾風爲房老，翾風作〈怨詩〉。

　　《晉書・石崇傳》卷三十三：「遷城陽太守。」假定在任散騎郎後一、二年。〔註 80〕翾風，西元 250 出生，石崇愛婢，魏末於胡中得之。容貌無比，最以文辭擅愛，年三十，妙年者爭嫉之，退翾風爲房老，使主群少，懷怨而作詩。

三十二歲　280 年　庚子　晉咸寧六年　太康元年　崇，以伐吳功封安陽鄉侯。

【時事記要】晉改元太康。

　　《晉書・石崇傳》卷三十三：「伐吳有功，封安陽鄉侯。」〔註 81〕吳士鑑、劉承幹《斠注》引山濤《啓事》三則，兩薦崇爲太子左衛率，一薦崇爲中庶子，並言：「案傳不言爲左衛率中庶子，非史文從略，蓋崇與楊駿有隙，故山公屢薦，而終不用也。」〔註 82〕據考，「左右衛率府」爲副率以下官屬，唐・杜佑《通典》卷三十職官十二對此有詳細說明：

> 衛率府，秦官，漢因之，屬詹事，後漢主門衛徼循衛士而屬少傅，魏因之，晉武帝建東宮，置衛率，初曰：中衛率。泰始五年分爲左右衛率，各領一軍，惠帝時愍懷太子在東宮，又加前後二衛率。〔註 83〕

山濤舉薦石崇任太子左衛率前，該職務本由劉卞擔任，《山公啓事》中載：

> 劉卞爲愍懷太子左率，知賈后必害太子，乃問張華，華曰：「君欲如何？」卞曰：「東宮雋乂如林四，率精兵萬人，公居阿衡之任，若得公命，皇太子因朝使錄尚書事，廢賈后於金墉兩黃門力耳。華曰：廢立大事，恆懼禍甚，又非所能，賈后微聞，遷卞爲雍州刺史，卞恐終露，乃服藥卒。〔註 84〕

〔註 80〕陸侃如：《中古文學繫年》，頁 687。

〔註 81〕【唐】房玄齡等撰：《晉書》卷 33，〈石苞傳附石崇傳〉列傳第 3，頁 1004。

〔註 82〕【唐】房玄齡撰、【清】吳士鑑、劉承幹注：《晉書斠注》卷 33，〈石苞傳〉列傳第 3，頁 680。

〔註 83〕【唐】杜佑《通典》卷 30，〈職官 12〉，清武英殿刻本，頁 349。

〔註 84〕參引自【唐】杜佑撰：《通典》卷 30，〈職官 12〉，「左右衛率府」詞條，清武英殿刻本，頁 349。

《山公啓事》中又載：

> 太子左率缺，侍衛威重宜得其才，無疾患者。城陽太守石崇，忠篤
> 有文武；河東太守焦勝，清貞著信義，皆其選也。〔註85〕

山濤以「忠篤有文武」舉薦石崇，得見此時石崇性情與評議尙屬正面。劉苑
如：〈從品鑑到借鑑──葉德輝輯刻《山公啓事》與閱讀〉一文中，針對《山
公啓事》中缺任官職、官職性質與人物特質進行分析與連結，在其「職官與
人物表」一欄中載石崇條有三，透過表格分析，可知石崇在此時期中，性情、
行事尙屬正向有爲。轉引表格分析如下：〔註86〕

姓　名	缺任官職	官職性質	人物特質	補充說明
石崇　城陽太守 〔留〕〔劉〕儼	中庶子	宜得俊茂者		《通典》三十 《太平御覽》二四五 《北堂書抄》六十五
石崇　城陽太守 焦勝　河東太守	太子左衛率	侍衛威重， 宜得其才。	重讜，有文武； 清貞，有信義。	《太平御覽》二四七
石崇　城陽太守 孫尹　北中郎中	太子右衛率		皆忠篤，有文武	《北堂書抄》六十五、 三十三

三十三歲　281年　辛丑　晉太康二年

【時事記要】三月，以所俘吳人賜王公以下，選吳孫皓宮中妓妾五千人入宮。
時晉帝沉溺酒色，後宮納宮女萬餘人。

三十四歲　282年　壬寅　晉太康三年　崇，拜黃門郎，以兄統事上表自理

【時事記要】四月，賈公卒（271～）

《晉書・石崇傳》卷三十三：「在郡雖有職務，好學不倦，以疾自解。頃
之，拜黃門郎。兄統忤扶風王駿，有司承旨奏統，將加重罰，既而見原。以
崇不詣闕謝恩，有司欲複加統罪。崇上表辯解曰：「（兄）爲扶風王駿橫所誣
謗……苟尊勢所驅，何所不至，望奉法之直繩，不可得也。……所愧不能承
奉戚屬，自陷於此。……所懷具經聖聽，伏待罪黜，無所多言。」〔註87〕文
中措辭正氣凜然，足見崇之性格剛直不阿。上呈此表後，該事件圓滿落幕。

〔註85〕參引自【宋】孫逢吉撰：《職官分紀》卷30，清文淵閣四庫全書本，頁702。
〔註86〕劉苑如：〈從品鑑到借鑑──葉德輝輯刻《山公啓事》與閱讀〉，《中國文哲研究集刊》第38期，2011年3月，頁171～213。
〔註87〕【唐】房玄齡等撰：《晉書》卷33，〈石苞傳附石崇傳〉列傳第3，頁1005。

三十六歲　284 年　甲辰　晉太康五年　崇，累遷散騎常侍，約在此年。

　　《晉書・石崇傳》卷三十三：「累遷散騎常侍。」假定在拜黃門郎後一、二年。〔註88〕

三十七歲　285 年　乙巳　晉太康六年　劉琨為石崇所救。

　　劉琨與兄俱為王愷所憎。一日，愷召二人宿，令作坑，欲默除之。石崇與琨善，聞就愷宿，知有變，夜往詣愷，救出劉琨兄弟。《世說新語・仇隙》載錄此事：

> 「劉璵兄弟少時為王愷所憎，嘗召二人宿，欲默除之。令作阬，阬畢，垂加害矣。石崇素與璵、琨善，知當有變，便夜往詣愷，問二劉所在？愷卒迫不得諱，答云：「在後齋中眠。」石便徑入，自牽出，同車而去。語曰：「少年，何以輕就人宿？」〔註89〕〈仇隙 2〉

陸侃如假定該事件發生時，劉琨為十五歲左右。〔註90〕

三十八歲　286 年　丙午　晉太康七年　崇，遷侍中，與王愷鬥富爭豪，競相誇炫；遭母喪，洛下豪俊赴殯者傾都。

　　《晉書》卷三十三《石崇傳》：「累遷散騎常侍、侍中。」〔註91〕陸侃如以為，假定在遷常侍後一、二年，其以為，萬斯同《晉將相大臣年表》中以崇遷侍中在永熙元年，時武帝已死，未免太晚。吳士鑒、劉承幹《晉書斠注》卷三十三：「《御覽》八百六十三《太康起居注》曰：石崇、崔亮母疾日，賜清酒粳米各五升，豬羊肉各一斤半。又三百七十一《志怪集》曰：石季倫母喪，洛下豪俊赴殯者傾都，王戎亦入臨殯。」〔註92〕年月無考，姑附於本年。〔註93〕

　　有關石崇財物豐贍與鬥富事例，《本傳》載如下：

> 財產豐積，室宇宏麗。後房百數，皆曳紈繡，珥金翠。絲竹盡當時之選，庖膳窮水陸之珍。與貴戚王愷、羊琇之徒以奢靡相尚。愷以（米台）澳釜，崇以蠟代薪。愷作紫絲布步障四十裏，崇作錦步障五十裏

〔註88〕陸侃如：《中古文學繫年》，頁 710。

〔註89〕余嘉錫：《世說新語箋疏》，〈仇隙〉2，頁 926。

〔註90〕陸侃如：《中古文學繫年》，頁 710。

〔註91〕【唐】房玄齡等撰：《晉書》卷 33，〈石苞傳附石崇傳〉列傳第 3，頁 1005。

〔註92〕【唐】房玄齡撰、【清】吳士鑑、劉承幹注：《晉書斠注》卷 33，〈石苞傳〉列傳第 3，頁 680。

〔註93〕陸侃如：《中古文學繫年》，頁 717。

以敵之。崇塗屋以椒，愷用赤石脂。崇、愷爭豪如此。武帝每助愷，嘗以珊瑚樹賜之，高二尺許，枝柯扶疏，世所罕比。愷以示崇，崇便以鐵如意擊之，應手而碎。愷既惋惜，又以為嫉己之寶，聲色方屬。崇曰：「不足多恨，今還卿。」乃命左右悉取珊瑚樹，有高三四尺者六七株，條幹絕俗，光彩曜日，如愷比者甚眾。愷恍然自失矣。
崇為客作豆粥，咄嗟便辦。每冬，得韭萍齏。嘗與愷出遊，爭入洛城，崇牛迅若飛禽，愷絕不能及。愷每以此三事為根，乃密貨崇帳下問其所以。答云：「豆至難煮，豫作熟末，客來，但作白粥以投之耳。韭萍齏是搗韭根雜以麥苗耳。牛奔不遲，良由馭者逐不及反制之，可聽蹁轅則駃矣。」於是悉從之，遂爭長焉。崇後知之，因殺所告者。」〔註94〕

吳士鑑、劉承幹《斠注》引王隱《晉書》曰：「石崇百道營生，積財如山。」〔註95〕又：「石崇雖有人才，而性粗強，貪而好利，富擬王者。」〔註96〕《世說新語‧汰侈》：「武帝，愷之甥也，每助愷。」注引《續文章志曰》：「崇資產累巨萬金，宅室輿馬，僭擬王者。……與貴戚羊琇、王愷之徒競相高以侈靡，而崇為居最之首，琇等每愧羨，以為不及也。」〔註97〕陸侃如以為，據《世說新語》所載，兩人爭豪時武帝尚在，故繫於此。〔註98〕又《世說新語‧汰侈》載：「石崇每要客燕集，常令美人行酒。客飲酒不盡者，使黃門交斬美人。」〔註99〕又「石崇廁常有十餘婢侍列，皆麗服藻飾。置甲煎粉、沈香汁之屬，無不畢備。又與新衣箸令出；客多羞不能如廁。」注引《語林》：「劉寔詣石崇，如廁，則有絳紗大床，茵蓐甚麗，兩婢持錦香囊。寔遽反走，即謂崇曰：『向誤入卿室內』。崇曰：『是廁耳。』」〔註100〕裴啓《語林》為最早記錄石崇事蹟之史料，載記時間約晚於石崇三、四十年，書中載「石崇廁」與「石崇與王愷爭豪」二則軼事，內容大底與《世說新語》相同，然「行酒斬

〔註94〕【唐】房玄齡等撰：《晉書》卷33，〈石苞傳附石崇傳〉列傳第3，頁1007。
〔註95〕【唐】房玄齡撰、【清】吳士鑑、劉承幹注：《晉書斠注》卷33，〈石苞傳〉列傳第3，頁682。
〔註96〕【唐】房玄齡撰、【清】吳士鑑、劉承幹注：《晉書斠注》卷33，〈石苞傳〉列傳第3，頁683。
〔註97〕余嘉錫：《世說新語箋疏》，〈汰侈〉8，頁882。
〔註98〕陸侃如：《中古文學繫年》，頁717。
〔註99〕余嘉錫：《世說新語箋疏》，〈汰侈〉1，頁877。
〔註100〕余嘉錫：《世說新語箋疏》，〈汰侈〉2，頁877。

美人」一事則付之闕如。《晉書‧王敦傳》載爲「愷常置酒，敦與導俱在坐，有女伎吹笛小失聲韻，愷便毆殺之；愷使美人行酒，以客飲不盡，輒殺之」〔註101〕；余嘉錫《世說新語箋疏》注引〈王丞相德音記〉曰：「丞相素爲諸父所重，王君夫問王敦：『聞君從弟佳人，又解音律，欲一作妓，可與共來。』遂往。吹笛人有小忘，君夫聞，使黃門階下打殺之，顏色不變。丞相還，曰：『恐此君處世，當有如此事。』」兩說不同，故詳錄。李慈銘云：「案《晉書‧王敦傳》，以此爲王愷事，非石崇。疑皆傳聞過實之辭。崇、愷雖暴，不至是也。」又程炎震則云：「《晉書》九十八敦傳，兼取行酒及吹笛兩事，但云王愷、不云石崇，又不言已殺三人，較可信」。〔註102〕由此則知石崇生活奢靡、貪暴劫掠確有其事，且王愷比富之事見於正史，此誠可信；然「石崇廁」及「行酒殺美人」之事不見於史書，則冷酷無情、殺人成性之形貌應屬文學渲染與誇飾，不可盡信。

四十一歲　289年　己酉　晉太康十年

【時事記要】十一月，武因宴樂過度，多疾病；疾稍瘳，賜王公以下帛有差。陸機與弟雲及吳人顧榮同由吳入洛，時人號爲「三俊」。時陸機二十九歲，雲二十八歲。

四十二歲　290年　庚戌　晉武帝太熙元年　晉惠帝司馬衷永熙元年

崇，議奏封賞當依準舊事，出爲南中郎將，荊州刺史，領南蠻校尉，加鷹揚將軍。

【時事記要】正月，改元太熙。四月，晉武帝司馬炎卒，太子衷嗣位，是爲惠帝，改元永熙，以妃賈氏爲后。惠帝年三十二，性癡呆。又，曹攄參南國中郎將石崇參軍，作〈贈石崇詩〉。

　　《晉書‧石崇傳》：「元康初，楊駿輔政，大開封賞，多樹黨援。崇與散騎郎蜀郡何攀共立議，奏於惠帝曰：「……書奏，弗納。」〔註103〕又卷四十《楊濟傳》：「初，駿忌大司馬汝南王亮，催使之藩。濟與（李）斌數諫止之，駿遂疏濟……濟益懼，而問石崇曰：「人心云何？」崇曰：「賢兄執政，疏外宗室，宜與四海共之。」濟曰：「見兄可又此。」崇見駿及焉，駿不納。」〔註104〕陸

〔註101〕【唐】房玄齡等撰：《晉書》卷98，〈王敦傳〉列傳第68，頁2553。
〔註102〕余嘉錫：《世說新語箋疏》，〈汰侈〉1，頁877。
〔註103〕【唐】房玄齡等撰：《晉書》卷33，〈石苞傳附石崇傳〉列傳第3，頁1006。
〔註104〕【唐】房玄齡等撰：《晉書》卷40，〈石苞傳附石崇傳〉列傳第10，頁1181。

侃如指出，據卷四十《楊駿傳》及卷四十七《傅祗傳》，知大開封賞在永熙元年，而不在元康。〔註105〕本傳又載：「出爲中郎將，荊州刺史，領南蠻校尉，加鷹揚將軍。」〔註106〕又卷四《晉帝紀》：「改元爲永熙……秋八月壬午……遣南中郎將石崇，射聲校尉胡奕，長水校尉趙俊，揚烈將軍趙歡，將屯兵四出。」〔註107〕陸侃如據上述文獻，再與萬斯同《晉方鎮年表》及秦錫圭《補晉方鎮年表》相比，以爲：兩年表均以崇出鎮在元康元年，似誤。〔註108〕又《晉書・石崇傳》提及石崇外放荊州刺史期間，「任俠無行檢，劫遠使商客，致富不貲」，遂知荊州刺史任內，將是石崇積攢財富的重要時期。據上述史料可略窺，此一小段遷謫貶黜、理想受挫的政治歷程，將在無形中扭轉石崇性格、思想與作爲，此後，石崇明哲保身、及時行樂、侈靡縱欲的行事特徵日益顯著。關於石崇性格之轉捩點，譽高槐、廖宏昌於〈石崇之歷史原貌及文學形象演變探微〉一文說道：

> 武帝去世，著名的昏君惠帝即位。外戚楊駿專權，「公室怨望，天下憤然。駿暗于古義，動違舊典，自知素無美望，懼不能輯和遠近，遂大開封賞，欲以悅眾，剛愎自用，不允眾心。」石崇有感朝政昏亂，奮起直諫，與散騎郎蜀郡何攀共立議，奏請惠帝「制度名牒，皆悉具存。尚當依准舊事」。然而，「書奏弗納，出爲南中郎將、荊州刺使。」面對權傾一時的楊駿，大多數朝臣雖不滿，卻採取明哲保身的默如態度；石崇能抗諫直言，尤見濟世抱負與忠勇之心。然而，這卻成爲石崇仕途與品格的重要轉捩點。〔註109〕

由是得見，武帝崩徂，對於石崇政治版圖之擴張無形中造成了些許壓力，這也使得石崇不得不重新尋找另一個政治依附。又，據陸侃如考證，曹攄作〈贈石崇詩〉亦在此時，時曹攄參南國中郎將。佐證資料如下：《文選》卷二十九載攄〈思友人詩〉李善注引臧榮緒《晉書》：「參南國中郎將。」丁福保《全晉詩》卷四載攄〈贈石崇〉：「昂昂我牧，德惟人豪……攻璞荊岨，滋蘭江皋……雖欣嘉願，懼忝班僚。」證攄於本年爲石崇參軍，但是《本傳》未言及。詳

〔註105〕陸侃如：《中古文學繫年》，頁734。

〔註106〕【唐】房玄齡等撰：《晉書》卷33，〈石苞傳附石崇傳〉列傳第3，頁1006。

〔註107〕【唐】房玄齡等撰：《晉書》卷4，〈帝紀〉第4，頁89。

〔註108〕該事件之記錄，引述自陸侃如：《中古文學繫年》，頁734。

〔註109〕譽高槐、廖宏昌：〈石崇之歷史原貌及文學形象演變探微〉，《北方論叢》224期，2010年第6期，頁100～102，頁25。

繹《本傳》敘事，惟兩任洛陽令之間，似有漏闕。今假定初令洛陽以前的事跡均在本年參崇軍事之前，復令在隨崇北歸後。詩當作於初到官時。〔註110〕

四十三歲　291 年　辛亥　晉惠帝永平元年　元康元年　崇，以贈鴆為傅祗所糾，作〈思歸嘆〉。

【時事記要】

正月，改元永平。

三月，改元元康。賈后從舅郭彰、賈充外孫賈謐，與楚王司馬瑋并預國政，賈、郭權勢熾盛，賓客盈門。號二十四友，其中有石崇、潘岳、陸機、陸雲、摯虞、左思、劉琨、諸葛詮、劉訥、歐陽建等，皆附會予賈謐。

五月，在南中得鴆鳥雛，以與王愷。時制鴆鳥不得過江，為司隸校尉傅祗所糾。其作〈思歸嘆〉，約在是年。

六月，汝南王亮與衛瓘謀奪楚王瑋兵權。賈后矯詔使楚王瑋殺亮、瓘；又矯詔以瑋擅害亮、瓘為罪，殺楚王瑋。是為「八王之亂」之始。賈后專權，以賈模、張華、裴頠掌機要，同輔政。

　　《晉書‧石崇傳》：「崇在南中，得鴆鳥雛，以與後軍將軍王愷。時制，鴆鳥不得過江，為司隸校尉傅祗所糾，詔原之，燒鴆於都街。」〔註111〕又卷九十三《外戚傳》：「石崇與愷將為鴆毒之事，司隸校尉傅祗劾之。」〔註112〕

　　又，陸侃如以為，嚴可均《全晉文》卷三十三及丁福保《全晉詩》卷四均載崇〈思歸歎〉：「登城隅兮臨長江，極望無涯兮思填胸……超逍遙兮絕塵埃，福亦不至兮禍亦不來。」〔註113〕詩應作於荊州任上，嚴可均以〈思歸引序〉加在〈思歸歎〉上，誤矣！〔註114〕

四十五歲　293 年　癸丑　晉元康三年　崇，為國子博士。與王敦入太學。

【時事記要】分立國子學與太學，官品第五以上子弟得入國學。

　　此年考證，陸侃如以為：《三國志‧魏志》卷二十《武文世王公傳》：「楚王彪……世子嘉。」裴松之注：「嘉入晉封高吧公，元康中與石崇俱為國子博士。」《晉書‧石崇傳》卷三十三：「嘗與王敦入太學，見顏回、原憲之象，

〔註110〕陸侃如：《中古文學繫年》，頁735。
〔註111〕【唐】房玄齡等撰：《晉書》卷33，〈石苞傳附石崇傳〉列傳第3，頁1006。
〔註112〕【唐】房玄齡等撰：《晉書》卷93，〈外戚傳〉列傳第63，頁2412。
〔註113〕逯欽立輯校：《先秦漢魏晉南北朝詩》，頁644。
〔註114〕陸侃如：《中古文學繫年》，頁742。

顧而歎曰:『若與之同升孔堂,去人何必有間。』敦曰:『不知余人云何,子貢去卿差近。』崇正色曰:『士當身名俱泰,何至甕牖哉!』」崇為博士,本傳未言及,僅謂免官後拜太僕,又鎮下邳。裴注下文亦言出屯下邳,則博士與太僕均為出鎮以前的官職可知。但崇〈金谷詩序〉明言由太僕卿出就外任,故博士當在太僕之前,疑即免官後所任之職。免官年月無考,今從萬斯同《晉方鎮年表》系於本年。與王敦入太學不知在何時,因博士事而附記於此。〔註115〕

四十六歲　294 年　甲寅　晉元康四年　崇,拜太僕,約在此年。
【時事記要】晉,大饑。

　　陸侃如以為:《晉書·石崇傳》卷三十三:「頃之,拜太僕。」蓋崇為博士當不久,否則本傳不會略去,今假定遷太僕即在拜博士次年。〔註116〕

四十八歲　296 年　丙辰　晉元康六年　崇,事賈謐,出為征虜將軍,假節監徐州諸軍事,鎮下邳,作〈金谷詩并序〉及〈奴券〉。石崇作〈贈棗腆詩〉,棗腆作〈答石崇詩〉;石崇作〈答棗腆詩〉,棗腆又作〈贈石季倫詩〉。
【時事記要】嵇紹拜徐州刺史,作〈贈石季倫〉;曹攄作〈贈石崇〉;潘岳作〈金谷集詩〉。

　　秘書監賈謐參管朝政,潘岳、石崇、歐陽建、陸機、陸雲,并以文才降節事謐,琨兄弟亦在其間,號曰「二十四友」〔註117〕。石崇在其別業金谷設宴,聚集名流,飲酒賦詩,成《金谷集》,石崇為作〈金谷詩序〉。《晉書·石崇傳》卷三十三:「出為征虜將軍,假節、監徐州諸軍事,鎮下邳。崇有別館在河陽之金谷,一名梓澤,送者傾都,帳飲於此焉。……與潘岳諂事賈謐。謐與之親善,號曰:二十四友。廣城君每出,崇降車路左,望塵而拜,

---

〔註115〕陸侃如:《中古文學繫年》,頁 751。
〔註116〕陸侃如:《中古文學繫年》,頁 754。
〔註117〕【清】吳運焜《補續群輔錄》卷三載:「渤海石崇、渤海歐陽建、滎陽潘岳、吳國陸機、機弟雲、蘭陵繆徵、京兆杜斌、京兆摯虞、瑯琊諸葛詮、宏農王粹、襄城杜育、南陽鄒捷、齊國左思、清河崔基、沛國劉瓌、汝南和郁、汝南周恢、安平索秀、潁川陳昑、太原郭彰、高陽許猛、彭城劉訥、中山劉輿興弟琨,右賈謐二十四友。賈謐好學、有才思,既為充嗣,開閣延賓,海內輻湊,貴游豪戚,及浮兢之徒,莫不盡禮事之。或著文章稱美謐,以方賈誼,渤海石崇等皆傅會於謐,號二十四友,其餘不得預焉。〈賈充傳〉焜按謐之友,其品可知,烏足以污筆墨,因皆一時名士,故錄之亦以見文人無行、趨附權勢,古今如一轍也。」清·吳運焜《補續群輔錄》卷三(清乾隆刻本),收錄於清《文淵閣四庫全書》,頁 33～34。

其卑佞如此。」〔註118〕

　　《世說新語・品藻》:「謝公云:金谷中蘇紹最勝。紹是石崇姊夫,蘇則孫,愉子也。」注引石崇〈金谷詩序〉:「余以元康六年,從太僕卿出爲使,持節監青、徐諸軍事、征虜將軍。有別廬在河南縣界金谷澗中,或高或下,有清泉茂林,眾果竹柏、藥草之屬,金田十頃、羊二百口,雞豬鵝鴨之類,莫不畢備。又有水碓、魚池、土窟,其爲娛目歡心之物備矣。」〔註119〕又石季倫〈金谷詩集序〉曰:「余以元康七年從太僕出爲征虜將軍。」關於此歧出,陸侃如以爲:兩注所引〈詩序〉,六年七年互異;不過《水經注》此處有「脫錯」,故今從《世說注》,系於本年。其列入二十四友中,本傳敘於遷衛尉後,即在謐、崇死前一年,未免太晚,今移於出鎮時。嚴可均《全晉文》卷三十三載崇〈奴券〉:「余元康之際,出在滎陽。」滎陽爲由洛陽至下邳必經之地,疑即在出鎮途中作。〔註120〕

　　《晉書・忠義傳》卷八十九:「服闋,拜徐州刺史。時石崇爲都督,性雖暴驕,而紹將之以道,崇甚親敬之。」〔註121〕時嵇紹四十二歲,拜徐州刺史,作〈贈石季倫〉丁福保《全晉詩》卷四載紹〈贈石季倫〉〔註122〕,當作於徐州任上。嵇紹乃嵇康之子,其爲西晉少有之忠臣,對交友極爲嚴謹,權臣賈謐欲與交而不得。其今存詩唯一首,即〈贈石季倫〉,詩中可見對石崇的關切與重視。陸侃如又引曹攄〈贈石崇〉,詩云:「臨餚忘肉味,對酒不能斟。人言重別離,斯情效於今。」其以爲該詩似是祖餞作品,推敲寫作時間當於本年石崇出鎮時。曹攄存詩六首,全爲贈石崇之作。〔註123〕

　　此年,歐陽建遷頓丘太守,時石崇鎮下邳,建作詩〈答石崇贈〉。丁福保《全晉詩》卷四載建〈答石崇贈〉:「俾扞東藩,在徐之邳。」〔註124〕陸侃如推測,此詩當作於崇屯邳時。〔註125〕

〔註118〕【唐】房玄齡等撰:《晉書》卷33,〈石苞傳附石崇傳〉列傳第3,頁1006。

〔註119〕余嘉錫:《世說新語箋疏》,〈品藻〉57,頁530～531。

〔註120〕此處據陸侃如:《中古文學繫年》頁761所考,將石崇作《金谷詩》并《序》之時間點繫於元康六年(西元296)。該詩寫作時間,另有一說從《水經注》所言,繫於元康七年,敖士英《中國文學年表》從此說,詳見《中國文學年表》,頁179。

〔註121〕【唐】房玄齡等撰:《晉書》卷89,〈嵇紹傳〉列傳第59,頁2298。

〔註122〕逯欽立輯校:《先秦漢魏晉南北朝詩》,頁725。

〔註123〕陸侃如:《中古文學繫年》,頁762。

〔註124〕逯欽立輯校:《先秦漢魏晉南北朝詩》,頁647。

〔註125〕陸侃如:《中古文學繫年》,頁765。

四十九歲　297 年　丁巳　晉元康七年　崇與嵇紹、棗腆等高會飲酒、詩歌酬唱，作〈答曹嘉詩〉及〈贈棗腆詩〉。

【時事記要】曹嘉作〈贈石崇詩〉。

　　陸侃如引《三國志・魏志》卷二十《武文世王公傳》注：「（楚王彪世子）嘉后爲東莞太守，爲征虜將軍，監青、徐軍事，屯於下邳。嘉以詩遺崇……崇答曰……」其以爲崇於上年出鎮，下年免，故系此詩於本年。〔註126〕

五十歲　298 年　戊午　晉元康八年　崇，以高誕事免官，〈請征揚州刺史何攀表〉、〈思歸引及序〉，尋復拜衛尉。

　　據史料查考，陸侃如提出以下論證：崇因與徐州刺史高誕爭酒相侮，爲軍司所奏，免官。遂篤好林藪，更樂放逸，作〈思歸引并序〉，尋復拜衛尉，其〈請征揚州刺史何攀表〉或作於此年。《晉書・石崇傳》卷三十三：「至鎮，與徐州刺史高誕爭酒相侮，爲軍司所奏，免官。復拜衛尉。」《晉書・何攀傳》卷四十五僅言：「在任三年」，萬斯同《晉方鎮年表》系於六、七、八年，今假定崇表作於八年。丁福保《全晉詩》卷四載崇〈思歸引并序〉：「五十以事去官，晚節更樂放逸，篤好林藪，遂肥於河陽別業。」《文選》卷四十五李善注引臧榮緒《晉書》「崇爲大司農，坐未被書擅去官，免」。但崇卒年五十二，此云五十，當在卒前二年。若說免官後拜太僕，鎮下邳，遷節尉等事均在此二年內，既不甚合理，且與〈金谷詩序〉的年份相矛盾。故今假定指因高誕事而免官。〔註127〕

五十一歲　299 年　己未　晉元康九年

【時事記要】

四月，南陽魯褒因不滿惠帝愚呆，賈后淫虐，賈、郭二族專橫，賄賂公行，作〈錢神論〉以譏之。

八月，裴頠以尚書爲尚書左僕射。頠疾世俗尚虛無之理，朝士大夫皆以清談爲美，著〈崇有論〉及〈貴無論〉，指斥時俗放蕩，不尊儒術。批評何晏、阮籍雖有高名於世，而口談浮虛，不遵禮法；尸祿耽寵，仕不事事。當朝王衍之徒，位高勢重，仍然不以物務自縈，致使上下相效，風教凌遲。二論既出，王衛之徒攻難交至，終莫能折。爲趙王司馬倫所害，時頠三十三歲。

〔註126〕陸侃如：《中古文學繫年》，頁 767。
〔註127〕陸侃如：《中古文學繫年》，頁 770。

十二月，賈謐與賈后謀廢太子遹，賈后設計假造罪證，誣太子爲逆，表免爲庶人，及其三子幽於許昌金墉城，殺太子母謝淑媛。

五十二歲　300 年　庚申　晉惠帝永康元年　四月，崇以賈謐黨羽免官；八月，被害，年五十二。

【時事記要】

三月，賈后矯詔殺害廢太子遹於許昌。

四月，趙王司馬倫與嬖人孫秀謀，矯詔廢賈后爲庶人；旋又命翊軍校尉齊王冏入宮捕賈后，尋殺之。石崇以賈謐黨羽免官。趙王司馬倫爲相國輔政。

八月，石崇與孫秀不睦，崇甥歐陽建與趙王倫有隙，秀乃勸倫誅崇、建。崇、建亦僭知其計，乃與黃門侍郎潘岳陰勸淮南王允、齊王冏，以圖倫、秀。司馬允敗死，自此宮廷內亂變爲諸王混戰。是月，潘岳、石崇、歐陽建俱被害。

　　《晉書》卷五十五《潘岳傳》：「初芘爲琅邪內史，孫秀爲小史給岳，而狡黠自喜。岳惡其爲人，數撻辱之，秀常銜忿。及趙王倫輔政，秀爲中書令。岳於省內謂秀曰：『孫令猶憶疇昔周旋否？』答曰：『中心藏之，何日忘之！』岳於是自知不免。俄而秀遂誣岳及石崇、歐陽建謀奉淮南王允、齊王冏爲亂，誅之，夷三族。岳將詣市，與母別曰：『負阿母！』初被收，俱不相知。石崇已送在市，岳後至，謂之曰：『安仁，卿亦復爾邪？』岳曰：『可謂「白首同所歸」。』岳〈金谷詩〉云：『投分寄石友，白首同所歸。』乃成其讖。」〔註128〕

同月，石崇免官，亦被害。《晉書》卷三十三《石崇傳》載：

> 及賈謐誅，崇以黨與免官，時趙王倫專權，崇甥歐陽建與倫有隙。有妓曰綠珠，美而艷，善吹笛，孫秀使人求之。崇時在金谷別館，方登涼台，臨清流，婦人侍側。使者以告，崇盡出其婢妾數十人以示之，皆蘊蘭麝，被羅縠，曰：「任所擇。」使者曰：「君侯服御，麗則麗矣；然本受命指索綠珠，不識孰是？」崇勃然曰：「綠珠吾所愛，不可得也。」使者曰：「君侯博古通今，察遠照邇，願加三思。」崇曰：「不然。」使者出而又反，崇竟不許。秀怒，乃勸倫誅崇、建。崇、建亦潛知其計，乃與黃門郎潘岳陰勸淮南王允、齊王冏以圖倫、秀。秀覺之，遂矯詔收崇及潘岳、歐陽建等。崇正宴於樓上，介士

〔註128〕【唐】房玄齡等撰：《晉書》卷55，〈潘岳傳〉列傳第25，頁1506～1507。

> 到門。崇謂綠珠曰：「我今為爾得罪。」綠珠泣曰：「當效死於官前。」
> 因自投於樓下而死。崇曰：「吾不過流徙交、廣耳。」及車載詣東市，
> 崇乃歎曰：「奴輩利吾家財。」收者答曰：「知財致害，何不早散之？」
> 崇不能答。崇母兄妻子無少長皆被害，死者十五人，崇時年五十二。
> 〔註 129〕

又，歐陽建被害亦於此年，作〈臨終詩〉。《晉書·石崇傳》：「秀怒，乃觀倫誅崇，建……及遇禍，莫不悼惜之，年三十餘。臨命作詩，文甚哀楚。」〔註 130〕對於石崇一生之評議，江建俊於〈在超脫與沉淪之間——以「玄」的角度解讀「賈謐與二十四友」〉一文中所載，可為最佳註解：

> 石崇任俠無行檢，史載其為荊州刺史時，劫掠客商，遂致巨富，此
> 雖未必可靠，至其與王愷、羊琇等競奢鬥富，誇衒忘歸，為《世說》
> 「汰侈」一格的代表，終以貪溺取禍，則是事實。然而其作《許巢
> 論》，慕許由、巢父之寶已貴世、逍遙頤神；又作〈金谷詩序〉以世
> 事為滓穢，以沉湎為自足，以「身名俱泰」為本志；又〈思歸引序〉
> 中談到「晚節更樂放逸，獨好林藪，遂肥遯於河陽別業」，其徘徊審
> 顧於仕進與逍遙絕塵，註定悲劇下場。〔註 131〕

縱觀西晉一朝，石崇以其瀟灑風流活躍於歷史舞臺，在其「汰侈」的行事風格中，活出了「身名俱泰」的自我堅持。其人格行事固然可議，然卻也賦予後世深切思考的機會。

第三節　石崇文學研究

有關石崇才能之評述，《晉書》本傳以「穎悟有才氣」〔註 132〕譽說，著有《石崇集》六卷。石崇長於詩，以〈王明君辭〉最著名，逯欽立輯校之《先秦漢魏晉南北朝詩》中存有詩作十首；另，嚴可均《全晉文》載錄文章九篇。除卻文學天分外，石崇亦具音樂素養，《太平御覽》卷五百八十三載：「石季

〔註 129〕【唐】房玄齡等撰：《晉書》卷 33，〈石苞傳附石崇傳〉列傳第 3，頁 1009。
〔註 130〕【唐】房玄齡等撰：《晉書》卷 33，〈石苞傳附歐陽建傳〉列傳第 3，頁 1009。
　　　　永康元年（公元 300 年）史事多矣，該段考證以《晉書斠注·石崇傳》為主，
　　　　另自陸侃如：《中古文學繫年》，頁 780～793 整理摘錄之。
〔註 131〕江建俊：〈在超脫與沉淪之間——以「玄」的角度解讀「賈謐與二十四友」〉，
　　　　《成大中文學報》第 7 期，1999 年 6 月，頁 13～14。
〔註 132〕【唐】房玄齡等撰：《晉書》卷 33，〈石苞傳附石崇傳〉列傳第 3，頁 1006。

倫善彈琵琶。」〔註133〕縱觀石崇其人，匯聚詩、文、音樂等才華於一身，文武兼備的才能與素養，使得人格深具魅力，由是，不難想見當年石崇登高一呼，金谷雅集的繁華盛景。今就傳世詩、文，一窺石崇內在心靈與文學內涵。

逯欽立輯校之《先秦漢魏晉南北朝詩》中存錄石崇詩歌十首，分別為：〈大雅吟〉、〈楚妃歎并序〉、〈王明君辭并序〉、〈思歸引并序〉、〈思歸歎〉、〈答曹嘉詩〉、〈贈棗腆詩〉、〈答棗腆詩〉、〈贈歐陽建詩〉及〈還京詩〉，其中〈贈歐陽建詩〉及〈還京詩〉皆存二句，故完整者共八首。下文分類中，有詩并序者，其序文納入詩中一併討論。詩可分為樂府歌辭與贈答詩兩類：前者內容豐贍，相當程度地映射了石崇的內在心靈；後者則可做為石崇交游的直接資料，並可從中探知與人互動的真情實感。

一、樂府歌辭

石崇所作〈大雅吟〉、〈王明君辭〉、〈楚妃歎〉曾收錄於南朝宋張永《元嘉技錄》〔註134〕一書，書中載吟歎四曲：「一曰〈大雅吟〉，二曰〈王明君〉，三曰〈楚妃歎〉，四曰〈王子喬〉。」就收錄情形一探，吟歎四曲中石崇占有三首，作品能見度及影響力可見一斑。《元嘉技錄》為音樂著錄，是研究漢、魏、六朝相和歌的重要參考資料，其中〈王明君〉今有歌；〈大雅吟〉、〈楚妃歎〉二曲，今無能歌者。透過張永輯錄，更直接地驗證了石崇的音樂才華。〈王明君辭〉〔註135〕以〈琵琶引〉之名見於《太平御覽》，序文中直言「造新曲」，

〔註133〕【宋】李昉撰：《太平御覽》卷583，〈樂部21〉，四部叢刊三編景宋本，頁3504。

〔註134〕《古今樂錄》曰：「張永《元嘉技錄》有吟歎四曲：一曰〈大雅吟〉，二曰〈王明君〉，三曰〈楚妃歎〉，四曰〈王子喬〉。〈大雅吟〉、〈王明君〉、〈楚妃歎〉，並石崇辭。〈王子喬〉，古辭。〈王明君〉一曲，今有歌。〈大雅吟〉、〈楚妃歎〉二曲，今無能歌者。古有八曲，其〈小雅吟〉、〈蜀琴頭〉、〈楚王吟〉、〈東武吟〉四曲闕。」《元嘉技錄》，原名《元嘉正聲技錄》，為南朝宋張永所撰之音樂著錄，對研究漢、魏、六朝相和歌的發展歷史和藝術成就，具有重要參考價值。成書時間約於宋元嘉年間（西元424～453年），全書已佚，現存瑟調、清調、平調、楚調及相和四引、相和十五曲、吟歎四曲、四弦一曲等片斷佚文，參引自宋代郭茂倩《樂府詩集》（郭茂倩轉引自南朝陳釋智匠《古今樂錄》）。宋·郭茂倩《樂府詩集·卷29·相和歌辭4》，里仁書局，1999年1月，頁424。

〔註135〕一曰〈王昭君〉。《唐書·樂志》曰：「〈明君〉，漢曲也。元帝時，匈奴單于入朝，詔以王嬙配之，即昭君也。及將去，入辭，光彩射人，悚動左右，天子悔焉。漢人憐其遠嫁，為作此歌。晉石崇妓綠珠善舞，以此曲教之，而自製新歌。」按此本中朝舊曲，唐為吳聲，蓋吳人傳授訛變使然也。《西京雜記》曰：「元帝后宮既多，不得常見，乃使畫工圖其形，案圖召幸。宮人皆賂畫工，多者十萬，少者亦不減五萬。昭君自恃容貌，獨不肯與。工人乃醜圖之，遂

與《御覽》所言「石季倫善彈琵琶」得相印證。詩云：

> 王明君者，本是王昭君，以觸文帝諱改焉。匈奴盛，請婚於漢，元帝以後宮良家子昭君配焉。昔公主嫁烏孫，令琵琶馬上作樂，以慰其道路之思。其送明君，亦必爾也。其造新曲，多哀怨之聲，故敍之於紙云爾。（序）
>
> 我本漢家子，將適單于庭。辭決未及終。前驅已抗旌。
> 僕御涕流離，轅馬悲且鳴。哀鬱傷五內，泣淚濕朱纓。
> 行行日已遠，遂造匈奴城。延我於穹廬，加我閼氏名。
> 殊類非所安，雖貴非所榮。父子見凌辱，對之慚且驚。
> 殺身良不易，默默以苟生。苟生亦何聊？積思常憤盈。
> 願假飛鴻翼，乘之以遐征。飛鴻不我顧，佇立以屏營。
> 昔為匣中玉，今為糞上英。朝華不足歡，甘與秋草并。
> 傳語後世人，遠嫁難為情。〔註136〕

本詩以五言為主，為第一人稱代言體，從明君初出漢宮時起筆，敍遠嫁見辱與內在心聲的悲苦折磨。詩中情意淒婉，藉「匣中玉」、「糞上英」道出身不由己的女子際遇。單于請婚之舉，不僅終結了昭君身在深宮無人問的

不得見。後匈奴入朝，求美人為閼氏，帝按圖以昭君行。及去召見，貌為後宮第一，善應對，舉止閒雅。帝悔之，而名籍已定，方重信於外國，故不復更人，乃窮按其事。畫工有杜陵毛延壽，為人形，醜好老少，必得其真。安陵陳敞，新豐劉白、龔寬，並工為牛馬飛鳥。眾藝人形好醜，不逮延壽。下杜陽望、樊青，尤善布色。同日棄市。籍其家資，皆巨萬。京師畫工於是差稀。」《古今樂錄》曰：「〈明君〉歌舞者，晉太康中季倫所作也。王明君本名昭君，以觸文帝諱，故晉人謂之明君。匈奴盛，請婚於漢，元帝以後宮良家子明君配焉。初，武帝以江都王建女細君為公主，嫁烏孫王昆莫，令琵琶馬上作樂，以慰其道路之思，送明君亦然也。其造新之曲，多哀怨之聲。晉、宋以來，〈明君〉止以弦隸少許為上舞而已。梁天監中，斯宣達為樂府令，與諸樂工以清商兩相閒弦為〈明君〉上舞，傳之至今。」王僧虔《技錄》云：「〈明君〉有閒弦及契注聲，又有送聲。」謝希逸《琴論》曰：「平調〈明君〉三十六拍，胡笳〈明君〉三十六拍，清調〈明君〉十三拍，閒弦〈明君〉九拍，蜀調〈明君〉十二拍，吳調〈明君〉十四拍，杜瓊〈明君〉二十一拍，凡有七曲。」《琴集》曰：「胡笳《明君》四弄，有上舞、下舞、上閒弦、下閒弦。〈明君〉三百餘弄，其善者四焉。又胡笳〈明君別〉五弄，辭漢、跨鞍、望鄉、奔雲、入林是也。」按琴曲有〈昭君怨〉，亦與此同。參引自宋·郭茂倩《樂府詩集·卷 29·相和歌辭 4》，頁 425～426。

〔註136〕逯欽立輯校：《先秦漢魏晉南北朝詩》，頁 642～643。

「匣中」生活，亦使之從默默無名到驚豔群芳。歷來詠歎昭君詩作不勝枚舉，受時代文風影響，詩人詠歎重心亦異，如唐詩主情，故多由情意處起筆；宋詩主理，故多從議論處入手，然不論抒情論理，溯其源流，石崇〈王明君辭〉實開風氣之先。此詩現存於《昭明文選》、《玉臺新詠》、《樂府詩集》中，就眾家選本選錄情形著眼，得見文學地位的重要性。又，常人論及石崇，多受限於文學筆法的渲染與誇飾，將「侈靡」的生活形貌無限延展，觀此詩歌，除為昭君代言，亦得重新建構後世對石崇的印象，使其更為貼近歷史之真實。對於石崇〈王明君辭〉，徐公持於《西晉文學史》中如此評說：

> 詠史本是西晉文士普遍愛好，為時代風氣。此篇取王昭君遠嫁異城事，寫其「道路之思」，又取漢代琵琶之樂，改造新曲，頗多哀怨之聲，情調濃郁，別開生面。篇中比興迭出，運用連章之法，體現民歌風味，表現作者非徒為浮華子弟，亦頗有詩才。蕭統收此詩的原則，其評語為：「季倫、顏遠（按指曹攄），并有英篇。」至於「英篇」孰指，何焯以為即是〈王明君辭〉。〔註 137〕

徐公持此段評說，係針對石崇〈王明君辭〉之寫作特點予以分析，進而肯定其文采，並藉蕭統語印證。蕭統生卒約當於南朝梁（西元 501～531），約晚於石崇 200 年，以其時代相近，進行評說，論點當類近於晉人觀點。整體而言，石崇〈王明君辭〉以昭君史事入詩，開風氣之先，其文藻辭彙亦有可觀處，然就詩作內容而言，其照看女性之視角仍不脫傳統思維，故其文學獨出處當據辭采而發。再觀〈楚妃歎〉，此亦針對女性抒陳感懷，詩云：

> 歌辭〈楚妃歎〉，莫知其所由。楚之賢妃，能立德著勛，垂名於後，唯樊姬焉。故今詠嘆之聲，永世不絕。（序）
>
> 蕩蕩大楚，跨土萬里。北據方城，南接交趾。西撫巴漢，東被海涘。
> 五侯九伯，是疆是理。矯矯莊王，淵渟嶽峙。晃流垂精，充纊塞耳。
> 韜光戢曜，潛默恭己。內委樊姬，外任孫子。犄犄樊姬，體道履信。
> 既絀虞丘，九女是進。杜絕邪佞，廣啟令胤。割歡抑寵，居之不吝。
> 不吝實難，可謂知幾。化自近始，著於閨閫。光佐霸業，邁德揚威。
> 羣后列辟，式瞻洪規。譬彼江海，百川咸歸。萬邦作歌，身沒名飛。
>
> 〔註 138〕

〔註 137〕徐公持：《魏晉文學史》，北京：人民文學出版社出版，1999 年 9 月，頁 329。
〔註 138〕逯欽立輯校：《先秦漢魏晉南北朝詩》，頁 642。

觀春秋史事，有樊妃進賢之美談，詩作據史歌詠〔註139〕。樊姬，楚莊王愛妃，
相傳莊王喜畋獵，樊姬勸諫，使戒淫樂、勤政事，勵精圖治。後又適時提點，
在虞丘子推舉下，得賢臣孫叔敖，詩云「內委樊姬，外任孫子」意即在此，
莊王得賢妃、賢臣輔助，五霸地位定矣！石崇誦揚樊妃賢德，一語「身沒名
飛」可謂精道。推敲寫作心態，不知是否有意自比樊妃「立德著勛，垂名於
後」。倘若如此，則樊姬善諫，使王戒淫樂，崇亦當師法諫之、戒之。可惜石
崇自身尚且不能戒除侈靡，更遑論進諫君主。況，詩作撰寫之際，石崇以刺
史身份居處荊州，其劫遠使商客等卑佞行止，恰與作品內容形成強烈對比。
穎悟有才、早秀多藝的石崇，對於功業的追索，始終懷有逞才濟世的遠大抱
負。〈大雅吟〉中亦現壯志，詩云：

> 堂堂太祖，淵弘其量。仁格宇宙，義風遐暢。啓土萬里，志在翼亮。
>
> 三分有二，周文是尚。于穆武王，奕世載聰。欽明沖默，文思允恭。
>
> 武則不猛，化則時雍。庭有儀鳳，郊有游龍。啓路千里，萬國率從。
>
> 蕩清吳會，六合乃同。百姓仰德，良史書功。超越三代，唐虞比蹤。
>
> 〔註140〕

詩以「堂堂太祖，淵弘其量」起首，「仁、義」貫串全詩。以德化育天下，終
能使百姓仰其德、良史書其功，詩中情景乃君臣同心、百姓同德之治世盛景。
在有限的傳世作品中，石崇反覆表述著對治世的渴望，及欲建事功的理想，
作爲「身名俱泰」的積極實踐者，石崇當之無愧。據繫年顯示，元康元年，
崇因得鳩鳥雛以與王愷，爲傅祗所糾，是年作〈思歸歎〉。時，崇於荊州任內
後期，宦途上的小小插曲，激盪著對洛陽城裡繁華逸樂及金谷園中浮華生活
的嚮往，「歸歟」的心緒是以深化。〈思歸歎〉如是載：

> 登城隅兮臨長江，極望無涯兮思填胸。
>
> 魚瀺灂兮鳥繽翻，澤雉遊鳧兮戲中園。

〔註139〕劉向《列女傳》曰：「楚姬，楚莊王夫人也。莊王好狩獵畢弋，樊姬諫不止，
乃不食禽獸之肉。王嘗與虞丘子語，以爲賢。樊姬笑之，王曰：『何笑也？』
對曰：『虞丘子賢矣，未忠也。妾充後宮十一年，而所進者九人，賢於妾者二
人，與妾同列者七人。虞丘子相楚十年，而所薦者非其子孫，則族昆弟，未
聞進賢退不肖也。妾之笑不亦宜乎？』王於是以孫叔敖爲令尹，治楚三年而
莊王以霸。」《樂府解題》曰：「陸機《吳趨行》云，『楚妃且勿歎，明非近題
也。』」按謝希逸《琴論》有《楚妃歎》七拍。參引自宋・郭茂倩《樂府詩集・
卷29・相和歌辭4》，頁435。

〔註140〕逯欽立輯校：《先秦漢魏晉南北朝詩》，頁641～642。

秋風厲兮鴻鴈征，蟋蟀嘈嘈兮晨夜鳴。

落葉飄兮枯枝竦，百草零落兮覆畦壟。

時光逝兮年易盡，感彼歲暮兮悵自愍。

廓羈旅兮滯野都，願禦北風兮忽歸徂。

惟金石兮幽且清，林鬱茂兮芳卉盈。

玄泉流兮縈丘阜，閣館蕭寥兮陰叢柳。

吹長笛兮彈五弦，高歌凌雲兮樂餘年。

舒篇卷兮與聖談，釋冕投紱兮希聃。

超逍遙兮絕塵埃，福亦不至兮禍不來。〔註141〕

詩為楚辭體，與王粲〈登樓賦〉所述荊州風貌略有同工之妙，唯王粲登樓、石崇臨城，「思歸」心緒各有所由。粲因戰亂流離、心念舊土，是以思歸；崇因外放、受糾，眷戀侈靡，遂有歸歟之歎。詩前四句，言登城臨江所見勝景；五至八句，以秋風秋景鋪陳零落蕭條之境；九至十二句，由衰景入哀情，引出時光易逝的慨嘆。面對無常的生命，發而成「為樂當及時，何能待來茲」的積極作為。從「憂生」、「惜生」到「樂生」，順此基調展現在「吹長笛」、「彈五弦」、「高歌凌雲」等具體行止上。詩末直言「釋冕投紱」，意欲追隨彭祖、老聃，絕塵棄世以達「福亦不至兮禍亦不來」的生命高度。〈思歸歎〉一詩，實是石崇性情的真實展現，詩句所陳誠為個人生命的反射。然，此際暨生的「思歸」心念，旋即消融於及時行樂的浮華享受中。元康八年，崇因與徐州刺史高誕爭酒相侮，為軍司所奏，遂遭免官。免官後的石崇透過〈思歸引并序〉，再度展露「思歸」情懷，詩云：

余少有大志，誇邁流俗，弱冠登朝，歷位二十五年。五十以事去官。晚節更樂放逸，篤好林藪，遂肥遁於河陽別業。其制宅也，卻阻長堤，前臨清渠，百木幾於萬株，流水周於舍下。有觀閣池沼，多養魚鳥。家素習技，頗有秦趙之聲。出則以遊目弋釣為事，入則有琴書之娛。又好服食咽氣，志在不朽。傲然有凌雲之操。歘復見牽羈，婆娑於九列，困於人閒煩黷，常思歸而永歎。尋覽樂篇，有〈思歸引〉。儻古人之情，有同於今，故制此曲。此曲有弦無歌，今為作歌辭，以述余懷。恨時無知音者，令造新聲而播於絲竹也。（序）

〔註141〕逯欽立輯校：《先秦漢魏晉南北朝詩》，頁644。

　　思歸引，歸河陽。假余翼，鴻鶴高飛翔。經芒阜，濟河梁，望我舊
　　館心悅康。清渠激，魚彷徨。鷹驚沂波羣相將，終日周覽樂無方。
　　登雲閣，列姬姜，拊絲竹，叩宮商，宴華池，酌玉觴。〔註142〕

序文載石崇二十歲展開仕宦之路，《晉書・石崇傳》亦云：「年二十餘，為修
武令，有能名。」〔註143〕年少的意氣風發，在二十五年仕宦生涯中，再度因
仕宦挫折興發思歸念頭。〈思歸引〉原為琴曲名，又作〈離拘操〉。據載，春
秋時邵王聘衛女，豈料衛女未至而王死。太子欲留，衛女不從，遭囚深宮，
思歸不得，於是援琴作此曲，曲終，自縊而死。〔註144〕石崇仕途挫敗懷憂之
際，偶見〈思歸引〉衛女故事，以其思歸不得暗合己身「思歸」心緒，譜辭
歌詠，自此〈思歸引〉有曲有辭。本詩節構序文長而詩文短，文中詳寫金谷
園中的逸樂生活，並流露時無知音的慨嘆。此時，「金谷園」不再只是一園林
名稱，而是宦海浮沉中的心靈安頓處，透過詩歌，得見石崇亦曾萌生「隱逸」
心念。然而，所謂「隱逸」乃相對於「仕宦」而言，一般說來，隱士多具仕
宦才能，然因意志選擇與理想堅持，其捨棄了繁華的感官享樂，過著貧乏的
物質生活。《晉書・隱逸列傳》載：

　　古先智士體其若茲，介焉超俗，浩然養素，藏聲江海之上，卷跡囂
　　氛之表，漱流而激其清，寢巢而韜其耀，良晝以符其志，絕機以虛
　　其心。玉輝冰潔，川渟岳峙，修至樂之道，固無疆之休，長往邈而
　　不追，安排窅而無悶，修身自保，悔吝弗生，詩人《考槃》之歌，
　　抑在茲矣。〔註145〕

所謂「隱逸」，是立基於「介焉超俗」、「以符其志」的理想追求上，而最終能
「修身自保」、通達「至樂」。然，囿限於現實生活裡的羈絆和顧慮，士子無
法「欲仕則仕，欲隱則隱」，於是在郭象玄學的註腳下，一種調和仕宦與隱逸
的的「朝隱」應蘊而生。「戴華屋，佩玉璽」，既無礙於隱逸情志的舒展，則
當權勢名利不可得，石崇遂有肥遁河陽別業的思維，而棲遁山林遂為一種適
性逍遙的生命情態。免官後的石崇，生活依舊絢爛，金谷園林之美自是不消

〔註142〕逯欽立輯校：《先秦漢魏晉南北朝詩》，頁643～644。
〔註143〕【唐】房玄齡等撰：《晉書》卷33，〈石苞傳附石崇傳〉列傳第3，頁1004。
〔註144〕另有一說，引自謝希逸〈琴論〉，云：「箕子作〈離拘操〉」，未言衛女作，見
　　　　　《樂府詩集》卷58，〈思歸引〉題解。【宋】郭茂倩：《樂府詩集》，卷67，雜
　　　　　曲歌辭7，臺北：里仁書局，1999年1月，頁838。
〔註145〕【唐】房玄齡等撰：《晉書》卷94，〈隱逸列傳〉列傳64，頁2425。

言說，身處其間可以弋、可以釣、可以彈琴、亦可讀書，此外又能服食求仙，追索不死之生命。不可諱言，石崇悠游其間，正身體力行著適性逍遙之境。此時期，石崇因觸犯權貴屢遭貶官，心境上亦悄然生變，然困挫的仕途，僅是生命中的短暫休止符，一旦「復拜衛尉」，石崇愈發積極地攀附權貴、諂事賈謐，並在青史中留下「望塵而拜」的一頁。

二、贈答詩

檢閱西晉贈答詩，與石崇相關連者為多，石崇贈人以詩者四篇；他人贈以石崇者則有：曹嘉〈贈石崇詩〉、曹攄〈贈石崇詩〉、〈贈石荊州詩〉、棗腆〈答石崇詩〉、〈贈石季倫詩〉、歐陽建〈答石崇贈詩〉與嵇紹〈贈石季倫詩〉等。透過詩歌之酬唱往來，相與贈答，得見石崇在文士間的核心地位。若就贈答對象進行討論，又可深究其性格特徵。

晉元康六年（西元 296 年），石崇出為征虜將軍，兼青、徐軍事，屯於下邳。當時石崇年四十八歲，距離身歿僅剩四年。這段期間，石崇與棗腆時有詩作往來，據文獻載，石崇作〈贈棗腆詩〉，棗腆覆以〈答石崇詩〉；石崇作〈答棗腆詩〉，棗腆再覆〈贈石季倫詩〉。石崇於徐州任職時，曾作〈贈棗腆詩〉，詩云：

> 久官無成績，棲遲于徐方。寂寂守空城，悠悠思故鄉。
>
> 恂恂二三賢，身遠屈龍光。攜手沂泗間，遂登舞雩堂。
>
> 文藻譬春華，談話猶蘭芳。消憂以觴醴，娛耳以名娼。
>
> 博弈逞妙思，弓矢威邊疆。〔註146〕

今所存石崇贈答詩，研究者鮮矣，唯徐公持著作中論及，其以為：

> 詩中所寫，前半為閑暇無聊情緒，表現詩人不肯循規蹈矩做官的慣
>
> 有作風；後半無非寫貴游之事，宴飲、狎妓、博弈、騎射等等花樣，
>
> 應有盡有。至於其文采風流，也得到相當的展示。這才是石崇其人
>
> 的本色，體現了他最主要的精神面貌。〔註147〕

然筆者竊以為，前半所陳，非徒發抒無聊心緒，一語「久官無成績」，點出對功業期待的落空。石崇的仕宦心態是極其複雜的，一面渴望建功立業、身名俱泰，然而實際作為上，卻又是悖離且極具爭議的。單就晉武帝太熙元年外

〔註146〕逯欽立輯校：《先秦漢魏晉南北朝詩》，頁 645。

〔註147〕徐公持：《浮華人生——徐公持講西晉二十四友》，天津：天津古籍出版社，2010 年 6 月，頁 136。

放荊州刺史期間,「任俠無行檢,劫遠使商客,致富不貲」〔註148〕一事評議,遂知石崇並非視民如傷的清官,然渴望樹立聲名的心念卻是無庸置疑的。徐州任內看來平靜無波,洛陽金谷的繁華盛景又似悠悠召喚,所謂的「久」官,仕宦期間不過一年,石崇於此終究萌生了「思鄉」念頭。參照石崇繫年,該詩約莫完成於元康六年至七年,此時正值仕宦後期,「攜手沂泗間,遂登舞雩堂」一語,當點化自《論語》,原是孔子與曾點的談話內容,曾點以「浴乎沂,風乎舞雩」〔註149〕為志,孔子喟然許之。此適情悅性、悠然自在的生活情致,正是孔夫子「老者安之,朋友信之,少者懷之」〔註150〕的聖世理想。據此衍生出「沂泗舞雩」一詞,而有「知時處世,逍遙遊樂」之意。縱觀石崇人格與文學,其努力奉行儒家的入世精神,然力行實踐之方卻又是歧出的、偏頗的,孔子所展現的適情悅性、逍遙遊樂,在石崇生活中以縱情逸樂的的奢靡形貌展現著。是以,當石崇的政治理想未獲滿足時,重返金谷園的「思歸」心緒便摻雜其間。為消融愁思,崇於是乎宴飲、狎妓、博弈、騎射……,透過贈予棗腆的詩句,我們得一探石崇的矛盾與衝突。在此之後,棗腆以〈答石崇詩〉回應:

> 昔我不造,備嘗顛沛。后土傾基,皇天隕蓋。少懷蒙昧,長無耿介。
> 遺訓莫聞,出入靡賴。如彼流泉,不絕若帶。終懷永思,感昔康泰。
> 我舅敷命,于彼徐方。載詠陟岵,言念渭陽。乃泝洪流,汎舟餘艎。
> 宵寢晨逝,曷路之長!亦既至止,願言以寫。爰有石侯,作鎮東夏。
> 寬以撫戎,從容柔雅。歊嘯幽巖,翔風扇起。逸響既振,眾聽傾耳。
> 恂恂善誘,大揖群士。宗道投意,結心萬里。我固其終,人結其始。
> 宗道伊何?英朗特儁。如彼凌高,日以增峻。隰朋有慕,顏生希舜。
> 游志城外,滌除鄙吝。仰止晨風,豫登數仞。我聞有言,居安思危。
> 位極則遷,勢至必移。上德無欲,遺道不為。妙識先覺,通夢皇義。
> 竊睹堂奧,欽蹈明規。〔註151〕

詩之三、四小節與石崇直接相關,第三節棗腆極力美言石崇於征虜將軍任上之行事作為,然若能知石崇其人,遂知所謂「寬以撫戎,從容柔雅」,其背後真正體現的是一種無所事事的任誕,此與石崇所言之「久官無成績」兩相呼應。詩句中亦寫到「宗道投意,結心萬里」,若非溢美詞句,則相當程度地肯

〔註148〕【唐】房玄齡等撰:《晉書》卷33,〈石苞傳附石崇傳〉列傳第3,頁1006。
〔註149〕【三國】何晏集解:《論語》卷6,四部叢刊景日本正平本,頁27。
〔註150〕【三國】何晏集解:《論語》卷3,四部叢刊景日本正平本,頁11。
〔註151〕逯欽立輯校:《先秦漢魏晉南北朝詩》,頁771~772。

定了石崇任俠重義的行事風格。姑且不論石崇的強大號召力是否源出於權勢財力，端就士人眼中「英朗俊特」的形象觀之，足證石崇的廣大吸引力。再觀石崇〈答棗腆詩〉：

> 言念將別。睹物傷情。贈爾話言。要在遺名。惟此遺名。可以全生。
> 〔註152〕

別離前夕，愁思盈懷，詩歌中透顯的又是不一樣的石崇形貌。石崇以「遺名」叮囑棗腆，足見儒家「名垂青史」的思維實是石崇價值觀的重要一環。唯身處西晉之時代背景下，石崇所謂之「名」，仍與儒家「三不朽」有所差異。「遺名」與「全生」，無形中流淌著石崇「身名俱泰」的人生觀。又，歐陽建遷頓丘太守時，石崇作〈贈歐陽建詩〉：「文藻譬春華。談話如芳蘭。」〔註153〕今不復見詩作全貌，僅略知首二句係針對文采而發，後歐陽建以〈答石崇贈詩〉回應，詩云：「巖巖其高，即之唯溫。居盈思沖，在貴忘尊。縱酒嘉讌，自明及昏。無幽不研，靡奧不論。人樂其量，士感其敦。」〔註154〕，詩中亦見對石崇的高度推崇。另，曹嘉為東莞太守，崇為征虜將軍時，曹嘉曾作〈贈石崇詩〉，美言石崇乃「國之俊傑」，詩云：

> 文武應時用，兼才在明哲。嗟嗟我石生，為國之俊傑。
>
> 入侍於皇闈，出則登九列。威檢肅青、徐，風發宣吳裔。
>
> 疇昔謬同位，情至過魯、衛。分離逾十載，思遠心增結。
>
> 顧子鑒斯誠，寒暑不逾契。〔註155〕

翻檢《晉書》本傳，石崇有才，自是不消言說，曹嘉於此更以文武兼備譽之。「疇昔謬同位」所指為兩人同任「國子博士」時，據徐公持考證，崇出任征虜將軍在元康七年，詩云：「分離逾十載」，往前推算，二人同任國子博士當在太康八年（西元287年）。〔註156〕十年分別，曹嘉仍惦念著疇昔情誼，贈詩喻說寒暑不易之友誼。情誼的牽絆與連結，點出石崇性格確有其魅力，其必然不僅僅是文學家筆下「汰侈殘忍」的單一形象。後石崇作〈答曹嘉詩〉：

> 昔常接羽儀，俱游青雲中。敦道訓胄子，儒化渙以融。
>
> 同聲無異響，故使恩愛隆。豈惟敦初好，款分在令終。

〔註152〕逯欽立輯校：《先秦漢魏晉南北朝詩》，頁645。
〔註153〕逯欽立輯校：《先秦漢魏晉南北朝詩》，頁645。
〔註154〕逯欽立輯校：《先秦漢魏晉南北朝詩》，頁646～647。
〔註155〕逯欽立輯校：《先秦漢魏晉南北朝詩》，頁626。
〔註156〕徐公持：《浮華人生——徐公持講西晉二十四友》，頁134。

孔不陋九夷，老氏適西戎。逍遙滄海隅，可以保王躬。

世事非所務，周公不足夢。玄寂令神王，是以守至沖。〔註157〕

前後兩詩相互應答，皆以當年太學事爲抒發起點，以今憶昔，情誼不變，魏晉士人濃於眞情的一幕，展演於賦詩贈答間。賦詩之際，兩人俱任職外州，石崇用典，寬慰彼此。「孔不陋九夷」一語，典出《論語·子罕》：「子欲居九夷。或曰：『陋，如之何？』子曰：『君子居之，何陋之有？』」〔註158〕「九夷」所處何處固不需深究，「子欲居九夷」，其因在於孔子立志行道，然道不行，故欲往他處行之。人或認爲，九夷鄙陋，奈何能居？孔子則以爲：君子居之，故不陋。又，傳言老子晚年西出函谷關，遂有出關化胡之說，石崇「老氏適西戎」之語，即化用此典。探究詩意，石崇或有自比聖賢之心，並藉以寬慰友人。此外，「逍遙」、「玄寂」、「守至沖」皆道家語，詩句中得見石崇亦受玄學薰染，對此道家精神的點化，徐公持以爲：

> 石崇本質上是個物質享樂主義者，這裡的道家語只是他的一種標榜
> 和點綴，標榜其自我清高；也不排斥這是他在遭遇挫折或生活厭倦
> 之際的一種暫時性精神解脫方式；總之對此不可過於認眞看待，以
> 爲石崇眞的要「逍遙滄海隅」、「是以守至沖」了。〔註159〕

就內在性情而言，石崇確實是銳意事功者，其根深蒂固地對建功立業有所嚮往，徐公持以爲這些暗喻著逍遙無爭的思維，大可不必過於認眞看待，然筆者以爲，縱然石崇不曾眞正脫離逸樂場域，然其超脫的、沉淪的心思意念，都是「任眞」生活的具體實踐。縱觀石崇贈答詩，不論贈人以詩，或他人以詩贈之，皆得清晰照見石崇有眞性情。

小　結

　　在時代背景與人格行事的交相掩映下，石崇所謂的「身名俱泰」，已然脫離正統儒學以德爲高的範疇，反傾向於物質的侈靡逸樂。倘若以石崇爲折射面，將其汰侈競奢的生活享受，向外延伸、放大，則可發現個人的豪奢，實是時代侈靡的一角，再向上推展，則可發現由個人行爲衍化而成的社會風氣，實是帝王默許的產物。在這種偏失的社會風氣與政失準的的政治情勢中，石

〔註157〕逯欽立輯校：《先秦漢魏晉南北朝詩》，頁644。
〔註158〕【三國】何晏集解：《論語》，卷5，四部叢刊景日本正平本，頁21。
〔註159〕徐公持：《浮華人生——徐公持講西晉二十四友》，頁135。

崇緊扣權力中心浮沉，於是，當權力傾軋，此消彼長間，石崇賠上的不只是
一己性命，而是全族的血脈，史傳以「抄家滅族」，終結了對石崇的記載。然，
若檢視各地宗譜，使與史傳交叉比對，則可上推石氏先祖，下推石崇後代。
據文獻顯示，石崇祖先得上溯至漢代石奮，其後世支脈則有三種可能：其一，
繼子石超，孫石演，其後未詳；其二，石崇滅族之際，長子、三子在任，亦
同時遇害，次子振統、四子繼統在家聞難，潛逃於泰山。振統潛逃後避世不
出，幸得全身而退，續其宗脈。其三，天龍、雲龍、護龍為石崇庶子。據家
譜記載，天龍自幼隨母親前往吐蕃避難，今於石氏宗譜得見其脈。至於石崇
的傳世詩作，則有樂府歌辭與贈答詩兩類：前者內容豐贍，清楚映射了石崇
積極濟世與棲遁歸隱的內在心靈；後者則可做為石崇交游的直接資料，並可
從中探知與人互動的眞情實感，透過傳世文學，一個複雜而又矛盾的石崇形
象得躍然紙上。

第三章　歷史金谷：金谷園意象的形成

　　使「金谷」及「金谷園」入詩，以之作為詩歌中的常見意象，原本單純的園林名稱，往往因著時代人物的侈靡行止，被賦予著歌舞昇平的繁華形象。詩人寫詩，用的是記憶中的形貌，營造的是文學餘蘊。金谷園究竟座落何處？恐非歷代詩人關照的視角。然而，「任何詮解都是在歷史與文化的框限之中進行，根本不存著一種能夠徹底抽離『過去』而獨立形成的現有視域。」〔註1〕，因此，談金谷園意象的形成，必得通過史料記載，重新連結時、空，以見園中一花一草、一景一物，這些都是詩人用以抒情感懷的載體，也是後世詩歌中的經典意象。

第一節　地理「金谷」

　　「金谷園」走過繁華，見證凋零，最終沉澱在記憶裡。關於「金谷園」的生命歷程，李根柱在〈金谷園址新考〉中如是說道：

> 金谷園約建於晉惠帝元康初年（公元 292 年），至今已一千七百餘年，
> 從建成到荒廢僅存世十餘年。金谷園遺址存世自晉至唐約四百年。北
> 宋初，人們還能揀到金谷園遺址中的古磚。後來，由於金兵入侵，宋
> 都南遷，又由於遼、金二代戰亂不息，金谷園遺址逐漸湮沒並被人們
> 遺忘。元末明初，人們還大概能確定金谷園遺址的位置。明中葉以後，

〔註1〕葉常泓：〈在忘卻中紀念：論南朝詩援竹林名士入典〉，收入於江建俊主編：《竹
　　　林風致之反思與視域拓延》，臺北：里仁書局，2011 年 7 月，頁 540。

金谷園遺址如夢一般消失了。然而,金谷園卻活在人們心中。〔註2〕千載以前,金谷園主人以其任誕不羈、爲所欲爲,打響了「金谷」盛名,即使存世時間前後僅十餘年,遺址、遺蹟從尚能見其古磚到湮沒遺忘,戰亂流離,消弭了世人對有形遺址的追索,卻淘不盡文學生命力的衍化。根據李根柱研究推論,若明中葉以後,金谷遺址確定消亡,則其後之遺址考證,難度勢必相對提升。

一、金谷園地理考

在時、空侷限下,筆者雖無法親臨現場,詳實考證,卻能立於前賢肩膀,使視野更爲開拓。大陸學者在地理條件的優勢中考證金谷園遺址,詳實的研究成果,有助了解「歷史中的金谷園」。關於金谷園地理考證,近人論著有:謝剛〈梓澤與金谷〉、李根柱〈金谷園址新考〉。前者進一步論及「梓澤」與「金谷」實爲相臨之兩地,亦即,石崇除有「別廬」,亦有「別業」〔註3〕。如此說法,將推翻《晉書·石崇傳》所載:「崇有別館在河陽之金谷,一名梓澤。」〔註4〕,後者對於金谷園遺址提出確切說明,以爲:金谷園遺址的確切位置有金谷水畔說,有隋唐洛陽城東說,有宋明洛陽城西說等。經史料與實地考證,金谷園址即發端於今洛陽市孟津縣橫水鎮東南,貫穿常袋鎮、麻屯鎮長谷中〔註5〕。「金谷」是否等同於「梓澤」,其位址又在何處?試根據謝剛與李根柱考證,整理如下:

(一)「金谷」、「梓澤」關係考

歷來對於金谷園遺址的考證,材料來源有二:一爲《晉書·石崇傳》,或據其〈金谷園詩集序〉探知;一爲酈道元《水經注》,下文根據二則材料來源,以觀前賢研究。

1.「金谷」即「梓澤」

對於金谷園的初步認識,多來自於《晉書·石崇傳》,據石崇繫年指出,其於元康六年「出爲征虜將軍,假節、監徐州諸軍事,鎮下邳。崇有別館在

〔註 2〕李根柱:〈金谷園址新考〉,《洛陽理工學院學報》(社會科學版),第 26 卷第 4 期,2011 年 8 月,頁 1。
〔註 3〕謝剛:〈梓澤與金谷〉,《語文學習》,2011 年 1 月,頁 47~49。
〔註 4〕【唐】房玄齡等撰:《晉書》卷 33,〈石苞傳附石崇傳〉列傳第 3,頁 1006。
〔註 5〕李根柱:〈金谷園址新考〉,《洛陽理工學院學報》(社會科學版),第 26 卷第 4 期,2011 年 8 月,頁 1~5。

河陽之金谷，一名梓澤，送者傾都，帳飲於此焉。」〔註6〕在《晉書》記載中「金谷」即「梓澤」，一地兩名的用法因《晉書》記載行於世。

　　2.「金谷」非「梓澤」

　　認爲「金谷」非「梓澤」的說法源出於對《水經注》的查考，據《水經注》卷十五載：「瀍水出河南穀城縣北山。縣北有潛亭，瀍水出其北梓澤中。梓澤，地名也。……其水歷澤東南流。」〔註7〕又《水經注》卷十六載：「穀水又東，左會金谷水。水出大白原，東南流，歷金谷，謂之金谷水。東南流逕晉衛尉卿石崇之故居也」〔註8〕「金谷」乃地名，又稱「金谷澗」，石崇築園於此，極其奢華。依循《水經注》對「金谷」與「梓澤」的說明，點出二者俱爲地名。「金谷」爲石崇故居處；「梓澤」乃瀍水發源地，二者不相衝突，亦不當誤以爲同屬一處。

　　據《晉書·石崇傳》與《水經注》所載，言「金谷」與「梓澤」實爲一處或分列兩地，似乎各有道理，且由於兩書一爲史傳、一爲地理書，其眞實度與準確度皆有其本。造成後世歧義，肇因於所援引的史料各有不同論點。對此分歧，謝剛在〈梓澤與金谷〉一文中，明確指出《水經注》所載爲是，對此，謝剛做了三點歸納：

　　　一、《水經注》是專門的地理學著作，在地理方位的考證上用心更專，而史書則著意於記言敘事，有時不免語涉浮誇不甚準確，即如「送者傾都」便是。二、《水經注》的作者酈道元是北魏人，《晉書》的作者房玄齡、褚遂良是唐代人。酈道元距離西晉年代更近，對西晉的史跡掌故更方便考察。三、《魏書·酈道元傳》記載：「（酈道元）行河南尹，尋即眞。」《北史·酈道元傳》（附於酈道元父〈酈范傳〉下）記載：「（酈道元）後爲河南尹。」酈道元既爲河南尹，考察洛陽周圍山川就極爲便利。如果今天我們實地探訪瀍水之源（今河南省孟津縣橫水鎮寒亮村），會驚奇地發現其河床地勢等與《水經注》卷十五所記「其水歷澤東南流，水西有一原，其上平敞」等內容完全吻合。可見，酈道元做注極爲認眞，甚至我們可以認爲，至身在河南尹的管轄範圍內他會認眞地做些實地考察的。〔註9〕

〔註6〕【唐】房玄齡等撰：《晉書》卷33，〈石苞傳附石崇傳〉列傳第3，頁1006。
〔註7〕【南北朝】酈道元：《水經注釋》卷15，清文淵閣四庫全書本，頁261。
〔註8〕【南北朝】酈道元：《水經注釋》卷16，清文淵閣四庫全書本，頁266。
〔註9〕謝剛：〈梓澤與金谷〉，《語文學習》，2011年1月，頁48。

從時代觀之，酈道元（公元 466 年～527 年）所處時代僅與石崇相距 200 年，相較於唐代房玄齡，時代間距與西晉較為相近，能掌握的歷史遺跡亦更近於真實，且河南尹的仕宦經歷，對於《水經注》的詳實考察有著加分的效果。除此，當學者實地走訪，並以《水經注》相驗證，古之地理書與今之地形、地貌竟能相符合，更進一步印證著《水經注》說法誠可信。於地利之便上實地戡察，使古今相疊合，以辨明資料來源信實與否，此乃大陸學者研究優勢處，在其研究基礎上，足可證明作為中國地理學的專門著作──《水經注》實是地理考察的首選。另，據李根柱：〈金谷園遺址新考〉中所引之《孟津縣志》，亦明確指出「金谷」與「梓澤」係不同之兩地。《孟津縣志》載如下：

> 《孟津縣志》第三章《苑囿·金谷園》：
> 「金谷園是晉石崇別墅，其豪華秀麗名冠史籍。遺址在今送庄鄉鳳台村西南古金谷水流經的河谷中。……金谷園遺址在鳳台村一帶當屬可靠。」〔註10〕
> 《孟津縣志》第三章《苑囿·梓澤》：
> 「梓澤是晉石崇別墅，遺址在橫水鄉會瀍村（古稱輝嶂溝）。清《孟津縣志》載：『在縣西七十里。』《水經注·瀍水》云：『瀍水出河南谷城縣北山，水出其北梓澤中。』別墅因地取名，石崇常在此宴客賦詩。」〔註11〕

據李根柱所引《孟津縣志》，則「金谷園」與「梓澤」誠為相異之兩地。換言之，若支持酈道元《水經注》說法，以為「金谷非梓澤」，則《孟津縣志》可為證。筆者查證李根柱所引《孟津縣志》原典，此處所引為 1991 年由孟津縣地方史志編纂委員會所編，非清代徐元燦等人所編纂之《河南省孟津縣志》。對照兩書資料，略有差異，清代纂修之《河南省孟津縣志》，僅有「梓澤」詞條，不見「金谷園」說明，且梓澤之歸類納入「疆域」類；民國以後編纂之《孟津縣志》，明確點出「金谷園」與「梓澤」乃相異之兩地，並將之一併劃入「苑囿」類。倘若清代縣志尚且不見「金谷園」地理考，今人纂修卻將之

〔註10〕 孟津縣地方史志編纂委員會編：《孟津縣志》，鄭州：河南人民出版社，1991年，頁602。該書另有電子資源可供檢索「洛陽地情網」http://www.lydqw.com/

〔註11〕 孟津縣地方史志編纂委員會編：《孟津縣志》，鄭州：河南人民出版社，1991年，頁602。該筆資料另見於【清】徐元燦、趙擢彤、宋綬等纂修：《河南省孟津縣志》卷之二《疆域·梓澤》：「梓澤，在縣西七十里。《水經注》云：『瀍水出穀城縣北梓澤中。梓澤，地名，晉石崇別墅在焉。』」【清】徐元燦、趙擢彤、宋綬等纂修：《河南省孟津縣志》，臺北：成文出版社，1976年，頁128。

置入，並將相異之兩書合爲一談，其可信度似有待商榷。若按李根柱說法，以爲明末以後，金谷園遺址皆堙沒不可考，金谷園遺址既成懸案，故「明清以後諸說皆不可信」，則民國以後《孟津縣志》新增之詞條，似亦不足以證。李根柱既不認爲明末以後證據牢不可破，又援引民國所增編之《孟津縣志》爲證，其觀點與例證似是相互矛盾。

綜上所述，在不同的材料來源下，學者對「金谷」與「梓澤」的關係各有所持，諸論點中，筆者認同謝剛說法：在《水經注》輔證下，「金谷非梓澤」的說法似是較爲可信的。至於李根柱以爲，明末以後，金谷園遺址皆堙沒不可考，故「明清以後諸說皆不可信」，此推論不無道理，然一語「皆不可信」似乎又略顯偏頗。

（二）金谷園址考〔註12〕

關於金谷園遺址之考證，李根柱於〈金谷園址新考〉一文中，列舉四種前人說法，考其詩文證據增刪後，分別敘述於下：

1. 金谷水畔說

北魏・酈道元《水經注・谷水》言：「谷水又東，左會金谷水。水出太白原，東南流，歷金谷，謂之金谷水。東南流經晉衛尉卿石崇之故居也。」〔註13〕

2. 洛陽城東說〔註14〕

（1）唐・杜牧〈金谷懷古〉言：「淒涼遺跡洛川東，浮世榮枯萬古同。」
　　　〔註15〕

〔註12〕關於金谷園遺址之考證，以下說明節選、整理自李根柱：〈金谷園址新考〉，《洛陽理工學院學報》（社會科學版），第26卷第4期，2011年8月，頁3～4。文中關於「金谷水畔說」、「洛陽城東說」、「洛陽城西說」及「孟津縣送庄鄉鳳凰台村東南一里許的袋形淺谷」四說法，所引詩文證據，經原典查考後，予以增補或刪減。

〔註13〕【北魏】酈道元：《水經注》，卷16，清武英殿聚珍版叢書本，頁223。

〔註14〕關於「洛陽城東說」的佐證詩文，李根柱於《金谷園址新考》一文中另舉用元・溫秀《綠珠行并序》：「隋宮在其西，漢闕在其東。」由於詩中未見「金谷」一詞，不足以說明此即金谷園位址，故此處未予以收錄。

〔註15〕【清】曹寅編：《全唐詩》卷526，清文淵閣四庫全書本，頁3620。該詩僅收錄於《全唐詩》，故選用此版本，杜牧〈金谷懷古〉全詩如下：「淒涼遺跡洛川東，浮世榮枯萬古同。桃李香消金谷在，綺羅魂斷玉樓空。往年人事傷心外，今日風光屬夢中。徒想夜泉流客恨，夜泉流恨恨無窮。」。李根柱所引詩句，原載爲：杜牧〈金谷懷古〉，詩云：「淒涼遺跡洛川東，萬世榮枯今古同。」然查找原典，不見「萬世榮枯今古同」一詞，又許渾〈金谷懷古〉亦有「淒

（2）唐・無名氏《大唐傳載》云：「洛陽金谷去城二十五里，晉石崇依金谷爲園苑。」〔註16〕

（3）清・顧祖禹《讀史方輿紀要》云：「金谷澗在府東北七里……此即石崇金谷也。」〔註17〕

3. 洛陽城西說〔註18〕

（1）明・彭大翼《山堂肆考》云：「金谷園在河南府城西，地有金水，自太白原南流，經此谷，晉石崇因川阜造園館，自作詩序，園有清涼臺，即崇妾綠珠墜樓處。」〔註19〕

（2）明・李賢《明一統志》載：「金谷園在府城西一十三里地。」〔註20〕

（3）清・穆彰阿《大清一統志》載：「金谷園在洛陽縣西北。」〔註21〕

（4）清・王士俊修《河南通志》載：「金谷園在府城西十三里……晉石崇因川阜造園館。」〔註22〕

（5）清・王士俊修《河南通志》載：「金谷澗在府城西，即石崇故園。」〔註23〕

涼遺跡洛川東，浮世榮枯萬古同」一語，許渾〈金谷懷古〉全詩如下：「凄涼遺跡洛川東，浮世榮枯萬古同。桃李香銷金谷在，綺羅魂斷玉樓空。往年人事傷心外，今日風光屬夢中。□□□□□□□，□□□□□□□。」（末二句缺）。見於【清】曹寅編：《全唐詩》卷536，清文淵閣四庫全書本，頁3672。杜牧生卒爲西元803年～852年，許渾生卒年不詳，未有足夠證據推估作品先後，此處援引杜牧完整詩作爲證，將李根柱援引「萬世榮枯今古同」更正爲「浮世榮枯萬古同」。

〔註16〕【唐】佚名撰：《大唐傳載》，清守山閣叢書本，頁5。李根柱原載：唐・無名氏《大唐詩》云：「洛陽金谷東報城二十五里，晉石崇以金谷爲園苑。」此以《大唐傳載》所記爲是。

〔註17〕【清】顧祖禹撰：《讀史方輿紀要》卷48，清稿本，頁1629。

〔註18〕李根柱於《金谷園址新考》一文中舉用四則清代例證，分別如下：王鐸《金谷賦》云：「金谷大約在七里河左右，北邙山上。」、李濂《通史》言：「金谷園在府西三十里。」、魏襄《洛陽縣志》載：「金谷澗在縣西八里，石崇金谷園在其中。」及蔡方炳《廣輿記》稱：「金谷澗在府西。」查找此四則例證，未見第一手資料，故不錄正文中，另選用《山堂肆考》、《明一統志》、《大清一統志》及《河南通志》等五筆資料作爲「洛陽城西說」之佐證。

〔註19〕【明】彭大翼撰：《山堂肆考》卷27，〈地理〉，清文淵閣四庫全書本，頁367。

〔註20〕【明】李賢撰：《明一統志》卷29，清文淵閣四庫全書本，頁1042。

〔註21〕【清】穆彰阿撰：（嘉慶）《大清一統志》卷260，四部叢刊續編景舊鈔本，頁4048。

〔註22〕【清】王士俊修：（雍正）《河南通志》卷52，清文淵閣四庫全書本，頁1804。

〔註23〕【清】王士俊修：（雍正）《河南通志》卷7，清文淵閣四庫全書本，頁144。

4. 今「孟津縣送庄鄉鳳凰台村東南一里許的袋形淺谷」中

《孟津縣志》第三章《苑囿・金谷園》：「金谷園是晉石崇別墅，其豪華秀麗名冠史籍。遺址在今送庄鄉鳳台村西南古金谷水流經的河谷中。……金谷園遺址在鳳台村一帶當屬可靠。」〔註24〕

關於金谷園遺址，李根柱詳列眾家說法，其以為：明末以後金谷園遺址堙沒不可考，故「明清以後諸說皆不可信」。若遵循此標準檢視諸家論點，則「金谷水畔說」有北魏酈道元《水經注》予以佐證，當屬可信。然，僅一家說法，不知是否造成「孤證不成例」之疑慮？其次為「洛陽城東說」，該說法中以清・顧祖禹《讀史方輿紀要》佐證之。顧祖禹曾於康熙年間應徐乾學之聘，參與編修《大清一統志》，期間藉工作之便，盡讀徐家藏書，費時數十年完成《讀史方輿紀要》，魏禧評此書為：「此數千年來絕無僅有之書也」〔註25〕。透過魏禧的高度評價，此書之嚴謹與完善可見一斑。然，若僅以「明清以後諸說皆不可信」否定之，不知是否略顯偏頗？至於其他佐證材料皆為「詩作」，筆者以為詩人寫詩，固不必對所用典故詳實考證，用典只在於借景抒情或發抒議論，詩人作詩既不需考證金谷園位址，則援引詩作以為證，是否有所瑕疵？明清以後論證不可信、詩人作品不足信，則「洛陽城東說」，當失卻依傍。再者「洛陽城西說」，此處援引五則例證，皆李根柱〈金谷園址新考〉中所未言，蓋其所錄例證經筆者查找，俱未見第一手資料，故弗錄。關於「洛陽城西說」，古籍中得見《山堂肆考》、《明一統志》、《大清一統志》及《河南通志》等五筆資料予以佐證，然此皆明、清例證，若不採明、清諸說，則「洛陽城西說」仍有待商榷。至於清《孟津縣志》記載，位於「今孟津縣送庄鄉鳳凰台村東南一里許的袋形淺谷中」之說，按李氏所言，因為資料來自於清，亦不足信。參閱眾家說法，金谷園址，究竟落於何處，說法紛雜，然又皆不具有牢不可破的證據，是以至今仍存有討論空間。順此，則李根柱作〈金谷園址新考〉，據各疑點分析討論，提出一家之言，以為：

〔註24〕孟津縣地方史志編纂委員會編：《孟津縣志》，鄭州：河南人民出版社，1991年，頁602。

〔註25〕按：《(同治) 蘇州府志》載：祖禹博極群書尤精地理之學，好遠遊，足迹幾遍天下，迄無所遇，歸而閉戶著書，成《讀史方輿紀要》一百三十卷，其書於都邑形勢山川險要，歷代戰守事蹟，以至河渠水利，皆能上下古今貫穿，精密有裨考鏡，前此所未有也，與寧都魏禧交最善，禧嘗言：「吾之文雖為海內所推求，實學如顧景范，萬充宗輩則瞠乎其後。」【清】馮桂芬：《(同治)蘇州府志》，卷112，清光緒九年刊本，頁3676。

> 金谷就在梓澤，梓澤中有金谷園。金谷園就在發端於今洛陽市孟津
> 縣橫水鎮東南，經孟津縣常袋鎮、麻屯鎮的長谷中。〔註26〕

李根柱此說，蓋以「範圍」界定之，並使該範圍符合下列論點：

一、金谷必定在北邙山上，必在北邙山古河陽孟津地。

二、流經金谷之水，必發源於梓澤。即今孟津縣橫水鎮東南部。

三、金谷必須是谷。谷底寬闊能行車，宜安布水碓。溝壁應適合作
土窟。

四、金谷之水應往東南流，匯入穀水（谷水，即今洛陽澗河）。

五、金谷附近應遺存有與歷史記載有關之人文佐證。〔註27〕

如此說法，兼容各家論點，並使歷史與人文相結合，為證明論點信實，復引歷代記載予以證明，舉凡《晉書》、《通志》、《水經注》、《藝文類聚》、《海錄碎事》、《紀纂淵海》、《天中記》、《山堂肆考》、《永初山川記》、《輿地志》、《太平寰宇記》等書，皆引證書目。舉證豐贍，可謂面面俱到，若誠如所言：「金谷就在梓澤，梓澤中有金谷園」，兩地範圍互有重疊，唯範圍大小各有所異，則《晉書》中誤以「金谷園，一名梓澤」似是可以理解，唯李氏所引各項證據，一一檢閱後發現，部分引文與史載略有出入，部分未得窺見第一手證據，故無法確知援引資料準確與否，加之以遺址考證仍屬推測，故此說得以參考但未能盡信。

二、金谷園林的興起與特色

關於金谷園林的興起，得溯及於對「園林文化」的討論，而與「園林」相關的命題，歷來研究成果豐碩，不一一列舉。「園林」乃以人為主體的空間，人活動於此，伴隨著政治關係的消長，亦含藏著個我生命的幽微轉變。換言之，園林文化實關涉著政治、交友、思想與人格等多重面向。早在先秦時期，園林文化便已萌芽，近來諸家學者，如：彭一剛〔註28〕、劉天華〔註29〕、周武忠〔註30〕、樓慶西〔註31〕等人，均在作論著中指出，「私家園林的興起始於

〔註26〕 李根柱：〈金谷園址新考〉，《洛陽理工學院學報》（社會科學版）第 26 卷第 4 期，2011 年 8 月，頁 4。

〔註27〕 李根柱：〈金谷園址新考〉，《洛陽理工學院學報》（社會科學版），第 26 卷第 4 期，2011 年 8 月，頁 3～4。

〔註28〕 彭一剛：《中國古典園林分析》，臺北：地景出版社，1988 年 12 月出版。

〔註29〕 劉天華：《園林美學》，臺北：地景企業股份有限公司，1992 年 2 月初版。

〔註30〕 周武忠：《城市園林藝術》，南京：東南大學出版社，2000 年 9 月 1 刷。

〔註31〕 樓慶西：《中國園林藝術》，臺北：藝術家出版社，2001 年 8 月初版。

魏晉」。對此，鄭文僑在〈魏晉園林興盛的原因〉一文中，列舉眾家學者說法，互為印證，進而歸納如下結論，其以為魏晉私家園林的興起深受政治、經濟與思想等背景因素的影響〔註 32〕。歷代研究中，園林文化是個值得深究的議題，魏晉一朝又扮演著重要的角色，層層推因下，不難想見石崇「金谷園」在園林文化中所具有的重要地位。

　　關於魏晉園林的興起，林秀珍於《北宋園林詩之研究》中說道：

> 自魏晉始，當時黑暗的政治使得世人紛紛以玄對山水，為山水文化
> 帶來有利的發展條件。當時獨立的莊園經濟造成一批士族門閥和地
> 主的私家園林。他們在郊野間以自己的能力築園，重視自然情趣和
> 花草植被的栽植。文人雅士喜好山水，終日徜徉在自然美景當中，「歲
> 有其物，物有其容；情以物遷，辭以情發。」〔註 33〕

上述文字透露出二點訊息：其一，在「人」與「園林」的連結中，政治扮演著極大的推力，是故出處進退影響著人與園林的關係。其二，在闊綽的經濟條件下，士人生活衣食無虞，私人園林大為興起。人生活其間，因見花繁草茂而喜，亦因外境蕭瑟而悲，情緒錯落中，盡現園林之影響。此段關於魏晉園林興起的背景說明，正可用以說解石崇的「金谷園」。石崇金谷園，巧用地理環境，使自然山水與人工建築相結合，園中景致得藉由石崇〈金谷詩序〉〔註 34〕及其〈思歸引序〉一窺其貌。〈金谷詩序〉云：

〔註 32〕　關於「私家園林興起始於魏晉」一說，鄭文僑於〈魏晉園林興盛的原因〉一文中，列舉諸家說法，轉引之，使便於參考。彭一剛先生認為：「魏晉南北朝可看作造園藝術的形成期。初步確立再現自然山水的基本原則，逐步取消了狩獵、生產方面的內容，而把園林主要作為觀賞藝術來對待。除皇家苑囿外，還出現了私家園林和寺廟園林。」（彭一剛：《中國古典園林分析》，臺北：地景出版社，1988 年 12 月出版，頁 3。）；劉天華先生認為：我國園林藝術發展到兩晉南北朝，產生了一個飛躍，它突破了秦漢苑囿對自然山川景象的粗淺模仿，突破了附會神仙的帶有象徵寓意的審美認識，向著更廣更深的領域發展去了。（劉天華：《園林美學》，臺北：地景企業股份有限公司，1992 年 2 月初版，頁 53。）；周武忠先生認為：當時的官僚士大夫以隱逸野居為高雅，他們不滿足於一時的遊山玩水，要求身在廟堂而又能長期地享用、佔有大自然的山林野趣，私家園林便應蘊而生。（周武忠：《城市園林藝術》，南京：東南大學出版社，2000 年 9 月 1 刷，頁 24。）鄭文僑《魏晉園林之士文化意蘊》第三章，（成功大學碩士論文，2004 年 6 月），頁 46。

〔註 33〕　林秀珍：《北宋園林詩之研究》，臺北：花木蘭文化出版社，2010 年 3 月，頁 10。

〔註 34〕　參閱張金耀《金谷與蘭亭──晉代文人集會個案研究》，復旦大學碩士論文，1998 年 5 月，頁 3～4。關於〈金谷詩序〉的作者，一般研究除認定是「石崇」

> 有別廬在河南縣界金谷澗中，或高或下，有清泉茂林，眾果竹柏、
> 藥草之屬，金田十頃、羊二百口，雞豬鵝鴨之類，莫不畢備，又有
> 水碓、魚池、土窟，其為娛目歡心之物備矣。〔註35〕

又〈思歸引序〉載：

> 晚節更樂放逸，篤好林藪，遂肥遁於河陽別業。其制宅也卻阻長堤，
> 前臨清渠。柏木幾於萬株，流水周於舍下。有觀閣池沼，多養魚鳥。
> 家素習技，頗有秦趙之聲。出則以遊目弋釣為事，入則有琴書之娛。
>
> 〔註36〕

兩則詩序中，得見金谷園傍金谷水而築，園中有山水、茂林、修竹等自然風
光，亦有亭臺樓閣等人工建築；透過眾果、藥草、水碓、雞、豬、羊、鵝、鴨
等農牧畜產，得見園中不虞匱乏的經濟生產力。據《晉書·石崇傳》載：「有司
簿閱（石）崇水碓三十餘區，蒼頭八百餘人，其他珍寶貨賄田宅稱是。」〔註37〕
金谷園雖名之曰：「園」，實則已具自給自足的「莊園」的規模。除經濟功能，
「遊目弋釣、琴書之娛」等句，帶出金谷園所具有的休閒遊賞功能。關於金

作品外，另有一說將作者指向「潘岳」，提出此論點之學者如余嘉錫及日本學
者興膳宏。由於石崇歷史評議趨於負面，故對於「以〈金谷詩序〉方其文，
義之比於石崇，聞而甚喜」一說，學者多所質疑。無論才學、人品，以後世
觀點進行比較，王羲之勝於石崇甚多，故「聞而甚喜」的反應，似是令人匪
疑的。於是為使事件合乎情理，提出「以潘岳〈金谷詩序〉方其文」的說法，
如是，則王羲之與潘岳相比，評比對象便能相稱。然，若為〈金谷詩序〉為
潘岳所作，則歷來「石崇」說又當如何解套？為解此疑實，學者以為，《晉書》
成於眾手，紕謬甚彩，屢見指摘，故將作者的錯置歸之於《晉書》編者的缺
失。對此，張金耀以為，《晉書》編者在〈金谷詩序〉上加上潘岳名字，必有
其充分依據，雖然真實原因今已無從查考，然若僅以編纂疏漏說之，似是令
人難以信服的。對此，張金耀提出二點可能：其一、〈金谷詩序〉原有兩篇，
石崇、潘岳各作一篇，如〈蘭亭詩〉有王羲之與孫綽兩序一樣，但唐以後潘
序亡佚。由於潘岳文名當在當時與後世都遠勝石崇，故當他人將自己與潘文
並論時，等於肯定了文才得與潘岳頡頏，因此「聞而甚喜」的反應就可理解
了。二、若〈金谷詩序〉只有一篇，則實有潘岳所作，石崇僅是署名而已，
況史上文士替人捉刀是極為常見的。若金谷集會後，石崇授意委請潘岳代作
詩序，似是有可能的。然，真相為何難以論斷，但在沒有確切證據的情況下，
一般仍以為〈金谷詩序〉為石崇所作。

〔註35〕【清】嚴可均校輯：《全上古三代秦漢三國六朝文》，〈全晉文卷33·石崇〉，
　　　　頁1651。

〔註36〕【清】嚴可均校輯：《全上古三代秦漢三國六朝文》，〈全晉文卷33·石崇〉，
　　　　頁1650。

〔註37〕【唐】房玄齡等撰：《晉書》卷33，〈石苞傳附石崇傳〉列傳第3，頁1008。

谷園景觀記錄，潘岳〈金谷集作詩〉中亦有描寫，詩云：

> 迴谿縈曲阻，峻阪路威夷。綠池泛淡淡，青柳何依依。濫泉龍鱗瀾，
> 激波連珠揮。前庭樹沙棠，後園植烏椑。靈囿繁石榴，茂林列芳梨。
>
> 〔註38〕

透過詩歌載錄，金谷園景躍然紙上，然書寫仍以金谷流水爲根基，載其池水、花、木。大抵古人妙造自然，便是要使山水濃縮於園林間，綠池青柳、珍木名花，在石崇有心妝點中，自然景致與人工山水交相襯托，園中有經濟生產等現實功能，亦有遊覽賞玩等休閒活動。有關西晉時期的莊園特色，馬懷良論道：

> （西晉）莊園除了強調它的經濟功能之外，它在文化上的功能也逐漸地顯現出來了，就是是成爲文人進行藝術創作或者説來享受文人雅趣的一個場所。這個時候的莊園就有一點類似於曹丕、曹植他們當年在鄴下活動的西園。酒喝完了，就駕車到西園裡面去，奏樂，觀舞，聆聽鳥鳴，感受涼風，仰觀星星、月亮，靠這些東西來引發自己的靈感，進行文學創作。到西晉時期，莊園把西園的那種功能繼承下來了，其中最典型的就是石崇的金谷園。……西晉時期的莊園已經見不到經商、祭祀之類的活動，也見不到像學校、武裝這一類的東西，而是把天底下最好的東西都集中到莊園裡面來……。莊園就是個體享受人生的地方，享受人生就包括文人情趣，包括聚會，當然，既有家庭聚會，也有文人聚會。這是莊園經濟發展到西晉時期出現的新內容。總之，這一時期的莊園除了經濟功能之外，文化的功能也凸現出來了。〔註39〕

馬良懷此段話語中帶出了一個重要訊息，意即西晉莊園具有「經濟」及「文化」兩大功能，其上承傳統莊園所具有的經濟功能，卻又有別於東漢以宗族爲樞紐的莊園關係，除此，更大規模地搜羅天下珍奇異寶，使莊園更臻完善與殊奇，而將此特色完全展現者首推石崇金谷園。如石崇〈金谷詩序〉中自云：「有清泉茂林，眾果竹柏、藥草之屬，金田十頃、羊二百口，雞豬鵝鴨之類，莫不畢備。」又《晉書·石崇傳》載：「有司簿閱（石）崇水碓三十餘區。」由此得知，金谷園之經濟功能頗具規模。此外，珍木名物的搜羅更不在話下，如潘岳〈金谷集作詩〉提及「前庭樹沙棠，後園植烏椑」，關於「沙棠」及「烏

〔註38〕逯欽立輯校：《先秦漢魏晉南北朝詩》，頁632。
〔註39〕馬良懷：《魏晉文人講演錄》，桂林：廣西師範大學出版社，2009年3月，頁166。

榫」的說明，郭璞〈山海經圖贊上・南山經・沙棠〉云：「安得沙棠，制為龍舟，汎彼滄海，眇然遐遊。聊以逍遙，任彼去留」〔註40〕《文選》李善注引《廣志》曰：「梁國侯家有烏榫，甚美，世罕得之。」〔註41〕透過文獻記載，園中物之稀罕可見一斑。完備的莊園條件，使其成為遊賞逸樂的絕佳場域，其後在莊園主人的有意揮霍下，金谷園慢慢與「侈靡」相連結，最後成為文學作品裡的經典意象。

第二節　人文「金谷」

　　自元康元年起，石崇屢於金谷園聚會文士，文人士子聚會於此，或遊賞逸樂，窮耳目之娛；或抒離思感懷，賦詩詠嘆。《晉書・劉琨傳》載：「時征虜將軍石崇河南金谷澗中有別廬，冠絕時輩，引致賓客，日以賦詩。」〔註42〕宴遊活動中，以元康六年金谷宴遊最具代表，在石崇「賦詩不成，罰酒三斗」的規則裡，「金谷詩」應蘊而生。透過詩歌妝點，金谷園的文化氣息更顯濃厚，從金谷園中的集會活動，足以觀當時之「金谷詩」。

一、金谷園中的文化集會

　　石崇集天下珍奇於一園，並以此園作為文人雅集的場所。元康六年，石崇於金谷園舉行盛會，為即將返回長安的征西大將軍王詡餞別，與會諸人賦詩以敘其懷，石崇將當時所賦詩作匯編為《金谷詩集》，並為之作〈金谷詩序〉，可惜《金谷詩集》多已不存。〔註43〕。今從晉詩中查找與金谷宴遊相關的詩

〔註40〕【清】嚴可均校輯：《全上古三代秦漢三國六朝文・全晉文》，卷122，頁2160。
〔註41〕潘岳〈閒居賦〉：「梁侯烏榫之柿。」《文選》李善注引《廣志》曰：「梁國侯家有烏榫，甚美，世罕得之。」【南朝梁】蕭統編、【唐】李善注：《文選》，臺北：正中書局，1995年，卷16，頁211。
〔註42〕【唐】房玄齡等撰：《晉書》卷62，〈劉琨傳〉列傳第32，頁1679。
〔註43〕由於石崇文集今已亡佚，〈金谷詩序〉幸得後人輾轉引用得以流傳。欲精確述其出處，當溯及最早引用的版本——【南朝宋】劉義慶《世說新語》。《世說新語》〈品藻〉57注引（見「謝公云：「金谷中蘇紹最勝。」一則），若無劉義慶《世說新語》援引，石崇〈金谷詩序〉大概散佚。繼《世說新語・品藻》劉注後，《水經注》卷16〈谷水〉、李善注《昭明文選》卷16時亦有所引用，唯《文選》僅引用片段，不及《世說新語》載錄詳細。另，《藝文類聚》卷9及北宋編纂之《太平御覽》卷919，均有部分援引文句，直至【清】嚴可均輯：《全上古三代秦漢三國六朝文・全晉文》，則將該詩作完整拼接，予以收錄。

作，唯存石崇〈金谷詩序〉、潘岳〈金谷集詩〉、〈金谷會詩〉〔註44〕及杜育〈金谷詩〉〔註45〕。石崇〈金谷詩序〉云：

> 余以元康六年（296年），從太僕卿出爲使，持節監青、徐諸軍事徵虜將軍。有別廬在河南縣界金谷澗中，或高或下，有清泉茂林，眾果竹柏，藥草之屬，莫不畢備。又有水碓、魚池、土窟，其爲娛目歡心之物備矣。時征西大將軍祭酒王詡當還長安，余與眾賢共送往澗中。晝夜遊宴，屢遷其坐。或登高臨下，或列坐水濱。時琴笙筑，合載車中，道路並作。及住，令與鼓吹遞奏，遂各賦詩，以敘中懷，或不能者，罰酒三斗。感性命之不永，懼凋落之無期。故具列時人官號、姓名、年紀，又寫詩著後。後之好事者，其覽之哉！凡三十人，吳王師、議郎、關中侯、始平武功蘇紹字世嗣，年五十，爲首。
> 〔註46〕

石崇〈金谷詩序〉在金谷園議題的討論上扮演著重要角色，舉凡聚會時間、金谷園位址及與會人物等，〈金谷詩序〉都提供了直接證據。序文中詳述與會目的是爲替王詡送行，然石崇此際亦將外任新職，其同時扮演著行者與宴遊主人的雙重身分。據〈金谷詩序〉載，與會者「凡三十人」、「具列時人官號、姓名、年紀」，其中，蘇紹年最長，故列位於首〔註47〕。然，時過境遷，當年的已知，今成未知，除石崇、王詡、蘇紹於詩序中提及外，另，《晉書·劉琨傳》載：「（琨）年二十六，爲司隸從事。時征虜將軍石崇河南金谷澗中有別廬，冠絕時輩，引致賓客，日以賦詩。琨預其間，文詠頗

〔註44〕殘句，見《文選》卷59，沈約《齊故安陸昭王碑文》注。【南北朝】蕭統：《文選》，卷30，胡刻本，頁1313～1328。

〔註45〕殘句，見《文選》卷30，謝靈運《南樓中望所遲客詩》注。【南北朝】蕭統：《文選》，卷30，胡刻本，頁696。

〔註46〕【清】嚴可均校輯：《全上古三代秦漢三國六朝文》，〈全晉文卷33·石崇〉，頁1651。

〔註47〕序文稱「具列時人官號、姓名、年紀」，則這種序列應由官位或年齡決定。蘇紹官爵是「吳王師、議郎、關中侯」，據《通典·職官》，晉時，王師掌教導諸王，列第六品；議郎掌顧問應對，列第七品；關中侯只是不食租的虛封爵號，列第六品。石崇自己是二、三品的大員（據《通典·職官》，太僕屬九卿，列第三品；征虜將軍亦列第三品，持節都督列第二品）且交游廣泛，其中多有高級的官員，若僅按官位排列，位列六、七品的蘇紹不會被置於榜首。因此，它更應是按年齡排列的。有關排序之推論，參引自張金耀：〈金谷遊宴人物考〉，《復旦學報》第2期，社會科學版，2001年，頁128～132，頁129。

爲當時所許。」〔註48〕據此，確定劉琨爲與會人士，以及留有詩作的潘岳、杜育外，其餘二十四人，成爲眾家學者極欲探查的對象。對此，徐公持以爲：

> 元康六年前後，正是賈后、賈謐勢盛，石崇、潘岳等「二十四友」活動高潮期，所以「二十四友」中的大部分人，應是此次雅集的成員（潘、杜皆列名「二十四友」內）。自「遂各賦詩」事，亦可推斷在場者多數是文士。所以說，金谷雅集是一次文學雅集。其直接的成果未必有很高價值，但作爲當時主要文學人士都參與的一次大規模的群體活動，它是西晉一代文學繁盛的象徵，而石崇在此起著核心作用。〔註49〕

據上文所述，若使二十四友之活動高峰與金谷集會相扣合，則徐公持以爲該次集會，「二十四友」當列屬其中。透過對金谷雅集的肯定，進而認可石崇的核心影響力。又，張金耀於〈金谷遊宴人物考〉〔註50〕一文中，透過「二十四友」尋找參與金谷雅集之可能人物。且，當時石崇作有〈答曹嘉詩〉、〈贈棗腆詩〉、〈答棗腆詩〉；曹攄留有〈贈石崇詩〉、〈答石崇詩〉、〈贈歐陽建詩〉；棗腆有〈贈石崇詩〉、〈贈石季倫詩〉〔註51〕，透過詩人酬唱應答的贈答詩，亦可作爲判斷金谷與會人物的參考。綜合各項條件，張金耀推測：

> 金谷游宴之日，王詡、石崇、蘇紹、潘岳確定在場，而其他人在場的可能性依次是：杜育、曹攄極可能，劉琨、歐陽建、棗腆有可能，嵇紹不太可能，而曹嘉絕不可能。〔註52〕

石崇〈金谷詩序〉中直言，此次聚會旨在送行，表面上是爲王詡送行，實則石崇自身亦是行者，潘岳參與此次聚會留下〈金谷集詩〉，詩中可見潘岳、石崇情誼甚深。詩云：

> 王生和鼎實，石子鎮海沂。親友各言邁，中心悵有違。
> 何以敘離思？攜手遊郊畿。朝發晉京陽，夕次金谷湄。
> 迴谿縈曲阻，峻阪路威夷。綠池泛淡淡，青柳何依依。
> 濫泉龍鱗瀾，激波連珠揮。前庭樹沙棠，後園植烏椑。
> 靈囿繁石榴，茂林列芳梨。飲至臨華沼，遷坐登隆坻。

〔註48〕【唐】房玄齡等撰：《晉書》卷62，〈劉琨傳〉列傳第32，頁1679。
〔註49〕徐公持：《魏晉文學史》，臺京：人民文學出版社，1999年9月，頁330。
〔註50〕張金耀於〈金谷遊宴人物考〉，《復旦學報》第2期，社會科學版，2001年，頁128～132。
〔註51〕此部分贈答詩，已於本論文第二章〈石崇詩歌研究〉中論述，此不再詳述。
〔註52〕張金耀於〈金谷遊宴人物考〉，《復旦學報》第2期，社會科學版，2001年，頁132。

玄醴染朱顏，但愬杯行遲。揚桴撫靈鼓，簫管清且悲。

春榮誰不慕？歲寒良獨希。投分寄石友，白首同所歸。〔註53〕

詩中詳載金谷美景，藉外景以抒內情，別離感慨不言而喻。一語「投分寄石友，白首同所歸」，可謂一語成讖，為永康元年（公元300年）潘、石兩人雙雙遇害預留伏筆。西晉元康六年（296）石崇宴集金谷園，五十七年後，時值東晉永和九年（353），王羲之修禊於蘭亭，〈蘭亭集序〉遂傳於世，序曰：

永和九年，歲在癸丑，暮春之初，會于會稽山陰之蘭亭，修禊事也。

群賢畢至，少長咸集。此地有崇山峻嶺，茂林修竹；又有清流激湍，

引以為流觴曲水，列坐其次。雖無絲竹管弦之盛，一觴一詠，亦足

以暢敘幽情。〔註54〕

又，《世說新語・企羨》3載：

王右軍得人以〈蘭亭集序〉方〈金谷詩序〉，又以己敵石崇，甚有欣

色。〔註55〕

推敲王羲之聚會方式、作詩與罰酒規則，幾與金谷宴遊相同，觀之，似有意效仿石崇。然，以石崇倍受爭議的行事風格，對比王羲之「甚有欣色」，後人讀之頗有疑慮，北宋蘇東坡以為此事誠屬謠傳，不足為信，東坡言：

金谷之會皆望塵之友也，季倫之於逸少如鷗鳶之於鴻鵠，尚不堪作

奴，而以自比，決是晉宋間妄語。史官許敬宗真人奴也，見季倫金多，

以為賢於逸少，今魯直又怪畫師不能得逸少高韻，豈不難哉？〔註56〕

〔註53〕逯欽立輯校：《先秦漢魏晉南北朝詩》，頁632。

〔註54〕【明】張溥輯：《漢魏六朝百三名家集》，臺北：文津出版社，出版年不詳，頁2376。

〔註55〕余嘉錫：《世說新語箋疏》，〈企羨〉3，頁631。

〔註56〕蘇軾《東坡論畫》：「徐彥和送此本來，云是「王右軍繪圖」。予觀此榻上偃寒者，定不解書蘭亭序也。右軍在會稽時，桓溫求側理紙，庫中有五十萬盡付之。計此風神，必有喦嶅之姿耳。謝安石人物為江左第一，然其름政殊未可逸少意，作書識誚殆欲痛哭，此所謂君子愛人以德者。以紙五十萬與桓溫何足道？此乃史官之陋，而魯直亦云爾何哉？書生見五十萬紙足了一世，舉以與人，真異事耳。本傳又云：「蘭庭之會，或以比金谷，而以逸少比季倫。逸少聞之甚喜。」金谷之會皆望塵之友也，季倫之於逸少如鷗鳶之於鴻鵠，尚不堪作奴，而以自比，決是晉宋間妄語。史官許敬宗真人奴也，見季倫金多，以為賢於逸少，今魯直又怪畫師不能得逸少高韻，豈不難哉？余在惠州，徐彥和寄此畫求余跋尾，畫此以發千里一笑。」原載於《東坡題跋》卷5，《叢書集成初編》本，此轉引自【清】張玉書撰：《佩文韻府》，卷六十八之三，清文淵閣四庫全書本，頁16971。

又，南宋胡銓在〈跋羅長卿所藏蘭亭詩〉中亦言：

> 右《蘭亭集》也，或以方梓澤敘，右軍喜甚，此殊不可曉。郗嘉喜
> 人以己比苻堅，殆是同病。〔註57〕

以後世觀點評議石崇，確實不解於王羲之的「甚有欣色」，然此疑慮實源繫於
對石崇的負面認知。若以歷史之真實面出發，重新建構對石崇的全面了解，
觀其於當世之號召力，或者可合理推斷，於魏晉士人眼中，石崇應不僅只於
後世認知的卑佞殘忍。另，當時所謂之「風流」，實有浪漫、率性等意涵，觀
石崇性情與行事，確實具此特質，且在「慕賢」、「慕達」、「慕雅」之文化背
景下，王羲之的「甚有欣色」，當可提供後世另一個觀看石崇的視角。姑且不
論〈金谷詩序〉與〈蘭亭集序〉兩作者之品行人格是否相稱，專就集會活動
的展現方式，及「賦詩不成，罰酒三斗」的規則，確實成為一種文化延續，
如李白〈春夜宴從弟桃李園序〉中即據此留下「開瓊筵以坐花，飛羽觴而醉
月。不有佳詠，何申雅懷，如詩不成，罰以金谷酒數」〔註58〕的經典話語。

二、金谷園中的政治集合

惠帝即位後，晉初相對穩定的十年逐步走向動盪，為使仕途順遂，躋身
權力中心，游於權貴逐為要務。時賈后主政，以賈謐為首的「二十四友」集
團成為當時最重要的文人集團，此時熱衷仕進的石崇亦參與其中。在石崇的
加入下，金谷園順理成為二十四友交遊聚會的重要場域。查考元康六年金谷
與會者，其中確實不乏「二十四友」成員，其於金谷園中賦詩酬唱，一方面
呈現文化活動的集合，另一面卻是政治關係的攀比。因此，論石崇金谷園，
必將涉及「二十四友」的討論，從中以見其交友與政治參與。二十四友集團
以賈謐為核心人物，賈謐父親韓壽，母親賈午，祖父是助司馬氏奪權的重要大

〔註57〕 胡銓〈跋羅長卿所藏蘭亭詩〉：「右《蘭亭集》也，或以方梓澤敘，右軍喜甚，
此殊不可曉。郗嘉喜人以己比苻堅，殆是同病。陳公廙居洛，為禊飲，與客
酬唱『無愧山陰』之句。敘者謂禮義為疏曠之比，道藝當筆札之工，誠不愧
矣。予觀少安少邁往不屑之韻，與隆替對蘭亭之傳，豈但筆札之工，公廙自
云『無愧』，蓋王、謝之細耶！『韓安國不能作賦，罰酒三升。予作詩不成，
亦飲三觥』，議者以是少之，珂謂一詩一賦足以盡豪傑之
士哉！」胡銓：《胡澹庵先生文集》32 卷。《全宋文》4314 卷，第 195 冊，
胡銓 16，上海：上海辭書出版社、安徽：安徽教育出版社，2006 年 8 月，
頁 273。

〔註58〕 【唐】李白撰、【清】王琦注：《李太白詩集注》，〈卷27 序 20 首〉，清文淵閣
四庫全書本，頁 669。

將——賈充。關於韓壽及賈午間的愛情，《世說新語》載有「韓壽偷香」〔註59〕一事。由於賈充只有兩個女兒，一爲賈南風，嫁予晉惠帝；一即賈午，嫁予韓壽。於是，韓壽與賈午所生之子，成爲賈充的家族繼承人，「韓謐」於是成了「賈謐」。特殊的家族背景，極至的權力掌握，使得賈謐身邊總環繞著一群浮競士人，此即史上著名之「賈謐二十四友」。關於「二十四友」史傳記載不少，《晉書》中出現「二十四友」一詞者計五處，《晉書‧賈謐傳》載：

> 謐好學，有才思。既爲充嗣，繼佐命之後，又賈后專恣，謐權過人
> 主，至乃鑠鏁繫黃門侍郎，其爲威福如此。負其驕寵，奢侈逾踰度，
> 室宇崇僭，器服珍麗，歌僮舞女，選極一時。開閣延賓。海内輻湊，
> 貴游豪戚及浮競之徒，莫不盡禮事之。或著文章稱美謐，以方賈誼。
> 渤海石崇歐陽建、滎陽潘岳、吳國陸機陸雲、蘭陵繆徵、京兆杜斌
> 摰虞、琅邪諸葛詮、弘農王粹、襄城杜育、南陽鄒捷、齊國左思、
> 清河崔基、沛國劉瓌、汝南和郁周恢、安平牽秀、潁川陳眕、太原
> 郭彰、高陽許猛、彭城劉訥、中山劉輿劉琨皆傅會於謐，號曰二十
> 四友，其餘不得預焉。〔註60〕

《晉書‧石崇傳》載：

> （崇）拜太僕，出爲征虜將軍，假節、監徐州諸軍事……免官。復
> 拜衛尉，與潘岳諂事賈謐。謐與之親善，號曰：「二十四友」。〔註61〕

《晉書‧潘岳傳》載：

> 岳性輕躁，趨世利，與石崇等諂事賈謐。每候其出，與崇輒望塵而
> 拜。構愍懷之文，岳之辭也。謐二十四友，岳爲其首。〔註62〕

《晉書‧劉琨傳》亦載：

> 時征虜將軍石崇河南金谷澗中有別廬，冠絕時輩，引致賓客，日以
> 賦詩。琨預其間，文詠頗爲當時所許。祕書監賈謐參管朝政，京師
> 人士無不傾心。石崇、歐陽建、陸機、陸雲之徒，並以文才降節事
> 謐，琨兄弟亦在其間號曰「二十四友」。〔註63〕

而《晉書‧閻纘傳》則載閻纘論「二十四友」云：

〔註59〕 余嘉錫：《世說新語箋疏》，〈惑溺〉5，頁921。

〔註60〕 【唐】房玄齡等撰：《晉書》卷40，〈賈充傳附賈謐傳〉列傳第10，頁1173。

〔註61〕 【唐】房玄齡等撰：《晉書》卷33，〈石苞傳附石崇傳〉列傳第3，頁1006。

〔註62〕 【唐】房玄齡等撰：《晉書》卷55，〈潘岳傳〉列傳第25，頁1054。

〔註63〕 【唐】房玄齡等撰：《晉書》卷62，〈劉琨傳〉列傳第32，頁1679。

世俗淺薄，士無廉節，賈謐小兒，恃寵恣睢，而淺中弱植之徒，更
相翕習，故世號魯公二十四友。……但岳徵二十四人，宜皆齊黜，
以肅風教。〔註64〕

上述引文，除閻纘對「二十四友」直接提出批駁外，其餘四則皆見求榮攀比
之心。在歷史評述中，「浮競」可說是二十四友的代名詞，「浮」代表的是浮
華淺薄、行事輕率；「競」展現的是急功近利、趨炎附勢、唯利是圖的人生態
度。由於行事、人格趨於負面，於是即使與會諸人多文壇英才，然亦有不屑
與之同流者，如《晉書‧嵇紹傳》載：「謐求交於紹，紹拒而不答。」〔註65〕
在二十四友活躍的期間中，集團成員未因詩才揚名後世，反因爭議行止與卑
劣人格招致負評，以此對比閻纘、嵇紹的反應，生命格局高低立現。儘管對
於賈謐的拉攏，嵇紹「拒而不答」，然對於二十四友中的石崇，卻自有一分情
分，此從嵇紹作〈贈石季倫〉一詩得見。〔註66〕據《晉書》所載，二十四友
的聚合源繫於政治推力的靠攏，由於此中不乏著名文士，如潘岳、陸機、陸
雲、左思、摯虞、劉琨、歐陽建等，是以該政治集團亦富含濃重文學性。其
中「望塵而拜」、「矯詔構陷愍懷太子」、「著文稱美賈謐以方賈誼」等事，尤
為人不齒。這些性格上的偏失，引發後世諸多對於文章與人格的討論。究竟
文章是否如其人？對此馬懷良以為：

「二十四友」在追名逐利方面的色彩顯得特別的濃厚，他們的聚集，
主要不在「以文會友」，而在於利的誘惑。在他們身上，文人的人格
缺陷非常鮮明地凸現了出來。……而「二十四友」這個文人群體呈
現出來的人可缺陷又與他們所處的時代有著密切的關係，這是我們
今天在評價他們時應該注意的。〔註67〕

〔註64〕【唐】房玄齡等撰：《晉書》卷48，〈閻纘傳〉列傳第18，頁1356。
〔註65〕【唐】房玄齡等撰：《晉書》卷89，〈嵇紹傳〉列傳第59，頁2298。
〔註66〕詳見本論文第二章，石崇繫年「元康六年」記事。《晉書‧忠義傳》卷八十九：
「服闋，拜徐州刺史。時石崇為都督，性雖暴驕，而紹將之以道，崇甚親敬之。」
【唐】房玄齡等撰：《晉書》卷89，〈嵇紹傳〉列傳第59，頁2298。時嵇紹四
十二歲，拜徐州刺史，作〈贈石季倫〉，詩云：「人生稟五常，中和為至德。嗜
欲雖不同，伐生所不識。仁者安其身，不為外物惑。事故誠多端，未若酒之賊。
內以損性命，煩辭傷軌則。屢飲致疲怠，清和自否塞。陽堅敗楚軍，長夜傾宗
國。詩書著明戒，量體節飲食。遠希彭聃壽，虛心處衝默。茹芝味醴泉，何為
昏酒色。」見於逯欽立輯校：《先秦漢魏晉南北朝詩》，頁725。
〔註67〕馬良懷：《魏晉文人講演錄》，桂林：廣西師範大學出版社，2009年3月，頁
156。

歷來評述二十四友，多因其卑佞行止造成評論者意見分化，其中尤見於潘岳、陸機、陸雲的評價上。馬良懷之語，將時代因素納入考量，提供學者在進行思辨時，能更近於客觀。儘管行事倍受爭議，然學者普遍以為，「二十四友」可說是西晉文壇的小小縮影，關於二十四友的創作數量與影響，徐公持以為：

> 從文學史角度視之，「二十四友」一方面有「金谷雅集」之類的文學氣氛濃厚的活動，另一方面平時的文學創作也很多，他們的今存詩幾乎占全部西晉文士詩歌的一半。這個數字實為驚人，表明此一集團中人創作精力的旺盛，他們的文學活動對於構築當時文學的整體繁榮氛圍，起了決定性作用。從文風看，「二十四友」首要特質就是浮華躁競，而這種浮華躁競文風主要表現於今存他們的贈答詩中。「二十四友」的贈答詩，比建安文士的同類作品多。
> 〔註68〕

據考，「二十四友」年齡懸殊、任職亦異〔註69〕，然皆為名重一時的人物。其之形成，以二十四友視角分析，或為攀附權貴而生；反之，就賈謐而言，蓋為政治手腕的運用，透過文士的網羅，拓展政治影響力，以求全面掌控朝政。有關二十四友的組成背景與社會關係，徐公持於《魏晉文學史》中做了如下分析：

一、貴戚：諸葛詮、左思、王粹、周恢、郭彰

二、功臣及名門後裔：石崇、陸機、陸雲、劉訥、劉輿、劉琨

三、本人為當時名士：周恢、杜育、和郁、劉訥

四、與賈謐、石崇有特殊關係者：潘岳、繆徵、崔基、歐陽建

〔註68〕 徐公持：《魏晉文學史》，北京：人民文學出版社，1999年9月，頁331～332。

〔註69〕 關於「二十四友」之性質，俞士玲曾著〈二十四友性質考〉詳實考證。其以為：「二十四友」年齡自二十餘至七十餘不等，其任職可考者：趾彰為衛將軍，石崇為太僕卿，劉琨自太尉府，左思、牽秀自司空府，陸雲自吳王府，潘岳、杜斌為散騎侍郎或黃門郎，和郁為列曹尚書，劉輿為尚書郎，陸機為著作郎……。而從「二十四友」官職品秩看，主要集中在相當於州刺史、郡太守一級，較高者，郭彰、石崇；較低者，劉琨兄弟，為為賈家親舊。而二陸，因陸機為著作郎，直司其職而得列於其中。《晉書・賈謐傳》云：「其餘不得預焉」，應是實錄。……又從「二十四友」出身看，約為三種類型：一為賈家親舊；二為各地名門望族；三為名臣名將之後。參引自俞士玲：《陸機陸雲年譜》，北京：人民文學出版社出版，2009年2月，頁182～183。

以上所列四項身份背景，計貴戚五人，功臣及名門子弟六人，本人
為名士者五人，與賈謐、石崇有特殊關係者四人，已占二十四人中
的絕大部分。而這些人中的大部分，當時（元康中）又都膺任不同
職位，官位較高者十二人（四品以上），占半數；餘則稍低。綜合以
上諸方面身份背景觀之，則二十四人幾乎每人皆有某方面社會資本
及身價憑藉。〔註70〕

表面觀之，二十四友集團確實是在各自的政治利益中，希冀藉由集團聚合穩
固權勢。然，深入思考，石崇以功臣子身分活躍政壇，在西晉門閥體制中握
有相當權力與政治高度，何致望塵而拜？回顧泰始元年史事，時晉武帝大開
封賞，石苞乃首位異姓大臣，拜大司馬、封樂陵公；賈充排序第三，拜衛將
軍、封魯公。又，石苞、石崇為父子關係；賈充，賈謐為祖孫關係。元康中，
石崇任南中郎將、荊州刺史，官任四品，後拜太僕，亦四品官。至調任征虜
將軍，假節、監徐州軍事時，已晉升到三品官；同一時期，賈謐以秘書監身
份，亦三品官。就名份、職位等條件分析，石崇實不需趨附賈謐，然《晉書》
中又的的確確載錄「諂事賈謐」〔註71〕一事，其中的幽微變化值得深究。推
敲其因，《晉書・賈謐傳》能解此疑竇，「賈后專制」、「權過人主」、「負其驕
寵」〔註72〕等語句，說明了賈謐的炙手可熱，位處於政治高峰的年輕少年，
在群臣中展其威風。反觀石崇，乍看似在政治高峰，實則不然，自武帝崩殂
後，石崇先因議奏封賞舊事，出為南中郎將，後又因贈鳩鳥為傅祗所糾，權
勢危機感自此萌生，於是在元康六年，留下了諂事賈謐的記錄。有了賈謐作
為政治後盾，石崇未因此收斂言行，後因與徐州刺史高誕爭酒相侮，為軍司
所奏，遂致免官，後雖快速復拜衛尉，不過就官職高低而言，從「征虜將軍」
到「復拜衛尉」，是三品官到四品官的區別，對石崇來說，其想必也意識到
權勢之不能久存。此外，位階高低又直接影響的財富多寡，這一體之兩面，
環環相扣，做為「身名俱泰」的奉行者，石崇不會錯失任何一個鞏固權勢的
契機。

從道德角度出發，論二十四友行事與人格，後世評議者多惋惜不齒。然，

〔註70〕徐公持：《魏晉文學史》，北京：人民文學出版社，1999年9月，頁353～
355。

〔註71〕見於【唐】房玄齡等撰：《晉書》卷33，〈石苞傳附石崇傳〉列傳第3，頁1006，
又亦可見於《晉書》卷55，〈潘岳傳〉列傳第25，頁1504。

〔註72〕【唐】房玄齡等撰：《晉書》卷40，〈賈充傳附賈謐傳〉列傳第10，頁1173。

回歸到大時代的氛圍裡，不安定的政治焦慮，迫使得士人不得不自尋出路。在政治風向中，敏銳找尋生存的契機，是本能的欲求，也許過程是令人不屑的，但在青雲直上的仕宦企圖中，卻又極度必需。仕宦的不安定，在依附權貴中得到保障，而及時行樂、宴遊縱欲，則可短暫消弭人生的不安。於是，遊於金谷，寄情山水，集會賦詩，這是「雅」的一面；然，夤緣攀附，侈靡縱欲，德行卑劣，卻又是相對的「俗」。關於二十四友的總體評說，江建俊先生於〈在超脫與沉淪之間——以「玄」的角度解讀「賈謐與二十四友」〉一文中，有精道見解，其言：

> 以賈謐與「二十四友」爲取樣，追從其一生行蹤，發現「幽闇意識」中提出人性本具陰暗隱微面，非全善，易於墮落，流於自私，故不可自誇可等同於天，唯其如此，須有制約的力量，使其不流於惡。魏晉名士之特色爲才雋品卑，他們徘徊於超脫與沉淪之間，一邊寫〈閑居賦〉，一邊「拜路塵」，讓人易於「描摹失眞」，唯有通過「素論」、「清議」之檢驗，始薰蕕判然分別。〔註73〕

又言：

> 由於魏晉士人「居薄」、「居華」而不「處厚」、「處實」，故有「玄智」而無「玄德」，不知「無遺身殃」在「襲常」服道上，他們缺欠「重積德」，故玩弄光景，而不能回歸於含藏內斂、寶精愛神的「嗇」，此虛華實非「深根固柢、長生久視」之道，宜其「二十四友」常陷於進退維谷，他們在宦海莫測中，爲擇木而棲，顯得焦灼、無奈，他自處處取合新主，其前途與命運，取決於所投靠的府主手上，而其所投靠，是出手押寶式的。他們才從某一個困境中跳離，馬上又陷入另一個困境中，爲了進入仕途而遊權門，因失志而憤懣，爲遂志進身而岐嶇人世，他們置身於名利場中，過於關注眼前利害，不能用心規畫出處，終在政治漩渦中浮沉，甚至淪爲亂爭中的犧牲品，此咎由自取的下場，徒使「全生」與「護志」兩相失落。〔註74〕

身爲集團一分子，石崇其才、其奢、其卑佞，冠絕他人，對於二十四友的總

〔註73〕江建俊：〈在超脫與沉淪之間——以「玄」的角度解讀「賈謐與二十四友」〉，《成大中文學報》第7期，1999年6月，頁2。

〔註74〕江建俊：〈在超脫與沉淪之間——以「玄」的角度解讀「賈謐與二十四友」〉，《成大中文學報》第7期，1999年6月，頁23。

體評述，一言一語都是對石崇的最佳評說。金谷園在園林功能之餘，也成為政治聚會的集散地，這裡是石崇穩固權勢的起點，也是政治亡身的終點。

三、金谷園中的任誕真情

金谷園中有豪奢逸樂，有詩文酬唱，然此中亦有真實情感，將各個面向予以統合，可以說「縱情任誕」是其風度。金谷園中的任誕行止，展現在為所欲為的汰侈行止上，而其情感的顯揚，則是時代自覺的實踐。傳統士子面對情感，多恪守「發乎情，止乎禮」的基本守則，然而西晉士人選擇以直接而奔放的態度面對。情意的自然顯揚，展現於尋常生活裡，當哭則哭，當嘯則嘯，人見之以為顛狂至極，而當事者卻能自在自得。石崇對於綠珠，便是一種真實情意的展演：

> 崇有妓曰綠珠，美而豔，善吹笛。孫秀使人求之。……崇勃然曰：「綠珠吾所愛，不可得也！」……秀怒，乃勸倫誅崇、建。……崇謂綠珠曰：「我今為爾得罪。」綠珠泣曰：「當效死於官前。」因自投于樓下而死。〔註75〕

相傳綠珠本姓梁，白州博白（今廣西）人，由石崇以真珠三斛買下，石崇對其愛不忍捨，不惜得罪孫秀，招引殺機。以崇之多財及適逢免官危機，倘能獻以綠珠，或能全生避禍，豈料危急存亡之際，石崇一語「綠珠吾所愛，不可得也！」如此抉擇，成為壓垮巨富的最後一根稻草。暫且不探石崇富貴敗亡的主要因素，對於情感與所愛的捍衛，我們不得不肯定這是該時代難得的情意顯揚。反觀綠珠，以「當效死於官前」，做了最堅定的回應。惠帝永康元年，綠珠墜樓、石崇滅族，金谷園走入歷史。然而，對於情義的討論，正待開始，綠珠的墜樓，也成為詩詞、小說、戲曲屢見之材料。關於史傳所載，石崇與綠珠的對談，我們肯定了情感覺醒的部分，這使得西晉士子愈發勇於面對「心聲」，他們熱烈而堅決地捍衛情感，展現對「小我」的重視，及慾求的滿足。就情意覺醒而言，西晉士子體現的是更為進步的思想革命。石崇的

〔註75〕【唐】房玄齡等撰：《晉書》卷33，〈石苞傳附石崇傳〉列傳第3，頁1008。又，余嘉錫：《世說新語箋疏》，〈仇隙〉1，引干寶《晉紀》中語：石崇有妓人綠珠，美而工笛。孫秀使人求之。崇別館北邙下，方登涼觀，臨清水，使者以告。崇出其婢妾數十人以示之曰：「任所以擇。」使所以擇。使者曰：「本受命者，指綠珠也，未識孰是？」崇勃然曰：「綠珠，吾所愛，不可得也！」使者曰：「君侯博古知今，察遠照邇，願加三思。」崇不然。使者已出又反，崇竟不許。余嘉錫：《世說新語箋疏》，頁924。

多情，詩人以「伸頭臨白刃，癡心爲綠珠。」〔註76〕予以肯定，而綠珠的忠貞有義，詩人則云「百年離別在高樓，一代紅顏爲君盡。」〔註77〕儘管歷史已然落幕，透過歷代詩人的詠歎，金谷園中的任誕眞情依舊傳唱。

第三節　金谷園意象的形成

　　在歷史眞實與文學意象的衍化中，其間必然存在著一份過渡與嘗試，如何援引古事入典？如何取其「意象」，做爲共有記憶的基礎點？於是詩人再不必多言，而情與理自能舒展。下文先論「金谷園意象的指涉」，再論其意象的形成。

一、金谷園意象之指涉

　　關於「意象」定義，前人論述甚繁，東、西方學者對此亦有不同詮解與看法。本節不就「意象」之源起進行探討，而將重心放在「金谷園意象的形成」上。此處僅略說「意象」一詞，以利進行金谷園意象的討論。所謂「意象」，乃合「意」與「象」而成，大抵所指即「寓意於象」，目的在以外在物象表達內心情思。對此，黃永武以爲，「意象」即「作者的意識與外界的物象相交會，經過觀察、審私與美的釀造，成爲有意境的景象。」〔註78〕學者陳滿銘進而指出：

> 文學上的「意象」，含「物」與「事」兩種，而通常，則多著眼於個
> 別之「物」，如竹意象、月意象等；卻很少涉及「事」，如離別意象、
> 隱逸意象等；但這些都只限於狹義一面而已。〔註79〕

〔註76〕【唐】釋寒山撰：《寒山詩》，四部叢刊景宋本，頁 17。

〔註77〕唐・喬知之〈綠珠篇〉，見於【宋】李昉輯：《文苑英華》346 卷，明刻本，頁 2179。關於喬知之寫作此詩的原因在於：知之有婢曰窈娘，美麗善歌舞，爲武承嗣所奪。知之怨惜，作此篇以寄情，密送與婢。婢結詩衣帶，投井而死。承嗣大恨，諷酷吏羅織殺之。該事亦見於【宋】李昉：《太平廣記》：唐武后時，左司郎中喬知之有婢名窈娘，藝色爲當時第一。知之寵愛，爲之不婚。武延嗣聞之，求一見，勢不可抑。既見即留，無復還理。知之痛憤成疾，因爲詩，寫以縑素，厚賂閽守以達。窈娘得詩悲惋，結於裙帶，赴井而死。延嗣見詩，遣酷吏誣陷知之，破其家。收錄於【宋】李昉：《太平廣記》，卷 274〈情感〉，民國景明嘉靖談愷刻本，頁 1208。

〔註78〕黃永武：《中國詩學・設計篇》，臺北：巨流出版社，1999 年，頁 3。

〔註79〕陳滿銘：〈辭章意象論〉，頁 17。收錄於《師大學報：人文與社會類》第 50 卷，第 1 期，2005 年 4 月，頁 17～39。

又言：

> 從「意象」之形成與表現來看，是都與形象思維有關的，因爲形象
> 思維所涉及的，是「意」（情、理）與「象」（事、景）之結合及其
> 表現。〔註80〕

對於「意象」之說解，陳滿銘之論述甚爲精要，其不僅關注到天地萬物，舉凡日、月、山、川、風、雨、雷、電等皆可爲書寫之材料，亦構成「意象」之素材；除此，凡發生於宇宙間之大、小事件，無論悲喜、苦樂、別離、仕隱等，亦「意象」之材料。陳滿銘於〈辭章意象論〉〔註 81〕一文中以此圖表示：

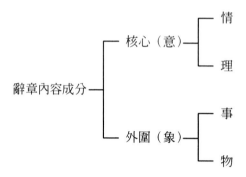

要言之，所謂「意象」，即「寓意於象」，文人士子借外在之「象」喻說內在情「意」，或爲抒內在之「意」，託「象」抒情或說理，此「象」或爲物（景）、或爲事。情動於衷，當詩心搖蕩，詩人常需仰賴事與物（景），方得具體陳說抽象情思；然有時乃觸景而生情，在事、物（景）感發下，引動內心情意，形諸詩歌。是以當「意」與「象」相交相感，諸多「意象」亦應蘊而生。簡言之，一切感官知覺皆可成「象」，亦即所有感受皆可爲「象」，然感官知覺之所以成爲「象」，其背後必有「意」，此「意」即意象之「精神意涵」。當過往的歷史化爲文學的素材，典故的運用使得詩人得以用最精簡的語言文字，發抒動人的情思、闡發精妙的喻意，對此仇小屏以爲：

> 文學作品中出現舊象舊意時，由於讀者與作者都對此有著先備的認
> 識，其連繫起來的，是許許多多的文化累積，所以就可以用最少的

〔註80〕陳滿銘：〈論篇章意象之眞、善、美〉，頁 93。收錄於《成大中文學報》第 27
　　　 期，2009 年 12 月，頁 90～118。
〔註81〕陳滿銘：〈辭章意象論〉，頁 21。收錄於《師大學報：人文與社會類》第 50
　　　 卷，第 1 期，2005 年 4 月，頁 17～39。

字數，喚起最多的情思，因此意味深永，美感綿密。〔註82〕
在此文學意蘊中，詩人因感於金谷史事的興盛衰亡，或發思古幽情，或說理譴責；有時甚或是鬱壘胸中不吐不快，有時則是快意當前欲暢其言，於是「金谷園」從歷史的地理名詞，漸漸形成一種文學的「意象」。若以狹義的文學意象，界定「金谷園」意象範疇，並將與金谷園相關之人、事、物皆涵括其中，則所謂「金谷園意象」廣攝下列特色：

（一）物意象：

1. 人物：

石崇、綠珠（或以「美人」入詩）、二十四友等。

2. 自然：

植物類以「金谷樹」、「園中柳」、「杏花」、「桃李」、「芳草」，或廣義以「金谷園中花」指稱；動物類以「鶯」、「蝶」出現頻率為多，蓋此自然意象皆為營造繁花盛景之春季而得。

3. 物品：

銅駝、錦障、椒房、珊瑚樹、舞榭歌臺、金丸玉饌、豆粥、綠珠樓等。

（二）事意象：

宴飲歡愉、管絃歌舞、富貴汰侈、奢靡敗亡、多情堅貞、浮華交遊、文人雅集、金谷酒數、離別送行等。

以辭章分析討論「金谷園詩」，其意象指涉大抵如上所述，然所謂「金谷園意象」，仍需以「金谷」、「石崇（石季倫）」、「綠珠」等詞為軸心，如是則「銅駝」、「錦障」、「珊瑚」等一般性詞彙方能與「金谷園意象」相連結，脫離金谷核心人物，則所有「自然意象」、「物品意象」及「事意象」將不具意義。故，透過金谷園「人物意象」之連結，詩人得巧用各種「金谷園意象」或抒情、或論理，進而得以型塑歷代不同的意象。

二、金谷園意象的形成

以「中國古籍資料庫」為檢索範圍，自周至三國間，未見以「金谷」為詞條者。自晉起，始有「金谷」一詞之記載，文獻中「金谷」即石崇「金谷

〔註82〕仇小屏：《篇章意象論——以古典詩詞為考察範圍》，臺北：萬卷樓圖書公司，
2006 年 10 月，頁 249。

園」，蓋「金谷」聲名大噪，始於石崇。詞條中所顯，「金谷」僅爲史地記錄，未有詩文作品。故晉人於金谷園賦詩集會，然金谷園尚未形成一專門意象，因此，西晉所謂金谷園詩，專指金谷宴集時，以石崇爲首諸人，於金谷園所作詩歌。南北朝起，與「金谷」相關的詞條漸豐，《十六國春秋》、《宋書》、《魏書》載錄金谷史事；《水經注》記其地理位址，現今進行金谷園址的相關考證，皆以該書爲最早的直接證據；《世說新語》、《文選》、《玉臺新詠》等書，著錄當時人物故事及其詩文著作。以金谷古事爲典，大量賦詩抒懷者，首推南北朝庾信，《庾子山集》中計有六首作品述及「金谷」。換言之，金谷園意象之形成，南北朝庾信地位重要，此距石崇身歿約二百多年。自此，後世詩人每藉金谷事典或抒情或論理，以展情思、發議論，「金谷園」遂從史地名詞的指稱，轉變爲文學意象。下文援引南北朝‧庾信（513～581）詩作印證之，〈枯樹賦〉載：

> 殷仲文風流儒雅，海内知名；世異時移，出爲東陽太守；常忽忽不樂，顧庭槐而歎曰：此樹婆娑，生意盡矣。至如白鹿貞松，青牛文梓；根抵盤魄，山崖表裏。桂何事而銷亡，桐何爲而半死？……況復風雲不感，羈（羇）旅無歸；未能采葛，還成食薇；沉淪窮巷，蕪沒荊扉，既傷搖落，彌嗟變衰。《淮南子》云：「木葉落，長年悲」，斯之謂矣。……乃歌曰：建章三月火，黃河萬里槎；若非金谷滿園樹，即是河陽一縣花。桓大司馬聞而歎曰：昔年種柳，依依漢南；今看搖落，悽愴江潭；樹猶如此，人何以堪！〔註83〕

庾信〈枯樹賦〉篇幅甚長，此處僅節錄部分原文，予以說明。〈枯樹賦〉前段運用大量篇幅，書寫枯樹摧折的形貌，表面詠物，實則借其摧折自我喻說，抒陳亡國哀思與思鄉情懷。文章首尾呼應，先以殷仲文發其端，借其懷才不遇，澆胸中塊壘；文末以桓大司馬感歎收束全篇，推敲寫作深意，應爲發抒身世之抒情小賦。繁盛與衰頹，似是萬事萬物自然運行之理，不可逆之、違之，人事更迭亦如是，總在起落、浮沉間，憑添一屢愁思。此處，援引「金谷樹」入題，是爲借其興盛繁茂對比木葉搖落之悲，在此，「金谷樹」僅作爲一書寫材料，用以強化昔盛今衰的情感深度。推敲庾信作詩心情，蓋與其生活經驗息息相關，從南朝入北朝，歷史名稱上僅是一字之差，然對詩人而言卻是對故國難以割捨的濃烈情懷。詩人以「金谷園」稱代六朝的富貴繁華，

〔註83〕【南北朝】庾信：《庾子山集》卷1，四部叢刊景明屠隆本，頁9。

並以之作爲過往追憶的載體，其美好意象，亦使春光成永恆，於是，庾信金谷詩，屢現永恆的春天。同樣以「金谷」入詩，又如〈奉和趙王春日〉，詩云：

> 城傍金谷苑，園裡鳳凰池。細管調歌曲，長衫教舞兒。
>
> 向人長曼臉，由來薄面皮。梅花絕解作，樹葉本能吹。
>
> 香煙龍口出，蓮子帳心垂。莫畏無春酒，須花但見隨。〔註84〕

當年，石崇金谷園以美人、歌舞名盛一時，如今庾信筆下金谷亦有絲竹、有歌舞，然詩人引入金谷事典，其意不在言說過往，而在發抒當下感懷。再如〈詠園花〉：

> 暫往春園傍，聊過看果行。枝繁類金谷，花雜映河陽。
>
> 自紅無假染，眞白不須粧。燕送歸菱井，蜂銜上蜜房。
>
> 非是金爐氣，何關柏殿香。裛衣偏定好，應持奉魏王。〔註85〕

春風輕拂，花葉繁茂，詩人將眼前美景類比「金谷」，此借金谷花繁，喻說己身所處之地，此寫作手法屢見於後世金谷詩。又〈代人傷往〉其二：

> 雜樹本唯金谷苑，諸花舊滿洛陽城。
>
> 正是古來歌舞處，今日看時無地行。〔註86〕

據詩名得知，詩爲「送行」而作，首句以「金谷」破題，遙想當時金谷花開、美人歌舞，然昔之熱鬧歡愉，愈發凸顯今之寂寥。詩人營造哀情，意在點出「送行」之悲，並將離別的傷情巧妙掩入金谷園的興盛衰亡中。元康六年石崇舉辦金谷雅集，其意即在送行，此處庾信借「金谷離別」的事意象代人傷往，離別之情不待言說，情意已在典故運用間深化。再如〈對酒歌〉，詩云：

> 春水望桃花，春洲藉芳杜。琴從綠珠借，酒就文君取。
>
> 牽馬向渭橋，日曝山頭脯。山簡接䍦倒，王戎如意舞。
>
> 箏鳴金谷園，笛韻平陽塢。人生一百年，歡笑惟三五。
>
> 何處覓錢刀，求爲洛陽賈。〔註87〕

前述金谷園詩均以「金谷」入詩，不同於前者，〈對酒歌〉除見「金谷園」一詞，另見「綠珠」入題，詩中強化的是綠珠的伎藝，肯定其琴聲優美。透過

〔註84〕【南北朝】庾信：《庾子山集》卷3，四部叢刊景明屠隆本，頁24。

〔註85〕【南北朝】庾信：《庾子山集》卷4，四部叢刊景明屠隆本，頁29。

〔註86〕【南北朝】庾信：《庾子山集》卷7，四部叢刊景明屠隆本，頁40。

〔註87〕【南北朝】庾信：《庾子山集》卷2，四部叢刊景明屠隆本，頁12～13。

庾信詩作，得知「綠珠」意象之形成南北朝時期即有。另，庾信六首金谷園
詩，以〈春賦〉之藝術手法最高，詩中除融鑄「金谷」、「綠珠」等意象外，
又能輔以季節特色，渲染作品情思。〈春賦〉中結合植物與春光，使「金谷樹」
與春之欣欣向榮交相輝映，作品情意洋溢在春之喜悅歡愉中，此寫作手法，
開後世金谷詩之先聲。試觀〈春賦〉如下：

> 宜春苑中春已歸，披香殿裡作春衣，新年鳥聲千種囀，二月楊花滿
> 路飛。河陽一縣並是花，金谷從來滿園樹。一叢香草足礙人，數尺
> 遊絲即橫路。開上林而競入，擁河橋而爭渡。

> 出麗華之金屋，下飛燕之蘭宮。釵朵多而訝重，鬟鬢高而畏風，眉
> 將柳而爭綠，面共桃而競紅，影來池裡，花落衫中。

> 苔始綠而藏魚，麥纔青而覆雉。吹簫弄玉之臺，鳴佩淩波之水。移
> 戚里而家富，入新豐而酒美。石榴聊泛，蒲桃醱醅，芙蓉玉碗，蓮
> 子金杯，新芽竹笋，細核楊梅。綠珠捧琴至，文君送酒來。

> 玉管初調，鳴絃暫撫，陽春淥水之曲，對鳳迴鸞之舞。更炙笙簧，
> 還移箏柱，月入歌扇，花承節鼓。協律都尉，射雉中郎，停車小苑，
> 連騎長楊，金鞍始被，柘弓新張，拂塵看馬埒，分朋入射堂。馬是
> 天池之龍種，帶乃荊山之玉梁，艷錦安天鹿，新綾織鳳凰。

> 三日曲水向河津，日晚河邊多解神。樹下流杯客，沙頭度水人。鏤
> 薄窄衫袖，穿珠帖領巾。百丈山頭日欲斜，三晡未醉莫還家。池中
> 水影懸勝鏡，屋裡衣香不如花。〔註88〕

「金谷樹」、「綠珠琴」，不論自然景物或人文風景，都在詩人點化中成為優美
意象。整體而言，做為金谷詩的先驅，庾信已能融合金谷園的「物意象」與
「事意象」，透過意象使用，無需言語贅述，情意遂能無限延展。庾信詩中，
物意象集中於「金谷樹」的化用，事意象則採用「離別送行」的情思。意象
使用上，已能結合自然意象與季節，或以金谷園類比所處場域，此作詩手法
曾大量湧現於後世金谷詩，因此，作為金谷園詩的創作先鋒，庾信地位不容
小覷。

〔註88〕【南北朝】庾信：《庾子山集》卷1，四部叢刊景明屠隆本，頁10。

小　結

　　奢靡的世風，助長著縱情逸樂的生活享受，「金谷園」因此應蘊而生。石崇的奢靡放達，成爲西晉社會的小小縮影，其與時代相輝映、相折射，使「汰侈」成爲西晉關鍵詞，而金谷園則成侈靡的代表。金谷園中，石崇與二十四友酬唱應答、賦詩抒懷，風雅享樂，生命情志由初期的濟世報國，逆轉而爲汰侈縱慾的個人享受。當年，曾經發生過的生活記錄，都成爲詩人賦詩詠懷說理的素材。歌臺、舞榭、戲蝶、流鶯、銅駝、錦障、珊瑚，皆在繁華事散後，徒留想像，幻化而爲詩句中的精采意象。後世詩人，每寓情於景，藉「金谷意象」或抒情、或議論，一抒人事全非的蒼涼感慨。金谷園意象的形成也在庾信的六首金谷園詩中初步成形，在庾信詩筆感懷間，「金谷園」中佇足著永恆的春天，那是浪漫的、繁華的、令人嚮往的美好，自此，開啓唐、宋、元、明、清等歷代金谷詩的書寫。由於各朝各代之文人學士對「金谷園」的感發各自不同，遂能賦予金谷園更豐富且多彩的意涵，進而爲詩人所流連。

第四章　文學金谷：金谷園意象的衍化

　　奢靡的時代風尚，助長著縱情逸樂的生活享受，「金谷園」因此應蘊而生。西晉以降，「歷史」的石崇形象漸被掩沒，偏狹的汰侈行止日益強化，後世詩人跨越史傳侷限，走入詩的領域裡，在歷史淘洗中，將金谷園凝煉而成經典「意象」。詩人寓情於景，藉「金谷園意象」或抒情、或議論，在詩歌中寄託個人感懷，至此「金谷園」幾與豪奢逸樂相連結，其中有對繁盛金谷的企羨比附，亦有覆滅敗亡的唏噓慨嘆。關於歷史的接受與評價，不同的時代環境、不一樣的主體心靈，所感知與詮釋的方法各不相同。然而唯一可確定的是，曾經發生過的歷史真實，都在時間流轉中，被遺忘、被記憶，最後型塑成文學的經典印記。

　　關於金谷園詩研究，今可見以唐人詩、文為取樣對象進行研究者，如黃菊芳：〈詩與歷史——唐詩人筆下的「金谷園」〉〔註1〕及吳秋慧：〈唐代文士的「金谷」印象〉〔註2〕。黃菊芳於〈詩與歷史——唐詩人筆下的「金谷園」〉一文中所指「金谷園」詩，指的是以「金谷園」這個地方及石崇與綠珠的歷史事件為內容的詩作，〔註3〕其以《全唐詩》為檢索對象，共得 26 首「金谷園」詩，其中李建勳〈金谷園落花〉及〈春日金谷園〉二詩所指，乃詩人自有之金谷園，非晉石崇園林，故不列入討論。是故，論文標舉之「金谷園」詩共計 24 首。對此，筆者以清・乾隆《全唐詩》為底本，輔以《文苑英華》

〔註1〕黃菊芳：〈詩與歷史——唐詩人筆下的「金谷園」〉，《國立編譯館館刊》，第 28 卷第 2 期，1999 年 12 月。
〔註2〕吳秋慧：〈唐代文士的「金谷」印象〉，《中國古典文學研究》，第 8 期，2002 年 12 月，頁 37～68。
〔註3〕詳見黃菊芳：〈詩與歷史——唐詩人筆下的「金谷園」〉註腳第七，頁 30。

明其出處，重新檢索「金谷園」及「金谷」二詞，得以下結果：詩中以「金谷園」爲題，及詩句中出現「金谷園」字樣者，有詩 37 首；以「金谷」命題，或於詩句中出現「金谷」二字者，存詩量多達 98 首。倘若以「金谷」爲核心，旁及其他相關事件，綜合「金谷＋石崇（石季倫、季倫）＋綠珠」三關鍵詞，扣除重出詩作，則廣義而言，唐人金谷詩共計 140 首。〔註4〕就數量統計而言，遠遠超出黃氏論文所列舉，推敲此歧義發現，該論文主以「詩名」爲檢索對象，並未涵括詩作內出現「金谷」二字者，故檢索所得僅 24 首以「金谷園」爲詩名者。然，筆者以爲，部分詩作雖未直以「金谷園」或「金谷」命名，然詩作內容借金谷事抒情或議論，亦可列屬「金谷園」詩，因此舉凡詩名或內容出現「金谷園」或「金谷」一詞者，皆一併載錄。其中，部分詩作與「石崇」及「綠珠」相關，然詩句中並未包含「金谷」一詞，亦納入討論。

　　黃菊芳〈詩與歷史──唐詩人筆下的「金谷園」〉一文以爲，唐代詩人運用「金谷」事典，一在撫今追昔，懷古發詠；一在發抒議論，以古爲鑑。論文中指出，唐人感於今昔事變，借古抒懷的內在情緒大抵相同，唯議論重心因人而異，或議石崇、或論綠珠。對此，論文中做了以下結論：

> 以歷史陳跡「金谷園」爲題的詩，唐人總共寫了二十四首，其中有五到七首是試場產物，算來並不是熱門的話題，不過從這二十四首詩裏，我們仍可觀察到唐詩人對同一歷史事件取材的角度，除了懷古篇章較爲一致外，議論的篇章可就各有著重點，……。相較於懷古篇章的深沉感慨，議論諸篇從不同角度展現了詩人對歷史人物的批評。以石崇而言，李清責備他「謀富不謀身」，許渾則聚焦在「二十四友」。當然，責備石崇「驕奢」的詩作爲最多，……。至於綠珠，李昌符的〈綠珠詠〉站在同情綠珠的角度，把孫秀的死拿來補償綠珠的自盡；

〔註4〕有關唐代詩歌之檢索，選用典籍爲【清】曹寅編：《全唐詩》，共 25 冊，900卷，中華書局出版，1960 年。檢索所得詩歌，與詩人個人詩集相印證，以明出處準確度。此處所指「金谷園」詩，狹義而言，主以「金谷園」爲題，或於詩句中出現「金谷園」字樣者；廣義而言，乃以「金谷」爲關鍵詞，針對詩名及內容進行檢索，共得詩作 98 首。歷代詩作中，不論詩名或內容，不乏以「石崇」（石季倫）或「綠珠」爲書寫主題者，倘以此爲檢索關鍵，所得詩作數量將更爲豐厚。如以「石崇」爲關鍵字，可檢索出 21 筆詩作；以「石季倫」爲檢索詞，可得 6 筆資料；以「季倫」爲關鍵詞，可得 18 首詩作；綜合上述作品，扣除重出部分，與石崇有關之詩作共計 39 首；如以「綠珠」爲關鍵字，可檢索出 31 筆相關詩作。綜合「金谷＋石崇（石季倫、季倫）＋綠珠」三關鍵詞，扣除重出詩作，則廣義而言，唐人金谷詩作共計 140 首。

　　而汪遵的〈綠珠〉一詩則大加讚揚綠珠勇敢自盡的舉動。〔註5〕
另，吳秋慧：〈唐代文士的「金谷」印象〉〔註6〕一文，則以《全唐詩》及《全唐文》爲檢索範圍，舉凡與石崇相關之事蹟，皆納入討論，爲求簡潔清晰，俱以「金谷」一詞概括之。由於檢索條件從寬，取材範圍亦廣，故所得詩作筆數亦豐，其檢索結果如下：《全唐詩》中與「金谷」相關的詩作共 172 筆，《全唐文》有十二筆。該篇論文將唐代細分爲初、盛、中、晚四期，從國勢興衰、社會風氣等背景，照看唐人詩中的「金谷」印象。關於金谷詩之研究，當前已有兩篇論文據唐人詩文進行討論，今在此基礎下推而廣之，除論及唐代 140 首金谷詩，另旁及宋、元、明、清作品，進而觀察歷代士人對金谷史事的接受與評議，以見「金谷園意象的衍化」。

第一節　宴飲逸樂，讚金谷美盛

　　奢靡的時代風尚，助長著逸樂生活的流行，石崇在「金谷園」裡誇其富、縱其樂，「金谷園」可說是一切侈靡行止的發源地。對後世詩人而言，「金谷園」不單做爲單純的園林名稱，更與豪奢逸樂相比附，於是，一旦歷史消亡，「金谷園」脫離時、空侷限，遂成爲詩歌中的經典意象。在詩人筆觸下，「金谷園」意象多元，或用以稱代侈靡逸樂的生活饗宴，或作爲繁華園林的代表，詩人甚至藉金谷園的繁盛富足，用以指稱自己當下所處的場域。此外，元康六年的金谷雅集，亦使得後世金谷園詩，多了賦詩酬唱的雅集形象。下就詩作中各種意象分別敘述：

一、述宴飲歡愉

　　曾經，喧騰著音樂、歌舞的金谷地，雖隨時光流轉沉寂，然而透過詩人詩心、詩筆，宴會中的喜悅歡愉躍然紙上。藉由詩歌，詩人或詠當年宴飲之歡，或藉金谷宴飲歡愉，指稱集會盛景，試觀以下詩作：

　　　　平陽擅歌舞，金谷盛招携。　　（唐·劉洎〈安德山池宴集〉）〔註7〕

〔註5〕黃菊芳：〈詩與歷史——唐詩人筆下的「金谷園」〉，《國立編譯館館刊》第 28
　　　　卷，第 2 期，1999 年 12 月，頁 38～39。
〔註6〕吳秋慧：〈唐代文士的「金谷」印象〉，《中國古典文學研究》第 8 期，2002 年
　　　　12 月，頁 37～68。
〔註7〕【宋】李昉輯：《文苑英華》卷 165，明刻本，頁 922。

妙妓遊金谷，佳人滿石城。霞衣席上轉，花岫（一作袖）雪前明。

（唐‧李嶠〈舞〉）〔註8〕

金谷盛繁華，涼臺列簪組。石崇留客醉，綠珠當座舞。

（唐‧權德輿〈八音詩〉）〔註9〕

金谷多歡宴，佳麗正芳菲。流霞席上滿，迴雪掌中飛。

（唐‧陳子良〈賦得妓〉）〔註10〕

不羨輞川圖裏人，常為金谷園中客。

（清‧李雯〈張卿行〉）〔註11〕

宴飲之樂，少不了美人歌舞予以助興，詩人巧用「轉」、「飛」等動詞，生動呈現綠珠的輕舞飛揚，詩人筆下飄揚的舞袖是酒酣耳熱間不得不看的風景。
曼妙的舞姿，尚需樂音來點綴，關於金谷園中的音樂，詩人寫道：

不知何處學新聲，曲曲彈來未覩名。

應是石家金谷裏，流傳將滿洛陽城。

（唐‧王諲〈夜坐看搊箏〉）〔註12〕

歲杪風物動，雪餘宮苑晴。兔園賓客至，金谷管弦聲。

（唐‧劉禹錫〈將赴蘇州途出洛陽留守李相公累中宴餞寵行話舊形
於篇章謹抒下情以申仰謝〉）〔註13〕

仙山遊觀甲寰瀛，不比人間目雨亭。

歌斷瑤池雲杳杳，酒行金谷水泠泠。

（宋‧秦觀〈再賦流觴亭〉）〔註14〕

吹笛河陽塢，鳴箏金谷園。

（清‧任端書撰〈題江十一榮讓園亭四首之二〉）〔註15〕

〔註8〕　【唐】李嶠撰：《李嶠雜咏》卷下，日本寬政至文化間本，頁11。

〔註9〕　【唐】權德輿撰：《權載之文集》卷8，〈輓詞歌詩〉，四部叢刊景清嘉慶本，頁41。

〔註10〕　【明】曹學佺編：《石倉歷代詩選》卷11，〈隋詩〉，清文淵閣四庫全書補配清文津閣四庫全書本，頁175。

〔註11〕　【清】李雯撰：《蓼齋集》卷17，清順治十四年石維崑刻本，頁135。

〔註12〕　【明】曹學佺編：《石倉歷代詩選》卷42，〈盛唐11〉，清文淵閣四庫全書補配清文津閣四庫全書本，頁494。

〔註13〕　【唐】劉禹錫撰：《劉夢得文集》，〈劉夢得外集卷第6〉，四部叢刊景宋本，頁195。

〔註14〕　【宋】秦觀：《淮海集》卷9，四部叢刊景明嘉靖小字本，頁37。

〔註15〕　【清】任端書撰：《南屏山人集》詩集卷9，清乾隆刻本，頁64。

歌聲、管弦聲，聲聲入耳，爲點出樂曲的獨特性，詩人以「曲曲彈來未覩名」
予以書陳，蓋人間至美之樂音，惟金谷有之。當樂聲輕揚、舞姿翩然，詩人
筆底金谷，是詩、樂、舞的完美結合，詩云：

> 歌聲掩金谷，舞態出平陽。地滿簪裾影，花添蘭麝香。
>
> 　　　　　　　（唐・錢起〈奉陪郭常侍宴滻川山池〉）〔註16〕
>
> 紅樹搖（一作遮）歌扇，綠珠佩（一作飄）舞衣。繁弦調對酒，雜
> 引動思歸。
>
> 　　　　（唐・李元操〈酬蕭侍中春園聽妓（一作陳子良詩）〉）〔註17〕
>
> 石樓月下吹蘆管，金谷風前舞柳枝。
>
> 　　　　　　　　　　　（唐・白居易〈追歡偶作〉）〔註18〕

上述詩句中，多以金谷宴飲之歡稱美眼前宴樂活動。席間，歌舞流轉，綠珠
之輕舞翩然，自是不可缺少的一道風景，故以金谷園做爲宴飲歡愉的意象指
標，「綠珠」形象亦涵括其中。詩人筆中金谷，飽含著歡愉的宴飲情懷，其照
看金谷史事的心態，多發於正向，此亦暗涵靜觀金谷舊事時，詩人的態度與
觀感。此類純以歡愉處起筆，不帶任何侈靡評判的詩作，多以唐人作品爲主。
此蓋與唐朝國勢之盛有關，詩人處於盛世，經濟條件與生活背景得與昔時歡
愉相稱，故觀金谷逸樂，自是自然而然，且能感同身受。因此，唐詩中多以
金谷享樂爲標的，稱美當前聚會美好。其中，或又帶有一份自信，於句中呈
現金谷亦不能相比擬的豪情，試觀以下詩句：

> 金丸玉饌盛繁華，自言輕侮季倫家。
>
> 　　　　　　　　　　　（唐・駱賓王〈疇昔篇〉）〔註19〕
>
> 別業聞新製，同聲和者多。還看碧谿答，不羨綠珠歌。
>
> 自有陽臺女，朝朝拾翠過。舞庭（一作綺筵）鋪錦繡，粧閣閉藤蘿。
>
> 　　　　　　　　　　（唐・孟浩然〈同張明府碧谿贈答〉）〔註20〕

〔註16〕　【唐】錢起撰：《錢考功集》卷第6，四部叢刊景明活字本，頁31。
〔註17〕　【宋】李昉輯：《文苑英華》卷213，明刻本，頁1260。
〔註18〕　【唐】白居易撰：《白氏長慶集》，白氏文集卷第67，四部叢刊景日本翻宋大
　　　　　字本，頁622。
〔註19〕　【唐】駱賓王撰：《駱賓王文集》卷9，四部叢刊景明翻元本，頁35。
〔註20〕　【唐】孟浩然撰：《孟浩然集》卷第2，四部叢刊景明本，頁12。

曲巷幽人宅，高門大士家。池開照瞻鏡，林吐破顏花。

綠水藏春日，青軒祕晚霞。若聞弦管妙，金穀不能誇。

（唐·李白〈宴陶家亭子〉）〔註21〕

逸少集蘭亭，季倫宴金谷。金谷太繁華，蘭亭闕絲竹。

何如今日會，湢澗平泉曲。盃酒與管弦，貧中隨分足。

紫鮮林筍嫩，紅潤園桃熟。採摘助盤筵，芳滋盈口腹。

閒吟暮雲碧，醉舞春草綠。舞妙艷流風，歌清叩寒玉。

古詩惜晝短，勸我令秉燭。是夜勿言歸，相攜石樓宿。

（唐·白居易〈遊平泉宴湢澗宿香山石樓贈座客〉）〔註22〕

在認同與接受金谷繁華盛景的前提下，詩人更進一步肯定自身所處之美好。金谷之美不待言說，然眼前歌舞、聲樂更勝之，這是對當下所處環境的認同與滿足。駱賓王「自言輕侮季倫家」、孟浩然「不羨綠珠歌」、李白「金谷不能誇」等豪語，都是一種對時代及居處的認可與喜好。若仔細推敲，則李白、孟浩然情調類近，其所處場域之美，非如金谷園之華麗榮盛，前者不過滿足於曲巷幽宅的簡單聚會，後者則醉心於碧溪潺潺流水聲，這種生命的低調與自適，不隨所見之侈靡動搖自我價值，在認同金谷美盛時，又多了份淡然的生命態度。在這一類別的詩歌選輯中，亦多為唐人作品，由此得見唐朝詩人在詮解金谷史事時，態度客觀而正向，這樣的閱讀視角賦予金谷園「宴飲歡愉」的意象。

二、詠金谷美盛

　　史、地景觀中的金谷園林之美，石崇在〈金谷詩序〉中以「清泉茂林、眾果竹柏，莫不畢備」〔註23〕等語載之，又〈思歸引序〉中有「柏木幾於萬株，流水周於舍下」〔註24〕等語，潘岳〈金谷集作詩〉中亦云：「前庭樹沙棠，後園植烏椑。靈囿繁石榴，茂林列芳梨。」〔註25〕透過文史記錄，吾人想見

〔註21〕【唐】李白撰：《李太白集》卷18，宋刻本，頁111。

〔註22〕【唐】白居易撰：《白氏長慶集》，白氏文集卷第69，四部叢刊景日本翻宋大字本，頁635。

〔註23〕【清】嚴可均校輯：《全上古三代秦漢三國六朝文》，〈全晉文卷33·石崇〉，頁1651。

〔註24〕【清】嚴可均校輯：《全上古三代秦漢三國六朝文》，〈全晉文卷33·石崇〉，頁1650。

〔註25〕逯欽立輯校：《先秦漢魏晉南北朝詩》，頁632。

其貌，在石崇的精心打造下，自然山水與人工建築完美結合，於是園中花木、
流水、春光，都成後人詠歎金谷美盛的憑藉。試觀詩作如下：

　　參差金谷樹（一作榭），皎鏡碧塘沙。

　　　　　　　　　　　（唐‧弓嗣初〈晦日宴高氏林亭〉）〔註26〕

　　玉泉山淨雲初散，金谷樹多風正涼。

　　　（五代‧韋莊〈和集賢侯學士分司丁侍御秋日雨霽之作〉）〔註27〕

　　鳥勢去投金谷樹，鐘聲遙出上陽煙。

　　　　　　　　　　　　　　（五代‧韋莊〈洛北村居〉）〔註28〕

　　輞川題海杏，金谷賦沙棠。處處青林裏，樓臺白日藏。

　　　　　　　　　　　　（清‧王嗣槐〈從東郊遊冶原〉）〔註29〕

詩作中援引「金谷樹」入題，蓋欲借此繁華盛景營造歡景，此寫作手法，
襲庾信作風而來，又一語「金谷賦沙棠」，引園中珍木入詩，藉此得見園林
之殊異。據史料所載，金谷園座落於洛陽城，按《晉會要‧名都嚴邑》載，
「洛陽華林園中有九龍池，通引穀水注其中……渠水又枝分南逕太尉、司
徒二坊間，謂之銅駝街。有二銅駝，高九尺，東西相對，脊出太尉坊。」
〔註30〕在此地理條件中，詩人多引「銅駝」入詩，藉銅駝與繁花正襯春光
之美，詩云：

　　銅駝路上柳千條，金谷園中花幾色。

　　柳葉園花處處新，洛陽桃李應芳春。

　　　　　　　　　　（唐‧駱賓王〈豔情代郭氏荅盧照鄰〉）〔註31〕

　　銅街金谷春知否，又有詩人作尹來。

　　　　　　　　　　（唐‧白居易〈和河南鄭尹新歲對雪〉）〔註32〕

〔註26〕【明】曹學佺編：《石倉歷代詩選》卷114，〈唐110遺1〉，清文淵閣四庫全
　　　　書補配清文津閣四庫全書本，頁1342。
〔註27〕【五代】韋莊撰：《浣花集》，〈浣花集卷第3〉，四部叢刊景明本，頁11。
〔註28〕【五代】韋莊撰：《浣花集》，〈浣花集卷第3〉，四部叢刊景明本，頁11。
〔註29〕【清】王嗣槐撰：《桂山堂詩文選》，〈詩選卷11〉，清康熙青筠閣刻本，頁542。
〔註30〕林瑞翰、逯耀東：《晉會要》，臺北：國立編譯館，2010年12月，頁519。
〔註31〕【唐】駱賓王撰：《駱賓王文集》卷2，四部叢刊景明翻元本，頁6。
〔註32〕【清】曹寅編：《全唐詩》卷462，清文淵閣四庫全書本，頁3173。查找【唐】
　　　　白居易撰：《白氏長慶集》，四部叢刊景日本翻宋大字本，不見此詩，故此處
　　　　援引自《全唐詩》。

陌徹銅駝花爛熳，堤連金谷草芊綿。

（宋·邵雍〈天津弊居蒙諸公共爲成買作詩以謝〉）〔註33〕

尋芳徧賞，金谷里，銅駝陌。 （宋·周邦彥〈瑞鶴仙〉）〔註34〕

金谷俊游，銅馳巷陌，新晴細履平沙。

長記誤隨車。正絮翻蝶舞，芳思交加。

（宋·秦觀〈望海潮（又一體洛陽懷古）〉）〔註35〕

草草園林作洛川，碧宮紅塔借風煙。

雖無金谷花能笑，也有銅駝柳解眠。

（宋·朱敦儒〈鷓鴣天〉）〔註36〕

爲營造金谷園的熱鬧繁盛，詩人以廣闊視角抒寫金谷，借「花影重」、「柳蔭濃」等泛寫技巧鋪陳春色浪漫，此類詩作意在凸顯金谷風景之美盛，故多以視覺摹寫呈現花草木繁。由於詩作內容旨在描摹金谷景物，故下列詩證，以宋代作品爲多，蓋宋代文人對於景物的觀察與摹寫，其細膩度均較唐人詩歌爲佳，試觀詩作如下：

金谷曉凝花影重，章華春映柳陰濃。 （唐·徐寅〈苔〉）〔註37〕

歌管風塵度，池臺日半斜。更看金谷騎，爭向石崇家。

（唐·杜審言〈晦日宴遊〉）〔註38〕

露華如簇，絕豔矜春，分流芳金谷。

（宋·張孝祥〈錦園春〉）〔註39〕

金谷先春，見乍開江梅，晶明玉膩。

（宋·趙磁孫〈遠朝歸〉）〔註40〕

金谷年年，亂生春色誰爲主。 （宋·林逋〈點絳唇〉）〔註41〕

〔註33〕 【宋】邵雍：《擊壤集》，〈伊川擊壤集卷之13〉，四部叢刊景明成化本，頁82。

〔註34〕 【清】沈辰垣輯：《歷代詩餘》卷80，清文淵閣四庫全書本，頁1082。

〔註35〕 【宋】秦觀：《淮海長短句》卷上，明嘉靖小字本，頁1。

〔註36〕 【宋】朱敦儒：《樵歌》，〈樵歌上〉，清嘉慶宛委別藏本，頁9。

〔註37〕 【唐】徐寅撰：《釣磯文集》，〈卷10詩〉，四部叢刊三編景清述古堂鈔本，頁54。

〔註38〕 【明】曹學佺編：《石倉歷代詩選》卷23，〈初唐10〉，清文淵閣四庫全書補配清文津閣四庫全書本，頁269。

〔註39〕 【宋】陳景沂：《全芳備祖》，〈前集卷七花部〉，明毛氏汲古閣鈔本，頁83。

〔註40〕 【清】沈辰垣輯：《歷代詩餘》卷53，清文淵閣四庫全書本，頁744。

〔註41〕 【宋】陳景沂：《全芳備祖》，〈後集卷十卉部〉，明毛氏汲古閣鈔本，頁304。

年來高興滿尊絲，寒薄春風駘蕩時。

猜見臙脂開杏葇，已聞香雪爛梅枝。

老逢樂事心猶壯，病得新詩和更遲。

何日華鑣向金谷，擬追山翼到瑤池。

　　　　　　　（宋・黃庭堅〈次韻清虛同訪李園〉）〔註42〕

戀帝里，金谷園林，平康巷陌，觸處繁華，連日疏狂，未嘗輕負，
寸心雙眼。　　　　　　　　　（宋・柳永〈鳳歸雲〉）〔註43〕

香迎曉白，看烟佩霞綃，弄妝金谷。

　　　　　　　　　（宋・周密〈爲洛花度無射宮〉）〔註44〕

金谷園林錦繡香，蹋青挑菜又相將。

　　　　　　　　　（宋・陳允平〈琴調相思引〉）〔註45〕

金谷珠簾空百尺，不礙夢魂飛入。　　（宋・李億〈念奴嬌〉）〔註46〕

過去，石崇搜羅珍木名花，使金谷園獨特且珍貴，然時過境遷，當年的繁花盛景只在詩筆勾勒中重現，爲營造百花齊放的美景，詩中以「春景」入題者爲多。蓋春天花繁似錦，如煙似霧，金谷樹、園中柳、芳草、銅駝，無論自然之景，或人造之物，皆爲詠歡金谷美盛的重要元素。檢索歷代詩歌，「詠金谷美盛」的詩作以唐、宋詩歌爲多，然若使唐、宋作品相比，則對於金谷史事的追憶，唐人情感較宋人濃重；但就園林景致之鋪陳與發想，宋人筆下金谷，多生活寫照，故筆觸細緻而深刻，此或與宋代園林藝術的成熟發展有關，如司馬光有「獨樂園」、邵雍有「安樂窩」、呂蒙正有「呂文穆園」，此外亦有以富豪見稱者如「董氏西園」等。宋代園林藝術的發展，連帶牽引詩人書寫金谷園詩的立場與觀察，於是在遙想金谷，寫其容貌時，宋人的刻劃與描摹略勝唐人一籌。除卻歌詠園林的華美富足外，詩人亦多援引「金谷」一詞，藉以稱代己身所處園林。試觀以下詩作：

柳搖風處色，梅散日前花。淹留洛城晚，歌吹石崇家。

　　　　　　　　　（唐・崔知賢〈晦日宴高氏林亭〉）〔註47〕

〔註42〕【宋】黃庭堅：《山谷別集》卷1，清文淵閣四庫全書本，頁6。

〔註43〕【清】沈辰垣輯：《歷代詩餘》卷97，清文淵閣四庫全書本，頁1255。

〔註44〕【宋】周密撰、【清】江昱疏證：《蘋洲漁笛譜疏證》卷1，清乾隆刻本，頁6。

〔註45〕【清】沈辰垣輯：《歷代詩餘》卷12，清文淵閣四庫全書本，頁167。

〔註46〕【宋】趙聞禮輯：《陽春白雪》卷5，清嘉慶宛委別藏本，頁47。

〔註47〕【宋】蒲積中編：《歲時雜咏》卷9，清文淵閣四庫全書補配清文津閣四庫全書本，頁61。

試入山亭望，言是石崇家。二月風光起，三春桃李華。

（唐‧高瑾〈晦日宴高氏林亭〉）〔註48〕

勝餞（一作餞勝）尋良會，乘春翫物華。還隨張放友，來向石崇家。

（唐‧王茂時〈晦日宴高氏林亭〉）〔註49〕

公子申敬愛，攜朋玩物華。人是平陽客，地即石崇家。

（唐‧陳嘉言〈晦日宴高氏林亭〉）〔註50〕

歌入平陽第，舞對石崇家。莫慮能騎馬，投轄自停車。

（唐‧高嶠〈晦日宴高氏林亭〉）〔註51〕

雪盡銅馳路，花照石崇家。年光開柳色，池影泛雲華。

（唐‧張錫〈晦日宴高文學林亭（同用華字）〉）〔註52〕

名園聊得拂塵衣，深入春叢一逕微。

萬樹未饒金谷富，百畦猶有漢陰機。

（宋‧楊億〈遊王氏東園〉）〔註53〕

宴飲、遊園，俱生活雅事，文人遊賞逸樂於其間，乘興賦詩，「金谷」遂爲絕佳事典，得充份顯現所遊園林之美。楊億以「金谷富」擬「王氏園」，旨在凸顯園之富貴，詩中未帶評判之語。另，前六首爲同一時空背景之作，同以「晦日宴高氏林亭」命題。宴飲間，詩人各以石崇金谷園入詩，藉以讚譽高氏林亭。以園比園，從與會人員樂將石崇金谷方高氏林亭，得見時人對金谷園評價的正向思維。此次宴集後，陳子昂爲之作〈晦日宴高氏林亭序〉，序云：

夫天下良辰美景，園林（一作亭）池觀，古來遊宴歡娛眾矣。然而地或幽偏，未觀皇居之盛。時終交喪，多阻升平之道。豈如光華啓

〔註48〕【宋】蒲積中編：《歲時雜詠》卷9，清文淵閣四庫全書補配清文津閣四庫全書本，頁61。

〔註49〕【宋】蒲積中編：《歲時雜詠》卷9，清文淵閣四庫全書補配清文津閣四庫全書本，頁61。

〔註50〕【宋】蒲積中編：《歲時雜詠》卷9，清文淵閣四庫全書補配清文津閣四庫全書本，頁62。

〔註51〕【宋】蒲積中編：《歲時雜詠》卷9，清文淵閣四庫全書補配清文津閣四庫全書本，頁62。

〔註52〕【宋】蒲積中編：《歲時雜詠》卷9，清文淵閣四庫全書補配清文津閣四庫全書本，頁61。

〔註53〕【明】曹學佺編：《石倉歷代詩選》卷127，〈宋詩4〉，清文淵閣四庫全書補配清文津閣四庫全書本，頁1469～1470。

旦，朝野資歡，有渤海之宗英。是平陽之貴戚，發揮形勝。出鳳臺
而嘯侶，幽贊芳辰。指雞川而留宴，列珍羞於綺席。珠翠琅玕，奏
絲管於芳園。秦箏趙瑟，冠纓濟濟。多延戚里之賓，鶖鳳鏘鏘。自
有文雄之客，撫都畿而寫望。通漢苑之樓臺，控伊洛而斜一。臨神
仙之浦淑，則有都人士女，俠客游童，出金市而連鑣，入銅街而結
駟。香車繡轂，羅綺生風。寶蓋琱鞍，珠璣耀日。於時律窮太簇，
氣淑中京。山河春而霽景華，城闕麗而年光滿。淹留自樂，翫花鳥
以忘歸。歡賞不疲，對林泉而獨得。偉矣！信皇州之盛觀也，豈可
使晉京才子，惟推洛下之游。魏室羣公，獨擅鄴中之會。盍各言志，
以記芳遊。同探一字，以華爲韻。〔註54〕

藉序文載錄得知，此次集會詩人宴飲、賦詩、抒懷，宴會型態與石崇金谷雅
集雷同，席間珍羞、綺席、珠翠、絲管無一不備，豪華程度不言可喻。詩人
賦詩酬唱，以「華」字爲韻，與會諸人作品今存於《全唐詩》者 19 首，其中
化用金谷意象者 6 首。蓋詩人有意以金谷雅集擬當日集會，推敲賦詩與聚會
的心情，或與王羲之以「蘭亭集」擬「金谷集」相通。透過詩句中金谷事典
的普遍運用，得照看時人之「金谷」觀。

三、擬集會之雅

　　元康六年金谷雅集，與會諸子多爲當朝文士，厚實的文學背景與才華，
使金谷園籠罩文學氛圍。於是，後世論及金谷園，每每賦予其「文人雅集」
的意象。當年石崇一語「如詩不成，罰酒三斗」的賦詩規則，則成爲文壇間
的一種文化、一種默契。試觀以下詩篇：

　　　東道思才子，西人望客卿。從來金谷集，相繼有詩名。
　　　　　　　　　　　　（唐・皎然〈五言送潘秀才之舒州〉）〔註55〕

　　　從容金谷集，酧唱漢江題。　　（宋・晁說之〈和斯立重賦〉）〔註56〕

　　　須信乾坤如逆旅，都來一夢浮生。夜游秉燭盡歡情。陽春煙景媚，
　　　樂事史來并。　座上群公皆俊秀，高談幽賞俱清。飛觴醉月莫辭頻。

〔註54〕【宋】蒲積中編：《歲時雜咏》卷9，清文淵閣四庫全書補配清文津閣四庫全
　　　　書本，頁60。
〔註55〕【唐】釋皎然撰：《畫上人集》，〈畫上人集卷第 5〉，四部叢刊景宋鈔本，頁
　　　　37。
〔註56〕【宋】晁說之撰：《嵩山文集》卷6，四部叢刊續編景舊鈔本，頁91。

休論金谷罰，七步看詩成。　　　　　（宋・林正大〈括臨江仙〉）〔註57〕

金谷園林共唱酬，從此白頭同調少。

　　　　　　（清・茹綸常〈送讓庭大尹擢忻州牧入覲〉）〔註58〕

詩作中，詩人紛以「金谷集」、「唱酬」等詞彙入詩，文人雅集之意象逐漸行於世。當年集會詩作或多不存，然文學活動卻能消融時代隔閡，使其精神代代傳衍。自西晉石崇立下「罰酒三斗」之寫作規則後，唐代李白寫下「如詩不成，罰依金谷酒數」〔註59〕，宋代林正大點化晉代史事與唐代文詞，填寫「休論金谷罰，七步看詩成」等詞句。「罰依金谷酒數」，儼然成為文化活動之規定，在詩、詞記載間靜靜展現著超越時空的生命力。

第二節　懷古抒情，嘆今昔事變

　　遙想金谷舊事，詩人在繁花盛景間，發思古之幽情；或於時光流轉中，感今昔事變、歎人事已非。透過歷史追憶，詩人情感亦有所寄託，於是賦詩詠懷，留下珍貴金谷詩。

一、花發舊園，思古感懷

　　就詩文創作動機而論，詩歌的興發，多源繫於生活的感動，或借景抒情、或託古詠懷，在此，詩歌語言實乃情感發抒的載體。檢索《全唐詩》，其中以〈金谷園花發懷古〉為題者有四首，以〈石季倫金谷園〉命題者二首，另有〈金谷園懷古〉一首〔註60〕。據詩題命名方式及詩作格律，推測上述作品當

〔註57〕唐圭璋編：《全宋詞》卷4，北京，中華書局出版，1995年6月，頁2461。

〔註58〕【清】茹綸常撰：《容齋詩集》卷21，〈偶存集〉，清乾隆35年刻、乾隆52年、嘉慶4年、13年增修本，頁145。

〔註59〕【唐】李白撰、【清】王琦注：《李太白詩集注》，〈卷27序20首〉，清文淵閣四庫全書本，頁669。案：李白〈春夜宴諸從弟桃李園序〉：夫天地者，萬物之逆旅也；光陰者，百代之過客也。而浮生若夢，為歡幾何？古人秉燭夜遊，良有以也。況陽春召我以煙景，大塊假我以文章。會桃李之芳園，序天倫之樂事。群季俊秀，皆為惠連；吾人詠歌，獨慚康樂。幽賞未已，高談轉清。開瓊筵以坐花，飛羽觴而醉月。不有佳作，何伸雅懷。如詩不成，罰依金谷酒數。選自【唐】李白撰、【清】王琦注：《李太白詩集注》，〈卷27序20首〉，清文淵閣四庫全書本，頁669。

〔註60〕檢索《全唐詩》，以〈金谷園懷古〉命題者實有二首，一為陳通方作品，一為邵謁所作。邵謁〈金谷園懷古〉全詩如下：在富莫驕奢，驕奢多自亡。為女莫騁容，騁容多自傷。如何金谷園，鬱鬱椒蘭房。昨夜綺羅列，今日池館荒。

屬應試之作。透過《文苑英華》的收編情形，目前可確定的應試作品共五首，分別為王質、張公乂、無名氏的〈金谷園花發懷古〉，以及許堯佐、李君房的〈石季倫金谷園〉。至於陳通方〈金谷園懷古〉、侯冽〈金谷園花發懷古〉，據黃菊芳〈詩與歷史──唐詩人筆下的「金谷園」〉一文推斷，「兩首詩都是押十三元韻，又同為五言排律，詩題也相近，所以很有可能也是試場場物。」〔註61〕又，在彭國忠主編之《唐代試律詩》〔註62〕中，直接將侯冽〈金谷園花發懷古〉收編其中，是以，此處遵循前賢研究，將此七首詩作納入「應試詩」類，一併討論。

　　就創作動機而言，七首詩作皆應考試而生，為使作品脫穎而出，榮獲主考官青睞，詩人各就所長，發抒心情，喻說古事。由於創作機動係「為試而文」，故能知金谷事典在當時的重要地位。該類詩作直接以「金谷」入題，從「花發懷古」起筆直抒情懷，可做為了解唐人金谷意象的重要作品，下深入討論之。就形式而言，七首詩俱為五言排律，押上平十三元韻。除陳通方、侯冽作品外，其餘五首按《文苑英華》一八八卷所載，皆元和六年（811年）省試詩，當時主考官員為中書舍人于尹躬。唐人以「金谷」事入題，足見對金谷史事的重視，另可見該事件本身所具有的多視角解讀空間。如何一語中的評說古事？如何扣人心弦發抒情意？詩作見證了當時應考生對史事的獨出觀點。下就詩歌特色分別討論。王質於元和六年登第，傳世詩歌僅〈金谷園花發懷古〉一詩，詩云：

　　　　寂寥金谷澗，花發舊時園。人事空懷古，烟霞此獨存。

　　　　管絃非上客，歌舞少王孫。繁藥風驚散，輕紅鳥乍翻。

　　　　山川終不改，桃李自無言。今日經塵路，淒涼詎可論。〔註63〕

對應著當時金谷園的繁華盛景，詩人以「寂寥」破題，使古今蕭條零落對比當年榮景。時序更迭，繁華事散，唯一不變的是園中花蕊依舊綻放，首聯前後二句相互映襯，景物依舊的場景愈發蒼涼。第二聯以一「空」字，呼應「寂

　　　　竹死不變（一作改）節，花落有餘香。美人抱義死，千載名猶彰。嬌歌無遺
　　　　音，明月留清光。浮雲易改色，衰草難重芳。不學韓侯婦，銜冤報宋王。據
　　　　詩作格律判斷，所押韻腳非應試規定之「十三元韻」，故不列入「應試詩」類
　　　　予以討論。【清】曹寅編：《全唐詩》605卷，第18冊，頁6995。

〔註61〕黃菊芳：〈詩與歷史──唐詩人筆下的「金谷園」〉，《國立編譯館館刊》，第28
　　　　卷第2期，1999年12月，頁31。

〔註62〕彭國忠主編：《唐代試律詩》，合肥：黃山書社，2006年10月，頁182。

〔註63〕【宋】李昉輯：《文苑英華》卷188，明刻本，頁1078。

寥」一語，再次深化著、亦對比著「景物依舊、人事已非」的幽深感慨。第三聯寫「管絃」、「歌舞」等歡景，卻輔入「非上客」、「少王孫」等字，道盡榮華富貴不可得，侈靡逸樂不可待，一切終將成為過往。第五聯再度以山川不改，強化景物依舊，以不變的客觀事實，對比人事之無常，憑弔金谷，徒留唏噓與悵惘。王質傳世作品雖不見多，然此應試詩篇與元和六年登第的表現，足見詩人筆力甚深，與詩作意蘊的豐厚。檢索《全唐詩》中王質作品，意外發現其與白居易情誼頗為深厚，王質傳世詩作僅此一首，然白居易詩歌中卻多有論及王質者。甚而在王質辭世時，白居易悲痛寫下〈哭王質夫〉，內心的哀傷與對友人的不捨，盡顯於詩句中，詩云：

> 仙遊寺前別，別來十年餘。生別猶怏怏，死別復何如。
>
> 客從梓潼來，道君死不虛。驚疑心未信，欲哭復踟躕。
>
> 踟躕寢門側，聲發涕（一作淚）亦俱。衣上今日淚，篋中前月書。
>
> 憐君古人風，重有君子儒。篇詠陶謝輩，風流稽阮徒。
>
> 出身既寒連（一作屯），生世仍須臾。誠知天至高，安得不一呼。
>
> 江南有毒蟒，江北有妖狐。皆享千年壽，多於王質夫。
>
> 不知彼何德，不識此何辜。〔註64〕

白居易以「篇詠陶謝輩，風流稽阮徒」一語賞譽王質。想必王質其人與風貌，必具魏晉風流，且對於該世代人物當是企羨之、欣慕之，甚而能嫻熟於當代史事。王質若具此背景，想必當年試場上暢寫金谷事自是如魚得水。再觀張公乂〈金谷園花發懷古〉：

> 今日春風至，花開石氏園。未全紅豔折，半與素光翻。
>
> 點綴疎林遍，微明古徑繁。窺臨鶯欲語，寂寞李無言。
>
> 谷變迷鋪錦，臺餘認樹萱。川流人事共（一作近），千載竟誰論？
>
> 〔註65〕

風吹花繁，試場中詩人以其詩心設想花團錦簇的景致，「遍」與「繁」點出畫面中呈現的是一場欣欣向榮的視覺饗宴。第四聯由視覺轉入聽覺，鶯鳥啼叫原是為春天捎來喜悅，卻愈發深層地反襯著「李無言」的「寂寞」。當年的汰侈豪奢，錦步為障，終究成為歷史，幽幽金谷事，又有誰能公允評說？詩人

〔註64〕 【唐】白居易撰：《白氏長慶集》，〈白氏文集卷第11〉，四部叢刊景日本翻宋大字本，頁95～96。

〔註65〕 【宋】李昉輯：《文苑英華》卷188，明刻本，頁1078。

留下疑問，也將無限慨嘆滲入時光長流裡。無名氏〈金谷園花發懷古〉寫道：

　　春風生梓澤，遲景映花林。欲問當時事，因傷此日心。

　　繁華人已歿，桃李意何深。澗咽歌聲在，雲歸蓋影沉。

　　地形同萬古，笑價失千金。遺跡應無限，芳菲不可尋。〔註66〕

春風輕拂，金谷花開，詩題起首即以春日盛景凸顯熱鬧氛圍。喧騰場景，在第二聯中情緒瞬間低迴轉入哀情，巧妙帶出下聯繁華事散的蒼茫，「桃李意何深」再使情意延展。第四聯中以金谷流水歌唱聲，對比冠蓋雲集已成過往，以澗聲之喧鬧強化今之沉寂，大量對比中不斷提醒著今昔異變。「地形萬古同，笑價千金失」，詩人巧用倒裝，使人在饒富變化的句式中，更添對金谷史事的低迴詠嘆。此外，侯冽〈金谷園花發懷古〉詩中，亦有相同基調，詩云：

　　金谷千年後，春花發滿園。紅芳徒笑日，穠艷尚迎軒。

　　雨濕輕光軟，風搖碎影翻。猶疑施錦帳，堪歎罷朱紱。

　　愁態鶯吟澀，啼容露綴繁。慇勤問前事，桃李竟無言。〔註67〕

侯冽此詩與前述諸詩同為應試作品，故首聯皆以「金谷」破題，以「春花發滿園」回應詩題。詩作特色在於採用「兩截格」，前六句具言金谷花發，力陳春日盛景，此中又融晴景與雨景，盡收春日之美。後六句巧入事典，重現石崇侈靡行止，「施錦帳」一語足見詩人熟稔於史事。追憶中，一字「歎」、一字「愁」，使得情感翻轉愈發深沉。末聯以「慇勤問」，對比「竟無言」，正反對立的寫作手法，頗似張公乂〈金谷園花發懷古〉所寫之「窺臨鶯欲語，寂寞李無言」。在說與不說間，情意的渲染愈見厚實。關於此詩，歷來評價甚高，談苑《唐詩試體分韻》評曰：「此詩是兩截格，上六句賦金谷園花發，下六句賦懷古，上截『千年』字、『徒』字、『尚』字，已含懷古之意。下截桃李無言，又回顧花發。此結構之嚴，針線之密也。」〔註68〕許堯佐〈石季倫金谷園〉（一本題作金谷懷古）：

　　石氏遺文在，淒涼見故園。輕（一作清）風思奏樂，衰草憶（一作念）行軒。

　　舞榭荒（一作蒼）苔掩，歌臺墜葉繁。斷雲歸舊壑，流水咽清源。

<hr />

〔註66〕【宋】李昉輯：《文苑英華》卷188，明刻本，頁1078～1079。

〔註67〕【明】曹學佺編：《石倉歷代詩選》卷122，〈晚唐10遺9〉，清文淵閣四庫全書補配清文津閣四庫全書本，頁1421。

〔註68〕彭國忠主編：《唐代試律詩》，合肥：黃山書社，2006年10月，頁178。

　　曲渚殘虹歛，蘩篁宿鳥喧。唯餘林上月，長似對金罇。〔註69〕

時光更迭，金谷宴遊的意氣風發，而今徒留〈金谷詩集序〉默默承載當年風華，當光芒消褪，故園中只剩「淒涼」。首聯「故」字，帶出回不去的過往，只能在輕風吹拂下，重憶當時歌舞昇平。在聽覺刺激下，轉入視覺的觀察，詩作鋪陳亦從動景置換成靜景，以「衰草」、「蒼苔」與「落葉」等衰景襯哀情。表面寫景，實則使情感層層翻轉，愈翻愈沉，在「咽」與「殘」字間，使餘韻無窮。同以〈石季倫金谷園〉為題者，尚有李君房作品：

　　梓澤風流地，淒涼跡尚存。殘芳迷妓女，衰草憶王孫。

　　舞態隨人謝，歌聲寄鳥言。池平森灌木，月落弔空園。

　　流水悲難駐，浮雲影自翻。賓階餘蘚石，車馬詎喧喧。〔註70〕

同樣命題，李君房詩作實與許堯佐有同工之妙。首聯同樣使用「淒涼」二字破題，以前句盛景反襯今之衰頹，極端拉扯間，扯碎一地淒涼。「殘芳」、「衰草」、「舞樹」、「月落」、「浮雲」，經典的詩歌意象，使得情意抒展產生共鳴。再如陳通方〈金谷園懷古〉：

　　緩步洛城下，軫懷金谷園。昔人隨水逝，舊樹逐春還（一作繁）。

　　冉冉搖風弱，菲菲裛露翻。歌臺豈易見，舞袖乍如存。

　　戲蝶香中起，流螢（一作鶯）暗處喧。徒聞施錦帳，此地擁行軒。

　　〔註71〕

幾經興衰，洛陽見證著時代的改變，懷想金谷事，詩人只說「昔人隨水逝」，當事事物物都將消亡，所有名號亦已不再重要。此處跳脫以花繁喻春景，反以「舊樹逐春還」，立場的轉移，使詩句富有變化。「昔人」與「舊事」，皆歷史陳跡，然卻是物是人非，徒留悵惘，而今「歌臺」、「舞袖」亦成追憶。第五聯以視覺摹寫言戲蝶之歡，以聽覺摹寫載鶯鳥之喧。末聯化入五十裏錦步障事典，強化對史事的唏噓感嘆。

　　總結上述應試詩作，多於首聯直接以「金谷園」、「花發」破題，詩作季節皆設定在春天，蓋因繁花盛景俱在春光爛漫時。以百花綻放、鶯啼鳥鳴的熱鬧歡愉反襯金谷事散的蕭條零落，在巨大反差下，感慨遂深。大抵而言，「管弦」、「歌舞」、「舞樹」、「歌臺」、「桃李」、「鶯啼」、「錦障」等字詞，是七首

〔註69〕【宋】李昉輯：《文苑英華》卷189，明刻本，頁1085。

〔註70〕【宋】李昉輯：《文苑英華》卷189，明刻本，頁1085。

〔註71〕【明】曹學佺編：《石倉歷代詩選》，〈卷122晚唐10遺9〉，清文淵閣四庫全書補配清文津閣四庫全書本，頁1421。

應試詩作的熱門關鍵字，然或因詩題已設定在「懷古」，故詩作皆以「物是人非」為核心情意。述及石崇侈靡，詩人不約而同選用「錦障」作為代表，此即金谷園意象之化用。金谷花發、錦為步障，詩人將思古之情化入句中，卻不見任何譴責批判，由此得見金谷意象仍具正向意涵。除卻應試詩作，懷古幽情亦可見於其他，如：

> 清香凝島嶼，繁豔映莓苔。金谷如相並，應將錦帳回。
>
> 　　　　　　　　　　　　　（唐·李德裕〈憶新藤〉）〔註72〕

> 花在舞樓空，年年依舊紅。淚光停曉露，愁態倚春風。
>
> 開處妾先死，落時君亦終。東流兩三（一作三兩）片，應到（一作石）夜泉中。
>
> 　　　　　　　　　　　　　（唐·許渾〈金谷園桃李〉）〔註73〕

> 金谷園中芳草在，玄都觀裏昔人非，
>
> 自從雲隔天台路，劉阮如今夢亦稀。
>
> 　　　　　　　　　　　　　（元·馬鍊師臻〈桃花〉）〔註74〕

春風拂人，景物依舊，遙想史事，詩人將淺淺愁思，化入金谷桃花中，詩句裡的繁花盛景，為金谷園帶來永恆的春天。再如：

> 淒涼遺跡洛川東，浮世榮枯萬古同。
>
> 桃李香消金谷在，綺羅魂斷玉樓空。
>
> 往年人事傷心外，今日風光屬夢中。
>
> 徒想夜泉流客恨，夜泉流恨恨無窮。
>
> 　　　　　　　　　　　　　（唐·杜牧〈金谷懷古〉）〔註75〕

> 梓澤迴朝日，花林發上春。誰為臨澗客，思殺墮樓人。
>
> 長阪迷紅藥，連珠散綠蘋。霜條捎慢錦，露藥落車茵。
>
> 讌飲追王詡，風流想季倫。繁華餘艷影，顧盼最傷神。
>
> 　　　　　　　　（清·毛奇齡〈金谷園花發懷古得春字〉）〔註76〕

〔註72〕【唐】李德裕撰：《李文饒集》，〈李文饒別集卷第10〉，四部叢刊景明本，頁158。

〔註73〕【宋】李昉輯：《文苑英華》卷321，明刻本，頁2031。

〔註74〕【清】顧嗣立編：《元詩選》，〈初集卷65〉，清文淵閣四庫全書本，頁1336。

〔註75〕【清】曹寅編：《全唐詩》卷526，清文淵閣四庫全書本，頁6029。該詩僅收錄於《全唐詩》，故選用此版本。

〔註76〕【清】毛奇齡撰：《西河集》卷149，〈排律〉，清文淵閣四庫全書本，頁1044。

千重瓦礫枕荒村，傳是當年金谷園。

麥浪風翻翡翠色，杏花雨帶珊瑚痕。

堂開錦帳留衰草，樓墮綠珠泣斷蒐。

野老那知興廢事，坐看流水繞柴門。

（清·高一麟〈春日過金谷園廢址感賦〉）〔註77〕

朝登洛陽城，暮出洛陽道。洛陽城中多女兒，洛陽道上春風吹。

陸機詞賦成名日，王濬樓船得意時。

陸機王濬才華盛，少年游俠誇名姓。

金谷園開玳瑁樓，銅駝巷掛珊瑚鏡。

女兒祛服惜娉婷，但願春醒不願醒。

挾彈只經宣曲觀，吹簫常坐夕陽亭。

六街三市連青瑣，洛下何知有江左。

賈充閣內慣薰香，潘岳車前爭擲果。

永嘉名士正風流，典午驕奢百不愁。

頃刻南朝成六季，須臾西晉已千秋。

桑田滄海難相待，疇昔韶光竟誰在。

朝內潛悲青蓋非，城中暗泣紅顏改。

轘轅伊闕一番新，寂寂風光愁殺人。

只有北邙山下路，麗蕪還作洛陽春。

（清·陳維崧〈洛陽女兒行〉）〔註78〕

在不同朝代的金谷詩中，詩人以其敏銳的雙眼及心靈，照看金谷舊事，不論是當年鬥富的錦帳，或是如今恣意綻放的花草，都是觸動懷古幽情的催化劑。遙想古事，一切只成追憶，詩人胸臆中瀰漫著的是對「景物依舊、人事已非」的無限慨嘆與惋惜。

二、時光流轉，繁華事散

在歷史的短暫輝煌中，金谷園將其光芒深烙於詩人心靈，然盛極一時的園林，終隨園主消逝荒蕪，北魏楊衒之曾在《洛陽伽藍記》中寫下金谷園的變化：

昭儀寺有池，京師學徒謂之翟泉也。……後隱士趙逸云：「此地是晉

〔註77〕【清】高一麟撰：《矩庵詩質》卷6，〈七言律詩〉，清乾隆高莫及刻本，頁50。

〔註78〕【清】陳維崧撰：《湖海樓詩集》卷3，清刊本，頁62。

侍中石崇家池，池南有綠珠樓。」於是學徒始寤，經過者相見綠珠
之容也。〔註79〕

在短簡的文字記錄中，得見石崇抄家滅族後約 250 年光景，石崇故園已有部
分劃入昭儀寺範圍，當年池南的綠珠樓，而今只供憑弔。石家舊地，承載著
歷史記憶，其見證了石崇歌吹弦管、汰侈荒誕的一面，有過「石家米飯在地，
經宿爲螺」的滅族之應，也在北魏昭儀尼寺的梵唄青煙中沉寂，至明末以後，
金谷園遺址幾已湮沒不可考。時光流轉間，千載如一瞬，詩人思之、感之，
遂作文以抒之。詩中多以時空對舉，使昔日故宅風光對比今日谷水空流，寂
寞無語的時空場域中，凸顯往事不堪回首。金谷園意象在詩筆運轉中，轉出
了千載如一瞬的時間感懷。試觀以下詩作：

玉山那惜醉，金谷已無春。

（唐‧李端〈送黎少府赴陽翟〉）〔註80〕

金谷風光依舊在，無人管領石家春。

（唐‧白居易〈早春晚歸〉）〔註81〕

金谷春移，玉華人散，此愁難訴。

（宋‧陳著〈水龍吟〉）〔註82〕

謝家池館，金谷園林，還又把春虛擲。

（宋‧鄧有功〈過秦樓〉）〔註83〕

金谷無煙宮樹綠，嫩寒生怕春風。

（宋‧辛棄疾〈臨江仙〉）〔註84〕

金谷已空塵，薰風轉，國色返，春魂半。

（宋‧吳文英〈風流子〉）〔註85〕

〔註79〕 【北魏】楊衒之：《洛陽伽藍記》卷第 1〈城內〉「昭儀尼寺」條，臺北：華正
　　　　書局，1980 年 4 月，頁 55。
〔註80〕 【清】曹寅編：《全唐詩》卷 285，清文淵閣四庫全書本，頁 1945。該詩僅收
　　　　錄於《全唐詩》，故選用此版本。
〔註81〕 【唐】白居易撰：《白氏長慶集》，〈白氏文集卷第 53〉，四部叢刊景日本翻宋
　　　　大字本，頁 479。
〔註82〕 【宋】陳著：《本堂集》卷 41，清文淵閣四庫全書補配清文津閣四庫全書本，
　　　　頁 162。
〔註83〕 【清】陶樑輯：《詞綜補遺》卷 11，清道光 14 年陶氏紅豆樹館刻本，頁 126。
〔註84〕 【宋】辛棄疾撰：《稼軒長短句》卷 8，元大德三年刊本，頁 51。
〔註85〕 【宋】吳文英：《夢窗稿》，〈甲稿〉，明刻宋名家詞本，頁 7。

「春光」、「繁花」既爲金谷美盛的代表，於是當時過境遷，時光遞轉，爲顯其落寞蕭瑟，詩人以「春移」暗指時間的消逝。在詩歌創作常例中，詩人喜用「春景」營造萬物新生的蓬勃發展，而以「秋景」表其凄涼傷悲，然歷代金谷詩中，鮮用「秋景」抒發繁華事散的蒼桑，而多以「春虛擲」或「金谷已無春」等句，帶出今昔事散的無奈。以春景寫哀情，亦金谷詩特色之一。再如：

> 日斜青瑣第，塵飛金谷苑。
>
> 　　　　　　　　（唐・虞世南〈門有車馬客行〉）〔註86〕

> 細推今古事堪愁，貴賤同歸土一丘。
> 漢武玉堂人豈在，石家金谷水空流。
> 光陰自旦還將暮，草木從春又到秋。
> 閑事與時俱不了，且將身暫醉鄉遊。
>
> 　　　　　　　　　　　（唐・薛逢〈悼古〉）〔註87〕

> 隋朝古陌銅駝柳，石氏荒原金谷花。
>
> 　　　　　　　　（唐・劉滄〈晚秋洛陽客舍〉）〔註88〕

> 繁華自古皆相似，金谷荒園土一堆。
>
> 　　　　　　（唐・吳融〈題延壽坊東南角古池〉）〔註89〕

> 碧草旋荒金谷路，烏絲重記蘭亭。
>
> 　　　　　　　　　　　（宋・辛棄疾〈臨江仙〉）〔註90〕

〔註86〕【宋】李昉輯：《文苑英華》卷195，明刻本，頁1129。本詩另有一版本，詩云：財雄（一作陳遵）重交結，戚里（一作田蚡）擅豪華。曲臺臨上路，高軒（一作門）抵狹斜。赭汗千金（一作里）馬，繡軸（一作轂）五香車。白鶴隨飛蓋，朱鷺入鳴笳。夏蓮開劍水，春桃發綬（一作露）花。高談辨飛兔（一作輕裙染迴雲），摛藻握靈虵（一作浮蟻泛流霞）。逢恩出毛羽（一作借羽翼），失路委泥沙。曖曖風煙晚，路長歸騎遠。日斜青瑣第，塵飛金谷苑。危弦促柱奏巴渝，遺簪墮珥解羅襦。如何守直道，飜使谷名愚。【宋】李昉輯：《文苑英華》卷195，明刻本，頁1129。

〔註87〕【清】曹寅編：《全唐詩》卷548，清文淵閣四庫全書本，頁3791。另見於【金】元好問：《唐詩鼓吹》卷2，清順治16年陸貽典錢朝鼐等刻本，頁24。

〔註88〕【清】曹寅編：《全唐詩》卷586，清文淵閣四庫全書本，頁4055。該詩僅見於《全唐詩》，故選用此版本。

〔註89〕【唐】吳融撰：《唐英歌詩》卷上，清文淵閣四庫全書本，頁2。

〔註90〕【宋】辛棄疾撰：《稼軒長短句》卷8，元大德三年刊本，頁51。

「塵飛」、「荒土」，詩人筆下金谷，少了光彩奪目的熱鬧景致，反而籠罩了層厚重塵埃。當塵歸塵、土歸土，繁華散盡，只剩谷水空流，時間淘盡了貴賤尊卑，一抔土、一點愁，詩人以「荒園」景致，衝擊著讀者記憶中的金谷盛景。再如綠珠歌舞、金谷舊名，過往的熱鬧歡愉，都是強化眼前哀景的絕佳素材，詩載：

> 太守龍爲馬，將軍金作車。香飄十里風，風下綠珠歌。
> 莫怪坐上客，歎君庭前花。明朝此池館，不是石崇家。
>
> （唐·曹鄴〈和潘安仁金谷集〉）〔註91〕

> 君不見綠珠潭水流東海，綠珠紅粉沉光彩。（一作白首同歸翳光彩）
> 綠珠樓下花滿園，今日曾無一枝在。
>
> （唐·李白〈魯郡堯祠送竇明府薄華還西京（時久病初起作）〉）〔註92〕

> 日斜金谷靜，雨過石城空。此處不堪聽，蕭條千古同。
>
> （唐·廖凝〈聞蟬〉）〔註93〕

> 羲和騁六轡，晝夕不曾閑。彈烏崦嵫竹（一作石），杖馬蟠螭鞭。蓐收既斷翠柳，青帝又造紅蘭。堯舜至今萬萬歲，數子將爲傾蓋閒。青錢白璧買無端，丈夫快意方爲歡。朧䑠臛熊何足云，會須鐘飲北海。箕踞南山，歌淫淫，管悗悗，橫波好送雕題金。人生得意且如此，何用強知元化心。相勸酒，終無輟。伏願陛下鴻名絲不歇，子孫綿如石上葛。東長安，車駪駪。中有梁冀舊宅，石崇故園。
>
> （唐·李賀〈相勸酒〉）〔註94〕

> 不見賈生遺宅處，空傳金谷舊園名。
>
> （宋·張耒〈清明臥病有感二首之一〉）〔註95〕

> 曾此坏金谷，神龍依祇園。物理自古今，興廢復何言。
>
> （宋·李廌〈遊超化寺〉）〔註96〕

〔註91〕　【唐】曹鄴撰：《曹祠部集》卷2，清文淵閣四庫全書本，頁9。
〔註92〕　【唐】李白撰：《李太白集》卷14，宋刻本，頁88。
〔註93〕　【清】曹寅編：《全唐詩》卷740，清文淵閣四庫全書本，頁5019～5020。另見於【清】李調元撰：《全五代詩》，〈全五代詩卷62〉，清函海本，頁573。
〔註94〕　【唐】李賀撰：《李賀歌詩集》，〈歌詩編第4〉，四部叢刊景金刊本，頁22。
〔註95〕　【宋】張耒撰：《張右史文集》，卷24，四部叢刊景舊鈔本，頁126。
〔註96〕　【宋】李廌撰：《濟南集》卷1，清文淵閣四庫全書本，頁9。

詩歌中，不約而同地在「時間」的流動中，對比出「人事」的消亡；或言，古今事異與時序遞嬗，使人倍覺千載如一瞬，更進而凸顯時間的快速流轉。如李賀詩中，以天上、人間相對比，用美麗神話，帶出時間的更迭，一語「萬萬歲」與「傾蓋間」造成永恆與倏忽的強烈對比。紅塵俗世既是短暫不可待，則人間繁華盛景又何足言說？詩末以「石崇故園」收束全篇，意欲以當年金谷園的繁華，營造千載一瞬的蒼茫。

> 三尺珊瑚樹幾莖，季倫豪富古無衡。
> 珠名佳麗金名谷，花擬溫柔燕擬聲。
> 紅袖拂香廻雪轉，朱櫻歌艷過雲行。
> 清凉臺畔尋遺跡，只有樓前艸不生。
>
> （清‧林良銓〈金谷園故址〉）〔註97〕
>
> 憶昔繁華夢未空，晉家全盛卅年中。
> 金甌旋共名園破，石友虛憐歸路同。
> 豈有狂游知日暮，尚留餘韻誤江東。
> 劉琨亦是尊前客，獨聽雞聲向曉風。
>
> （清‧陸繼輅〈金谷園再用兩華臺韻〉）〔註98〕
>
> 咸寧以前多吳氛，元康以來昏戰塵。
> 晉家全盛只卅載，却值金谷園中春。
> 美人顏紅與花匹，百斛名珠易珠一。
> 樓頭光碎紅珊瑚，主人殉財兼殉珠。
> 傷心豈獨名珠墮，轉眼洛陽城亦破。
> 持螯仙客最達觀，興廢都從醉中過。
> 園花開園樂□□，陳朝千觴暮百樽。
> 二十四友皆僉人，此輩可惜惟劉琨。（清‧洪亮吉〈金谷園〉）〔註99〕
>
> 彈指繁華海變桑，草荒金谷不成行。
> 年年只有銜泥燕，飛去飛來趁夕陽。（清‧湯鵬〈金谷園〉）〔註100〕

〔註97〕　【清】林良銓撰：《林睡廬詩選》卷下，清乾隆二十年詠春堂刻本，頁49。
〔註98〕　【清】陸繼輅撰：《崇百藥齋文集》卷7，清嘉慶二十五年刻本，頁66。
〔註99〕　【清】洪亮吉撰：《卷施閣集》詩卷2，〈憑軾西行集〉，清光緒三年洪氏授經堂刻洪北江全集增修本，頁271。
〔註100〕　【清】湯鵬撰：《海秋詩集》卷26，〈七言絕句〉，清道光十八年刻本，頁246。

「時光流轉」之主題，在清代金谷園詩中已見成熟運用。詩人巧入史事，化用金谷物意象，舉凡珊瑚、春景，皆能發人慨歎，另，詩中亦大量運用人物意象，使石崇、劉琨、二十四友入詩，除營造繁華事散之思古幽情外，一語「此輩可惜惟劉琨」，亦發人省思。關於時、空所營造的今昔感懷，近人林秀珍說道：

> 時間是個無形的黑洞，它以不可抗拒的力量，消融任何人、事、物。
> 空間之於時間，面對著相同的景色，此時此地，景物已非全然相同，
> 人事變化，在時間的洪流裡，空間是歷史舞臺的轉換，也可說是對
> 無常之時間的創造、遷移和變形，所成的最深刻的語言。
>
> 「今昔」的分別，容易觸發人們對過往的迷戀和追憶，在咀嚼這滋
> 味的同時，個人斑斑行跡，也如影隨形。立足在時間的中點，往後
> 望是一些無法改變的事實，再向前看是尚待創造的內容。
>
> 「今昔憂思」環繞著自我反思和懷古主題，以一種有延展性的關連，
> 重組記憶裡的人物和歷史。〔註101〕

物換星移，興廢無言，昔日翠袖舞影，只供懷想。時間洪流，推動著歷史空間的不斷轉換，感於斯，於是詩人寫下「塵飛金谷苑」、「金谷已無春」、「石氏荒原金谷花」、「金谷已空塵」、「金谷春移，玉華人散」等語，將對時間推移的深沉無奈一一傾訴。作為歷史的見證者，感同金谷人事的悲喜，今昔的感懷與思考，讓金谷意象多了一層「時光流轉，繁華事散」的蒼涼意蘊。

三、援古說今，藉事詠懷

援引金谷事典，發抒當下情思，詩人感懷主題，多圍繞在自身際遇的抒展上。感事寄憂，「金谷」僅是牽動情思的引子，此時、此刻、此地之心情感懷，方為詩作重心所在，試以劉希夷〈洛川懷古〉為證：

> 萋萋春風綠，悲歌牧征馬。行見白頭翁，坐泣青竹下。
> 感歎前問之，贈余辛苦詞。歲月移今古，山河更盛衰。
> 晉家都洛濱，朝廷多近臣。詞賦歸潘岳，繁華稱季倫。
> 紫（一作梓）澤春草菲，河陽亂花飛。綠珠不可奪，白首同所歸。
> 高樓倏冥滅，茂林久摧折。昔時歌舞臺，今成狐兔穴。
> 人事互消亡，世路多悲傷。北邙是吾宅，東岳為吾鄉。

〔註101〕林秀珍：《北宋園林詩之研究》，臺北：花木蘭文化出版社，2010年3月，頁73。

君看北邙道，髑髏縈蔓草。芳□□□□，□□□□□。

碑塋或半存，荊棘斂幽魂。揮淚棄之去，不忍聞此言。

（唐‧劉希夷〈洛川懷古（第二十七句缺四字，第二十八句缺）〉）

〔註102〕

劉希夷此詩，原是見白頭翁有感，故賦詩抒情。詩中情意，及當時作詩情景，竟與石崇近似，一語「綠珠不可奪，白首同所歸」，將當時西晉史事化入句中，然其意不在評說史事，而是借金谷舊事發一己之感。又如：

黃鳥無聲葉滿枝，閑吟想到洛城時。

惜逢金谷三春盡，恨拜銅樓一月遲。

（唐‧白居易〈將至東都先寄令狐留守〉）〔註103〕

新酒此時熟，故人何日來。自從金谷別，不見玉山頹。

（唐‧白居易〈酒熟憶皇甫十〉）〔註104〕

風靜陰滿砌，露濃香入衣。恨無金谷妓，為我奏思歸。

（唐‧李德裕〈峽山亭月夜獨宿對櫻桃花有懷伊川別墅（金陵作）〉）

〔註105〕

〔註102〕【宋】李昉輯：《文苑英華》卷380，明刻本，頁1924。劉希夷另有〈代悲白頭翁（一作白頭吟）〉一詩，詩云：「洛陽城東桃李花，飛來飛去落誰家。洛陽女兒惜顏色，坐見（一作行逢）落花長歎息。今年花落顏色改，明年花開復誰在。已見松柏摧爲薪，更聞桑田變成海。古人無復洛城東，今人還對落花風。年年歲歲花相似，歲歲年年人不同。寄言全盛紅顏子，須憐半死白頭翁。此翁白頭真可憐，伊昔紅顏美少年。公子王孫芳樹下，清歌妙舞落花前。光祿池臺文錦繡，將軍樓閣畫神仙。一朝臥病無知己，三春行樂在誰邊。宛轉蛾眉能幾時，須史鶴髮亂如絲。但看古來歌舞處，惟有黃昏鳥雀悲。」詩附註言，希夷善琵琶，嘗爲白頭詠云：「今年花落顏色改，明年花開復誰在。」既而悔曰：「我此詩似讖，與石崇白首同所歸何異？」乃更作云：「年年歲歲花相似，歲歲年年人不同。」既而歎曰：「復似向讖矣。」詩成未周歲，爲姦人所殺。或云，宋之問害希夷，而以白頭翁之篇爲己作，至今有載此篇在之問集中者。見【唐】佚名撰：《搜玉小集》，明崇禎元年唐人選唐詩本，頁8。

〔註103〕【唐】白居易撰：《白氏長慶集》，〈白氏文集卷第57〉，四部叢刊景日本翻宋大字本，頁516。

〔註104〕【唐】白居易撰：《白氏長慶集》，〈白氏文集卷第65〉，四部叢刊景日本翻宋大字本，頁602。

〔註105〕【唐】李德裕撰：《李文饒集》，〈李文饒別集卷第10〉，四部叢刊景明本，頁153。

金谷歌傳第一流，鷓鴣清怨碧煙（一作雲）愁。

夜來省得曾聞處，萬里月明湘水秋（一作流）。

　　　　　　　（唐·許渾〈聽唱山鷓鴣（一作聽吹鷓鴣）〉）〔註106〕

池塘夢斷來佳句，金谷園傾憶少年。

　　　　　　　　　　　　（清·曹溶〈春草四首之一〉）〔註107〕

跛履重窺金谷園，傷心幾叩西州策。

　　　　　　　（清·計東〈宴故少宰胡公谷園卽席歌和胤倩〉）〔註108〕

捲簾人自對西風，回首天涯悵望同。

金谷園中行跡斷，碧雞坊畔舊游空。

　　　　　　　　　　　　　　（清·梁夢善〈秋草〉）〔註109〕

在送別、懷人的主題上，或感於眼前景致而欲有所比擬時，金谷離別的事意象，及喜悅歡愉的宴飲情景，常於詩作中出現。透過舊有記憶的連結，詩人情意已然脫離有形文字的束縛，而得橫跨時空無盡延伸。此類詩歌寫作，多從情意處起筆，其於情感處連結，借事抒懷，在面對石崇的奢與富時，胸臆中自有評判標準及自我觀點，然不論所感爲何，詩人鮮少於詩作中直接評議、說其是非。詩作如下：

古人結交而重義，今人結交而重利。

勸人一種種桃李，種亦直須遍天地。

一生不愛囑人事，囑卽直須爲生死。

我亦不羨季倫富，我亦不笑原憲貧。

　　　　　　　　　　　　　　　（唐·孟郊〈傷時〉）〔註110〕

青袍白馬有何意，金谷銅駝非故鄉。

梅花欲開不自覺，棣萼一別永相望。

　　　　　　　　　　　　　　　（唐·杜甫〈至後〉）〔註111〕

〔註106〕【唐】許渾撰：《丁卯集》卷上，宋刻本，頁11。

〔註107〕【清】曹溶撰：《靜惕堂詩集》卷35，〈七言律詩〉，清雍正刻本，頁334。

〔註108〕【清】計東撰：《改亭詩文集》，〈詩集卷2〉，清乾隆十三年計璸刻本，頁25。

〔註109〕【清】阮元輯：《兩浙輶軒錄》卷27，清嘉慶刻本，頁1094～1095。

〔註110〕【唐】孟郊撰：《孟東野詩集》卷2，宋刻本，頁9。

〔註111〕【唐】杜甫撰：《杜工部集》卷13，〈近體詩100首〉，續古逸叢書景宋本配毛氏汲古閣本，頁140。

長籌未必輸孫皓,香棗何勞問石崇。

憶事懷人兼得句,翠衾歸臥繡簾中。(唐·李商隱〈藥轉〉)〔註112〕

笛怨綠珠去,簫隨弄玉來。銷憂聊暇日,誰識仲宣才。

（唐·李嶠〈樓〉）〔註113〕

援引金谷事抒情感懷,唐詩特點在於詩人能一面陳說己身觀點,保有自我價值,又能以客觀視角面對金谷侈靡。「不羨季倫富」、「不笑原憲貧」、「金谷銅駝非故鄉」,富貴貧賤在詩人眼底不是生活的重心,其能瀟灑展現自我,並以正面心態觀金谷舊事。相對於唐人的客觀論述,宋代「詠懷」類金谷詩,其主觀評述略顯濃厚,詩例如下:

老大斷非金谷友,生存惟冀酒泉封。

（宋·陸游〈耕罷偶書〉）〔註114〕

石徑幽雲冷,步障深深,豔錦青紅亞。小橋和夢醒,環佩香、煙水茫茫城下。何處不秋陰,問誰借、東風豔冶。最嬌嬈,愁侵醉頰,淚洒紅綃。搖落翠苹平沙,挽斜陽,駐短亭車馬。曉粧羞未墮。沈恨起、金谷魂飛深夜。驚雁落清歌,醉花倩、舴艋快瀉。去來捨。月向井梧捎上掛。 （宋·吳文英〈龍山會〉）〔註115〕

吾愛王子猷,借宅亦種竹。一日不可無,蕭洒常在目。

雪霜徒自白,柯葉不改綠。殊勝石季倫,珊瑚滿金谷。

（宋·司馬光〈種竹齋〉）〔註116〕

書臺佳士君章孫,句法來自西溪門。

向來家住金谷園,珊瑚四尺蠟作薪。

床頭黃金已散盡,買書卻鑄文章印。

（宋·楊萬里〈送安成羅茂忠〉）〔註117〕

〔註112〕【唐】李商隱:《李義山詩集》,〈唐李義山詩集卷之五〉,四部叢刊景明嘉靖本,頁37。

〔註113〕【清】曹寅編:《全唐詩》卷59,清文淵閣四庫全書本,頁429。另見於【清】徐倬編:《全唐詩錄》卷3,清文淵閣四庫全書本,頁37。

〔註114〕【宋】陸游撰:《劍南詩稿》卷38,清文淵閣四庫全書補配清文津閣四庫全書本,頁521。

〔註115〕【宋】吳文英:《夢窗稿》〈丁稿〉,明刻宋名家詞本,頁45。

〔註116〕【宋】司馬光:《溫國文正公文集》卷5,四部叢刊景宋紹興本,頁37。

〔註117〕【宋】楊萬里:《誠齋集》卷39,四部叢刊景宋寫本,頁376。

當年不識此清眞，強把先生擬季倫。

等是人間一陳迹，聚蚊金谷本何人。

（宋·蘇軾〈又書王晉卿畫四首之一〉）〔註118〕

同樣是「借事詠懷」，引金谷事入典，宋詩中開始出現珊瑚樹等鬥富之物，詩作內容雖不在議論，然詩人價值觀點已悄然流露。在詩人詩心感發下，園中景無一不是入題材料，金谷歌、金谷妓、銅駝、落花，具爲牽引情思的重要物象，詠之、嘆之，詩人意不在發思古幽情，而在己身情思的抒展。

第三節　議論史事，譴侈靡敗亡

當歷史人物淡出生命舞臺，其流風遺跡在詩歌中流傳。石崇的侈靡敗亡、綠珠的重義多情，都成爲後世詩人評說的對象。不論歌詠或批評，不論正面或負面，每一個細微的評說，都是參與金谷盛事的證明。

一、石崇形貌的多元評述

在金谷園意象的討論裡，石崇以「園林主」身份活躍其中，其游走於兩對立之極端，既重情端方卻又殘忍卑佞，因此成爲豐富的金谷意象。從歷史眞實，到文學的單一形象，對於石崇行事的認同與非議，都在時代變遷及閱讀者心靈轉變中，有了全然不同的解讀。詩歌，是內在情思的具體延展，亦帶有省視者的主觀色彩與見解，觀歷代詩作，能探查不同朝代對石崇行事的多元解讀。詩載如下：

珍重昔年金谷友，共來泉際話幽魂。

（唐·李玖〈四丈夫同賦〉）〔註119〕

迭宕孔文舉，風流石季倫。

（唐·儲光羲〈秋庭貽馬九（并序）〉）〔註120〕

傳語諸公子，聽說石齊奴。僮僕八百人，水碓三十區。

舍下養魚鳥，樓上吹笙竽。伸頭臨白刃，癡心爲綠珠。

（唐·寒山〈詩三百三首〉）〔註121〕

〔註118〕 【宋】蘇軾：《東坡詩集注》卷12，四部叢刊景宋本，頁312。

〔註119〕 【清】曹寅編：《全唐詩》卷563，清文淵閣四庫全書本，頁3907。另見於【宋】李昉撰：《太平廣記》，〈卷350 鬼35〉，民國景明嘉靖談愷刻本，頁1555。

〔註120〕 【唐】儲光羲撰：《儲光羲詩集》卷3，清文淵閣四庫全書本，頁12。

〔註121〕 【唐】釋寒山撰：《寒山詩》，四部叢刊景宋本，頁17。

綠珠猶得石崇憐，飛燕曾經漢皇寵。

（唐・駱賓王〈豔情代郭氏答盧照鄰〉）〔註 122〕

石家金谷重新聲，明珠十（一作萬）斛買娉婷。此（一作昔）日可憐君自許，此時可喜（一作愛）得人情。君家閨閣不（一作未）曾難（一作關），常將歌舞借人看。意氣雄豪非分理，驕矜（一作奢）勢力橫相干。辭君去君終不忍（一作辭君去去終未忍），徒勞掩袂傷鉛粉。百年離別在高樓，一旦（一作代）紅顏爲君盡。

（唐・喬知之〈綠珠篇〉）〔註 123〕

死來尚戀遊金谷，病廢猶難放柳枝。

等是胷中不浩浩，樂天莫笑季倫癡。

（宋・陸游〈道室試筆〉）〔註 124〕

君不見金谷園中情眷戀，凌煙閣上像巍峩。

（清・馬惟敏〈閒中歌〉）〔註 125〕

一語「珍重金谷友」、「風流石季倫」，帶出石崇才情與情意，史傳載其「穎悟有才」，詩人透過詩筆，給予了直接肯定。單憑《晉書・石崇傳》一語：「我今爲爾得罪。」〔註 126〕於是人們想見其情，揣想綠珠樓上的離別與哀思，「死別」與「有情」自此劃上等號。唐代詩人用其多情的筆觸，寫下史上精采的一刻，其特重情意延展的書寫特色，亦使得石崇眞摯多情的部分受到強化。然而，這份情思究竟是石崇本有，抑或是詩人浪漫的投射與想像？不論歷史眞相爲何，唐人眼中的石崇，是多情而重義的。類似情意，亦見於其他朝代，

〔註 122〕【唐】駱賓王撰：《駱丞集》卷 2，清文淵閣四庫全書本，頁 129。

〔註 123〕【宋】李昉輯：《文苑英華》卷 346，明刻本，頁 2179。知之有婢曰窈娘，美麗善歌舞，爲武承嗣所奪。知之怨惜，作此篇以寄情，密送與婢。婢結詩衣帶，投井而死。承嗣大恨，諷酷吏羅織殺之。該事亦見於【宋】李昉：《太平廣記》：唐武后時，左司郎中喬知之有婢名窈娘，藝色爲當時第一。知之寵愛，爲之不婚。武延嗣聞之，求一見，勢不可抑。既見即留，無復還理。知之痛憤成疾，因爲詩，寫以縑素，厚賂閽守以達。窈娘得詩悲惋，結於裙帶，赴井而死。延嗣見詩，遣酷吏誣陷知之，破其家。收錄於【宋】李昉：《太平廣記》，卷 274〈情感〉，民國景明嘉靖談愷刻本，頁 1208。

〔註 124〕【宋】陸游撰：《劍南詩稿》卷 60，清文淵閣四庫全書補配清文津閣四庫全書本，頁 760。

〔註 125〕【清】馬惟敏撰：《半處士詩集》卷下，清康熙四十八年郎廷槐刻本，頁 14。

〔註 126〕【唐】房玄齡等撰：《晉書》卷 33，〈石苞傳附石崇傳〉列傳第 3，頁 1008。

唯數量較少，如清代馬惟敏則以「君不見金谷園中情眷戀」，肯定了綠珠樓上的真情展演。除此，亦有轉以說理入題者，如：陸游「莫笑季倫痴」，則帶出主觀思維與理趣。大抵而言，此類詩歌多從情感處正面肯定石崇的真摯情思。至於石崇的驕奢侈靡，詩證如下：

> 金谷繁華石季倫，只能謀富不謀身。
>
> 當時縱與綠珠去，猶有無窮歌舞人。
>
> （唐・李清〈詠石季倫〉）〔註127〕

> 金谷觸豪友，珠樓擁艷姬。南交來處悖，東市悔何追。
>
> （唐・劉克莊〈石崇〉）〔註128〕

> 黃金驕石崇，與晉爭國力。更欲住人間，一日買不得。
>
> 行為忠信主，身是文章宅。四者俱不聞，空傳墮樓客。
>
> （唐・于濆〈金谷感懷（一作懷古）〉）〔註129〕

> 王濟本尚味，石崇方鬥奢。雕（一作堆）盤多不識，綺席乃增華。
>
> （唐・劉禹錫〈崔元受少府自貶所還遺山薑花答以詩〉）〔註130〕

> 蔑有驕奢貽後悔，紅錦障收。珊瑚樹碎，至今笑石崇王愷。
>
> （唐・李咸用〈富貴曲〉）〔註131〕

> 文章首冠諸人籍，每笑石崇無道情。
>
> 輕身重色禍亦成，君有佳人常禪伴。
>
> （唐・皎然〈觀李中丞美人軋箏歌（時量移湖州長史）〉）〔註132〕

> 玉饌薪然蠟，椒房燭用銀。銅山供橫賜，金屋貯宜嚬。……出入張公子，驕奢石季倫。
>
> （唐・元稹〈代曲江老人百韻（年十六時作）〉）〔註133〕

〔註127〕【清】曹寅編：《全唐詩》，卷204，清文淵閣四庫全書本，頁1265。另見於【宋】尤袤撰：《全唐詩話》卷1，明津逮秘書本，頁16。
〔註128〕【宋】劉克莊：《後村集》卷15，四部叢刊景舊鈔本，頁144。
〔註129〕【清】曹寅編：《全唐詩》卷599，清文淵閣四庫全書本，頁4134。本詩僅見於《全唐詩》，故選用此版本。
〔註130〕【唐】劉禹錫撰：《劉夢得文集》，〈劉夢得文集卷第1〉，四部叢刊景宋本，頁2。
〔註131〕【唐】李咸用撰：《唐李推官披沙集》卷1，四部叢刊景宋本，頁2。
〔註132〕【宋】李昉輯：《文苑英華》卷334，明刻本，頁2122。
〔註133〕【唐】元稹撰：《元氏長慶集》，〈元氏長慶集卷第10〉，四部叢刊景明嘉靖本，頁41。

詞賦歸潘岳，繁華稱季倫。　　　（唐・劉希夷〈洛川懷古〉）〔註134〕

狂夫富貴在青春，意氣驕奢劇季倫。

自憐碧玉親教舞，不惜珊瑚持與人。

　　　（唐・王維〈洛陽女兒行（時年十六，一作十八。）〉）〔註135〕

鬥富、競奢，以至於滅族敗亡，唐詩人點出石崇的侈靡，將「綠珠」、「錦障」、「珊瑚」等汰侈事例入詩，寫作手法多客觀鋪寫，清楚呈現當年鬥富實況。此類內容雖環繞於「議論」主題，唐人的批判性似乎都多了一層溫柔與婉約。若觀宋、元、明代詩歌，則詩人主觀色彩愈顯濃厚，評述力道亦較唐人為重，詩作如下：

石崇不爲綠珠死，天譴窮奢故殞身。

　　　　　　　　（宋・史浩〈張設八篇・其二〉）〔註136〕

白骨久埋金谷友，黃花尚醉葛天民。

　　　　　　　（宋・陸游〈累日文符沓至悵然有感〉）〔註137〕

石崇禍起珊瑚樹。　　　　　（元・侯克中〈感舊〉）〔註138〕

洛陽金谷園中花，雕玉爲欄繡作遮。琉璃器多出珍饌，瑪瑙街長行鈿車。椒房塗香貯歌舞，曳珠珥翠籠輕紗。珊瑚扶疏三四尺，王羊貴戚爭豪奢。那知花淫風雨妒，古來山澤生龍蛇。嬋娟墜樓寶珈碎，月明夜半啼驚鴉。　　　（元・朱德潤〈題石崇錦障圖〉）〔註139〕

石崇金谷園，財多莫無地。　　　（元・胡布〈行路難〉）〔註140〕

百年富貴如飄蓬，是非榮辱轉眼空，珊瑚數尺壯安庸，季倫愚痴眞騃童，夢回金谷春已去，欲尋往事俱無蹤，但見荒烟衰草寂寞樓，春紅繁花散亂歌舞歇，行人撫掌笑石崇。

　　　　　　　　（元・葉顒〈東鄰叟歌〉）〔註141〕

〔註134〕　【宋】李昉輯：《文苑英華》卷380，明刻本，頁1924。

〔註135〕　【唐】王維撰：《王摩詰文集》，〈王摩詰文集卷第1〉，宋蜀本，頁4。

〔註136〕　【宋】史浩撰：《鄮峰眞隱漫錄》卷50，清文淵閣四庫全書補配清文津閣四庫全書本，頁319。

〔註137〕　【宋】陸游撰：《劍南詩稿》卷19，清文淵閣四庫全書補配清文津閣四庫全書本，頁296。

〔註138〕　【元】侯克中撰：《艮齋詩集》卷13，清文淵閣四庫全書本，頁52。

〔註139〕　【清】陳邦彥選編：《歷代題畫詩》卷36，〈故實類〉，北京古籍出版社，頁440。

〔註140〕　【明】佚名輯：《元音遺響》卷3，清文淵閣四庫全書本，頁67。

〔註141〕　【元】葉顒：《樵雲獨唱》卷2〈古詩〉，清文淵閣四庫全書補配清文津閣四庫全書本，頁14。

賈誼才可憐，石崇富難保。　　　　　　　　（元‧周巽〈洛陽道〉）〔註142〕

樓上唱歌舞綠珠，樓前馳檄收齊奴。

　　　　　　　　　　　　　　　　　（元‧郭鈺〈石崇詠〉）〔註143〕

蚪滇欲怒珊瑚折，步障圍春錦雲熱。眞珠換妾勝驚鴻，笑踏香塵如
踏空。酒闌金谷鶯花醉，家逐樓前舞裙墜。財多買得東市愁，羅綺
散盡餘荒丘。猶憐白首同歸者，坐伴遊魂楓樹下。

　　　　　　　　　　　　　　　　　（明‧高啓〈石崇墓〉）〔註144〕

石氏富非朝夕得，財多元是禍之媒。

香塵錦帳無名目，未必貪夫爲朶頤。

　　　　　　　　　　　　　（明‧夏良勝〈歎石崇廢宅〉）〔註145〕

石崇舍下金如土。　　　　（明‧王恭〈書鄭伯固冷齋卷〉）〔註146〕

石崇漫遺金谷恨，鄧通空負銅山羞。

　　　　　　　　　　　　　（明‧孫承恩〈題公子醉歸圖〉）〔註147〕

石崇空豪富。　　　　　　　　（明‧方孝孺〈弔李白〉）〔註148〕

「紅錦障收」、「珊瑚樹碎」，曾經鬥富、炫富的侈靡行止，皆成型塑石崇富豪
形象的關鍵。詩人或委婉譴責，或直接批評議論，其通同處在於詩歌多環繞
在「禍起富貴」的主題上。唐人論石崇，淺淺點出「黃金驕石崇，與晉爭國
力。」又言「金谷繁華石季倫，只能謀福不謀身。」對於財富帶來的危機，
詩人淺說之，未予以更多評判。

　　到了宋代，議論增強，「石崇不爲綠珠死，天譴窮奢故殞身。」譴責與批
判的色彩更濃，元、明兩代，對石崇的評說集中於「財」與「禍」的連結，「石
崇禍起珊瑚樹」、「財多買得東市愁」，透過詩句得以觀察石崇的「豪奢」形象，
幾乎定型於元朝。且，在「行人撫掌笑石崇」一句中，展現時人對於侈靡敗
亡的歷史觀照，其中帶有著強烈的批判性。不同於前述詩作的幽幽歎惋，此

〔註142〕【元】周巽撰：《性情集》卷1，清文淵閣四庫全書本，頁4。

〔註143〕【元】郭鈺撰：《靜思集》卷5，清文淵閣四庫全書本，頁34。

〔註144〕【明】高啓撰：《高太史大全集》卷9，四部叢刊景明景泰刊本，頁95。

〔註145〕【明】夏良勝撰：《東洲初稿》卷8，清文淵閣四庫全書補配清文津閣四庫全
　　　　書本，頁135。

〔註146〕【元】王恭撰：《白雲樵唱集》卷1，清文淵閣四庫全書本，頁15。

〔註147〕【明】孫承恩撰：《文簡集》卷20，〈七言古詩〉，清文淵閣四庫全書本，頁160。

〔註148〕【明】方孝孺撰：《遜志齋集》卷24，四部叢刊景明景泰刊本，頁541。

處直陳敗亡源頭出於富貴，石崇與財富的緊密連結，也慢慢將金谷意象導入「富貴敗亡」的意涵中。作為金谷園中的靈魂人物，石崇形象的多元改變，將牽引世人對金谷園印象的認知，是以一旦石崇豪奢形象定型，金谷園意象勢必走入「侈靡」。久之，這將成為讀者對金谷園意象的唯一記憶。

二、綠珠有情的正面評價

最早的綠珠記載見於干寶《晉紀》與徐廣《晉紀》中，由於兩書均已散佚，此記載部份保存於《藝文類聚》與《太平御覽》。分載於下：

> 石崇有妓人曰綠珠，美而工舞。孫秀乃使人求焉，方登涼觀，臨清水，婦人侍側，使者以告崇，崇出妓妾數十人，皆蘊蘭麝而被羅縠，曰：「在所擇。」使者曰：「君侯服御，麗則麗矣，然本受旨索綠珠。」崇勃然曰：「綠珠吾所愛重，不可得也。」使者還，以告，故秀勸趙王倫殺之。〔註149〕（干寶《晉紀》）

> 石季倫甚富侈，衣服妓樂誇於許史。有妓人曰綠珠，美，孫秀欲之，使人求焉。崇盡出其婢妾數十人，皆蘊蘭麝而被羅縠。〔註150〕（徐廣《晉紀》）

在詩歌形象漫長的接受與衍化中，「綠珠」一詞經過多重的轉變。〔註151〕作為金谷意象的一部分，綠珠多以才藝及美貌見於詩作，其中以陳述宴飲歡愉為主題的作品為多，在此，綠珠僅是配角，為金谷園的一道美麗風景。到了唐代，關於綠珠的故事大幅增長，人們對於綠珠故事的掌握，不再侷限於《晉書》「當效死於官前。」〔註152〕一語，透過詩歌、筆記、小說、

〔註149〕【唐】歐陽詢編：《藝文類聚》卷 18，（人部 2），清文淵閣四庫全書本，頁 252。

〔註150〕【宋】李昉等編：《太平御覽》，卷 472（人事部 113），四部叢刊三編景宋本，頁 2881。

〔註151〕自西晉迄清，綠珠形象的演變及其文化意蘊，大陸學者夏習英、孫靜、徐贛麗等人，曾對此議題深入研究，研究成果如下：夏習英、孫靜：〈明清小說戲曲中綠珠故事的演變及其文化闡釋〉，《名作欣賞》35 期，2010 年，頁 47～48。夏習英、孫靜：〈唐代詩文中綠珠故事的文化意蘊探析〉，《學理論》15 期，2011 年，頁 187～189。夏習英、孫靜：〈西晉至南北朝時期的綠珠形象論析〉，《名作欣賞》14 期，2011 年，頁 26～28、51。徐贛麗：〈民間傳說與地方認同——以廣西博白綠珠傳說為例〉，《廣西師範學院學報》（哲學社會科學版）第 32 卷第 2 期，2011 年 4 月，頁 1～7。

〔註152〕【唐】房玄齡等撰：《晉書》卷 33，〈石苞傳附石崇傳〉列傳第 3，頁 1008。

雜劇〔註153〕，在文人鋪衍中，綠珠故事有了多樣化的呈現。關於綠珠墜樓一事，詩人感其情深讚譽之、推崇之，並爲其效死於石崇流露慨嘆，詩例如下：

> 細腰宮裏露桃新，脉脉無言度幾春。
>
> 至竟息亡緣底事，可憐金谷墜樓人。
>
> （唐・杜牧〈題桃花夫人（即息夫人）廟〉）〔註154〕

> 從來上臺榭，不敢倚闌干。零落知成血，高樓直下看。
>
> （唐・劉商〈綠珠怨〉）〔註155〕

> 大抵花顏最怕秋，南家歌歇北家愁。
>
> 從來幾許如君貌，不肯如君墜玉樓。
>
> （唐・汪遵〈綠珠〉）〔註156〕

> 積金累作山，山高小于址。栽花比綠珠，花落還相似。
>
> 徒有敵國富，不能買東市。徒有絕世容，不能樓上死。
>
> 祇此上高樓，何如在平地。　　（唐・蘇拯〈金谷園〉）〔註157〕

> 亞水依巖半傾側，籠雲隱霧多愁絕。
>
> 綠珠語盡身欲投，漢武眼穿神漸滅。
>
> （唐・元稹〈山枇杷〉）〔註158〕

〔註153〕 以綠珠故事爲題材的作品如：宋・樂史《綠珠傳》（傳奇小說）、宋元時期・佚名《綠珠墜樓記》（話本小說）、元・關漢卿《綠珠墜樓記》（雜劇，今已佚）、明末・華魏《竹葉舟》（傳奇劇）、清末・曼陀居士《三斛珠》（傳奇），另有京劇《綠珠墜樓記》等。參引自夏習英、孫靜：〈明清小說戲曲中綠珠故事的演變及其文化闡釋〉，《名作欣賞》35期，2010年，頁47。

〔註154〕 【唐】杜牧撰：《樊川集》，〈樊川文集第4〉，四部叢刊明翻宋本，頁30。

〔註155〕 【清】曹寅編：《全唐詩》卷304，清文淵閣四庫全書本，頁2059。另見於【宋】王安石編：《唐百家詩選》卷11，清文淵閣四庫全書補配清文津閣四庫全書本，頁79。

〔註156〕 【清】曹寅編：《全唐詩》卷602，清文淵閣四庫全書本，頁4150。另見於【清】李調元撰：《全五代詩》，〈全五代詩卷63〉，清函海本，頁587。

〔註157〕 【清】曹寅編：《全唐詩》卷718，清文淵閣四庫全書本，頁4911。本詩另有二版本，其一：「積金累作山，山高誰堪擬。栽花比綠珠，花落還相似，可歎絕世容，不能樓上死。」【明】曹學佺編：《石倉歷代詩選》卷92，〈晚唐19〉，清文淵閣四庫全書補配清文津閣四庫全書本，頁1155。其二：「積金累作山，高與冰山似。栽花比綠珠，花落人亦墜，徒有敵國富，不能買東市；徒有絕世容，不能樓上死。令人登高樓，興歎在乎地。」【明】曹學佺編：《石倉歷代詩選》卷98，〈晚唐25〉，清文淵閣四庫全書補配清文淵閣四庫全書本，頁1204。

〔註158〕 【唐】元稹撰：《元氏長慶集》，〈元氏長慶集卷26〉，四部叢刊景明嘉靖本，頁112。

　　不是求心印，都緣愛綠珠。何湏同泰寺，然後始為奴。

（唐‧李群玉〈龍安寺佳人阿最歌八首〉）〔註159〕

　　綠珠倚檻魂初散，巫峽歸雲夢又闌。
　　忍把一罇重命樂，送春招客亦何歡。

（唐‧李建勳〈落花〉）〔註160〕

　　向來金谷友，至此散如雲。却是娉婷者，樓前不負君。

（宋‧劉克莊〈綠珠〉）〔註161〕

公元 300 年，綠珠用墜樓回應石崇的眷顧，而唐朝詩人，以其詩筆記錄了這多情的一刻，詩人惋惜美人香消玉殞，抒「可憐金谷墜樓人」表不捨之情，又以「從來幾許如君貌，不肯如君墜玉樓」讚許綠珠的忠義堅貞。美人貌美如花，其墜樓之姿又如花之凋零，詩筆勾勒間，唐人對綠珠的情感多帶有一分淺淺的不捨。綠珠的墜樓，究竟是不得不然，或是為報石崇知遇之恩，我們雖已無法探知原委，然而透過歷代詩句，得看見歷代詩人的不同觀點，關於綠珠，宋代觀點如下：

　　綠珠吹笛何時見，欲把斜紅插皂羅。

（宋‧蘇軾〈李鈐轄坐上分題戴花〉）〔註162〕

　　魂收蒼壁夢，淚斷綠珠歌。

（宋‧晁說之〈因楊刑曹往荊南代書寄二唐高士〉）〔註163〕

　　綠珠樓下香猶在，西子舟中意尚遲。

（宋‧晁說之〈題鄜州牡丹〉）〔註164〕

　　還將顏色定高低，綠珠雖美猶為妾。
　　從來鑒裁主端正，不藉娉婷削肩脾。

（宋‧梅堯臣〈次韻奉和永叔謝王尚書惠牡丹〉）〔註165〕

在宋人理性思維的辯證下，不捨的情緒降低，讀宋代詩作，令人不得不隨詩

〔註159〕 【唐】李群玉撰：《李群玉詩集》，〈李群玉詩後集卷第5〉，四部叢刊景宋本，頁26。

〔註160〕 【五代】李建勳撰：《李丞相詩集》卷下，宋刊本，頁5。

〔註161〕 【宋】劉克莊：《後村集》卷15，四部叢刊景舊鈔本，頁142。

〔註162〕 【宋】蘇軾：《蘇文忠公全集》，〈東坡集〉卷4，明成化本，頁42。

〔註163〕 【宋】晁說之撰：《嵩山文集》卷8，四部叢刊續編景舊鈔本，頁128。

〔註164〕 【宋】晁說之撰：《嵩山文集》卷5，四部叢刊續編景舊鈔本，頁76。

〔註165〕 【宋】梅堯臣撰：《宛陵集》卷56，四部叢刊景明萬曆梅氏祠堂本，頁333。

意引導，思索墜樓舉動究竟值不值得？大抵而言，在理學興盛的宋代，詩人閱讀歷史的角度，總多了一分哲理思考。宋代以後，元、明詩人或感綠珠事、或見綠珠圖，發而爲詩，述其感發，詩云：

> 紅粉捐軀爲主家，明珠一斛委泥沙。
> 年年金谷園中燕，銜取香泥葬落花。　　（元·宋无〈綠珠〉）〔註166〕

> 娉婷石家妹，榮顯晉朝使。斛珠不論貲，得備巾櫛侍。
> 一笑金谷春，粉黛皆歛避。豈知步障中，乃復爲愁地。
> 念主愛妾深，因妾爲主累。樓頭風月愁，殘花抱春墜。
> 　　　　　　　　　　　　　　　（元·張觀光〈綠珠〉）〔註167〕

> 金谷煙迷清曉，玉簫春怯餘寒。可恨花鈿委地，當時莫倚危闌。
> 　　　　　　　　　　　　　　　　　（元·袁桷〈綠珠圖〉）〔註168〕

> 誰言妾命薄？結髮承主恩。誰謂妾身輕？寵冠金谷園。
> 園中桃李千萬樹，對妾妍華避無處。
> 徘徊歌舞曲未終，門外戰鼓聲逢逢。
> 當時只倚紅顏貴，豈料紅顏爲主累！
> 主家高樓天與齊，妾身不惜委黃泥。
> 他生願作銜泥燕，長傍樓中梁棟棲。
> 　　　　　（明·邊貢〈題金谷園圖賦得綠珠怨〉）〔註169〕

> 於越山水秀，自古有名娃。綠珠雖後來，聲名天下誇。
> 明珠連盈斛，輕綃亦論車。眾人不能得，獨向石崇家。
> 名園臨紫陌，高樓隱丹霞。文犀飾窗檻，白玉綴簷牙。
> 爲樂未及終，奇禍忽來加。厚意何可忘，微命何足多。
> 委身泥沙際，終令後世嗟。殷女曾滅國，周褒亦亂華。
> 古人已如此，今人將奈何。猶勝中郎女，清淚濕悲茄。
> 　　　　　　　　　　　　　　　（明·袁凱《賦得綠珠》）〔註170〕

〔註166〕【清】顧嗣立編：《元詩選》〈初集卷36〉，清文淵閣四庫全書本，頁722。
〔註167〕【元】張觀光撰：《屏巖小稿》，民國續金華叢書本，頁2。
〔註168〕【清】陳邦彥選編：《歷代題畫詩》卷43，〈故實類〉，北京古籍出版社，1996年，頁526。
〔註169〕【清】陳邦彥選編：《歷代題畫詩》卷43，〈故實類〉，北京古籍出版社，1996年，頁526。
〔註170〕【明】袁凱：《海叟集》卷2，〈五言古詩七言古詩〉，明萬曆刻本，頁10。

曾經，石崇以明珠十斛買得綠珠，金谷粉黛盡皆失色。綠珠因石崇之寵揚名顯名，亦因之香消玉殞，紅顏終究命薄，只在詩人筆中續其生命。除肯定綠珠才藝、美貌、情義兼備之詩作，詩人另有不同見解，其以爲「紅顏禍水」，石家的敗亂喪亡，綠珠當負其責，如此思維，顯露於以男性爲主體的詩壇中，詩如：

> 千扇不當路，未似開一門。若遣綠珠醜，石家應尚存。
>
> 　　　　　　　　　　　　　　　　（唐・曹鄴〈古莫買妾行〉）〔註171〕
>
> 黃犬空歎息，綠珠成釁仇。何如鴟夷子，散髮棹（一作弄）扁舟。
>
> 　　　　　　　　　　　　　　　　　　　（唐・李白〈古風〉）〔註172〕

除詩作流傳，宋代樂史復將綠珠史事編寫爲傳奇小說——《綠珠傳》。小說中的綠珠形象，承襲著前代形貌於「情義」處著筆，在肯定綠珠抱義殉節的貞烈行爲時，作者也對亡仁滅義者提出譴責。宋・樂史〈綠珠傳〉載：

> 噫！石崇之敗，雖自綠珠始，亦其來有漸矣。崇常刺荊州，劫奪遠使，沉殺客商，以致巨富。又遺王愷鴆鳥，其爲鴆毒之事。有此陰謀，加以每邀客宴集，令美人行酒，客飲不盡者，使黃門斬美人。王丞相與大將軍嘗共訪崇，丞相素不能飲，輒自勉強，至於沉醉。至大將軍，故不飲以觀其氣色，已斬三人。君子曰：「禍福無門，惟人所召。」崇心不義，舉動殺人，烏得無報也。非綠珠無以速石崇之誅，非石崇無以顯綠珠之名。綠珠之墜樓，侍兒之有貞節者也。……綠珠之沒已數百年矣，詩人尚詠之不已，其故何哉？蓋一婢子，不知書，而能感主恩，憤不顧身，其志烈懍懍，誠足使後人仰慕歌詠也。至有享厚祿，盜高位，亡仁義之行，懷反覆之情，暮四朝三，惟利是務，節操反不若一婦人，豈不媿哉！今爲此傳，非徒述美麗，窒禍源，且欲懲戒辜恩背義之類也。〔註173〕

樂史文本中羅列諸項石崇敗亡原因，似有意爲「禍水紅顏」平反，蓋禍福無門，惟人自召，強加罪名於美人，只能說是文化背景使然。大抵而言，從晉代歷史出發，跨越文本侷限，參酌唐、宋、元、明等文人作品，得發現綠珠從「美人歌舞」的形象中超脫，轉入於以「多情見義」的道德層面，

〔註171〕 【唐】曹鄴撰：《曹祠部集》卷2，清文淵閣四庫全書本，頁11。

〔註172〕 【唐】李白撰：《李太白集》卷2，宋刻本，頁9～10。

〔註173〕 【宋】樂史撰：《綠珠傳》，清香豔叢書本，頁2～3。

這部分的認知與評說，幾乎可以視爲當今綠珠形象的整體。綠珠貌美，既爲得寵之因，亦爲敗亡伏筆，此亦綠珠招致負評的根本要因。只是綠珠何辜，在政治角力中亡身，又在詩人評說中因貌美無端背負敗亡責任。總體論述，今觀綠珠多以「有情」評說，清康熙四十七年，廣西知縣程鑣在西鄉綠蘿村綠珠井邊建祠供奉綠珠，以贊其墜樓保貞守義之舉，並親作《綠珠祠記》云：「綠羅之山，珠江之水，千秋萬古，山輝水媚。」〔註174〕官方的高度賞譽，不可否認地是一種傳統教化的宣揚，然此亦提高了綠珠眞情重義的能見度，故作爲金谷園意象的一部分，綠珠的正面評述爲金谷意象增色不少。

三、侈靡敗亡的批判譴責

金谷園中的落花流水、銅臺老樹，在詩句點化中都是發抒心志的材料。侈靡鬥富的荒誕行止，爲利聚合的二十四友集團，則難逃歷代詩人的評議。透過詩作的批判譴責，無形的社會價值亦悄然流露。詩證如下：

> 又似公卿入朝去，環珮鳴玉長街路。
>
> 忽然碎打入破聲，石崇推倒珊瑚樹。
>
> （唐・牛殳〈方響歌〉）〔註175〕
>
> 季倫怒擊珊瑚摧，靈芸整鬢步搖折。
>
> （唐・李沇〈方響歌〉）〔註176〕
>
> 石氏滅，金谷園中水流絕。當時豪右爭驕侈，錦爲步障四十里。
>
> 東風吹花雪滿川，紫氣凝閣朝景妍。
>
> 洛陽陌上人迴首，絲竹飄飆入青天。
>
> 晉武平吳恣懽醲，餘風靡靡朝廷變。
>
> 嗣世衰微誰肯憂，二十四友日日空追遊。
>
> 追遊詎可足，共惜年華促。
>
> 禍端一發埋恨長，百草無情春自綠。
>
> （唐・韋應物〈金谷園歌〉）〔註177〕

〔註174〕轉引自徐贛麗：〈民間傳說與地方認同──以廣西博白綠珠傳說爲例〉，《廣西師範學院學報》（哲學社會科學版）第32卷第2期，2011年4月，頁2。

〔註175〕【宋】李昉撰：《文苑英華》卷334，明刻本，頁2118。

〔註176〕【宋】李昉撰：《文苑英華》卷334，明刻本，頁2118。

〔註177〕【宋】李昉撰：《文苑英華》卷343，明刻本，頁2165～2166。

　　洞中春氣蒙籠暄，尚有紅英千樹繁。

　　可憐夾水錦步障，羞殺石家金谷園。

（唐・李群玉〈山榴〉）〔註178〕

評說金谷史事，詩人直以「珊瑚樹」及「錦障」入題，鮮明的侈靡形貌呈現眼前，其中，又以韋應物〈金谷園歌〉最為精采，詩中不僅以「錦步為障」帶出汰侈行止，更將二十四友之浮華交遊清楚載錄，朝廷風氣與敗亡危機皆在詩歌中完整呈現。再如：

　　君不見金陵鳳臺月榭煙霞光，如今十里五里野火燒茫茫。

　　君不見西施綠珠顏色可傾國，樂極悲來留不得。

　　君不見漢王力盡得乾坤，如今秋雨灑廟門。

　　銅臺老樹作精魅，金谷野狐多子孫。

（唐・貫休〈偶作五首〉）〔註179〕

　　晉祚一傾摧，驕奢去不回。只應荊棘地，猶作綺羅灰。

　　狐兔閒生長，樵蘇靜往來。踟躕意無盡，寒日又西隤。

（唐・盧中〈石城金谷〉）〔註180〕

　　晉臣榮盛更誰過，常向階前舞翠娥。

　　香散豔消如一夢，但留風月伴煙蘿。

（唐・汪遵〈金谷〉）〔註181〕

　　燕臺事往空留恨，金谷時危悟惜才。

（唐・武元衡〈摩訶池宴〉）〔註182〕

「富貴成空」、「富不如貧」，面對消散的金谷往事，詩人感於財富權貴不可恃，當年的意氣風發，而今的敗家亡身，富與貴如虛如幻。唐人詩中已明確點出石崇的富貴驕奢，實是造成敗家亡身的主要因素。

〔註178〕【唐】李群玉撰：《李群玉詩集》，〈李群玉詩後卷第4〉，四部叢刊景宋本，頁23。

〔註179〕【唐】釋貫休撰：《禪月集》，〈禪月集卷第5〉，四部叢刊景宋鈔本，頁18。

〔註180〕【清】曹寅編：《全唐詩》卷848，清文淵閣四庫全書本，頁5655。另見於【明】正勉輯：《古今禪藻集》卷4，清文淵閣四庫全書補配清文津閣四庫全書本，頁69。

〔註181〕【清】曹寅編：《全唐詩》卷602，清文淵閣四庫全書本，頁4148另見於【清】李調元編：《全五代詩》，〈全五代詩卷63〉，清函海本，頁587。

〔註182〕【清】曹寅編：《全唐詩》卷317，清文淵閣四庫全書本，頁2115。另見於【清】徐倬編：《全唐詩錄》卷57，清文淵閣四庫全書本，頁795。

君不見當年金谷事，綠珠弄笛椒塗屋。

到而今，富貴一場空，終非福。　　（宋‧吳泳〈滿江紅〉）〔註183〕

但鶴唳華亭，貴何似賤，珠沈金谷，富不如貧。

　　　　　　　　　　　　　（宋‧劉辰翁〈沁園春〉）〔註184〕

金谷平泉俱塵土，誰是當年豪勝。

　　　　　　　　　　　　　（宋‧何夢桂〈賀新郎〉）〔註185〕

持萏金谷豪，朱黃何灼爍。

　　　（宋‧梅堯臣〈楊樂道留飲席上客置黃紅絲頭芍藥〉）〔註186〕

君不見潯沱流渐車折軸，公孫倉皇奉豆粥。

濕薪破竈自燎衣，饑寒頓解劉文叔。

又不見金谷敲冰草木春，帳下烹煎皆美人。

萍虀豆粥不傳法，咄嗟而辦石季倫。

干戈未解身如寄，聲色相纏心已醉。

身心顛倒自不知，更識人間有真味。

豈如江頭千頃雪色蘆，茅簷出沒晨煙孤。

地碓舂秔光似玉，沙瓶煮豆軟如酥。

我老此身無著處，賣書來問東家住。

臥聽雞鳴粥熟時，蓬頭曳履君家去。　　（宋‧蘇軾〈豆粥〉）〔註187〕

高樓墜綠珠，惡客碎珊瑚。未抵春寒夜，貧翁喪故襦。

　　　　　　　　　　　　　（宋‧陸游〈春寒〉）〔註188〕

效少陵，慙下里。萬株連綺。歎金谷、人墜鶯飛。

　　　　　　　　　　　　　（宋‧洪皓〈訪寒梅〉）〔註189〕

〔註183〕【宋】吳泳：《鶴林集》卷40〈詞〉，清文淵閣四庫全書補配清文津閣四庫全書本，頁320。
〔註184〕【宋】劉辰翁撰：《須溪集》卷10，清文淵閣四庫全書本，頁183。
〔註185〕【宋】何夢桂撰：《潛齋集》卷4，清文淵閣四庫全書本，頁62。
〔註186〕【宋】梅堯臣撰：《宛陵集》卷57，四部叢刊景明萬曆梅氏祠堂本，頁335。
〔註187〕【宋】蘇軾：《東坡詩集注》卷25，四部叢刊景宋本，頁736～737。
〔註188〕【宋】陸游撰：《劍南詩稿》卷80，清文淵閣四庫全書補配清文津閣四庫全書本，974。
〔註189〕【明】陳耀文編：《花草粹編》卷16〈中調〉，清文淵閣四庫全書補配清文津閣四庫全書本，頁311。

歎金谷樓危，避風臺淺，消瘦飛瓊。（宋・周密〈憶舊遊〉）〔註190〕

常念孤雲高妙，若作轆轤俯仰，誰復食君殘。

拜塵金谷輩，都是臥崇安。　　　　（宋・呂渭老〈水調歌頭〉）〔註191〕

不用金谷繁華，碧城修竹，自比封君號。

　　　　　　　　　　　　　　　（宋・崔敦禮〈念奴嬌〉）〔註192〕

追憶蘭亭當日事，儘淒涼、也勝盧全屋。應不到，羨金谷。

　　　　　　　　　　　　　　　（宋・趙以夫〈賀新郎〉）〔註193〕

非非是是總成空，金谷蘭亭同夢。　　（宋・周密〈西江月〉）〔註194〕

談金谷侈靡事典，詩人多引「珊瑚樹」及「錦步障」入題，蘇軾〈豆粥〉乃唯一一首以「萍虀豆粥」入詩者，對於金谷事典的掌握可謂精道。宋詩之中，石崇的富豪形象漸漸成形，陸游甚至以「惡客碎珊瑚」述其事，由是得見石崇形貌與評議在宋代詩歌中已慢慢定型，對於金谷事之侈靡敗亡，亦多所譴責。對此形象之描摹，元、明詩歌尤為明顯：

君不是金谷園中石季倫，明珠買妾長安春，

錦絲幛障輕一世，珊瑚高株碎如塵。

　　　　　　　　（元・劉處士詵〈釋枯林鐵如意歌〉）〔註195〕

君不見，石家名園擬黃屋，蜀錦作圍金作谷。

暖香烘日浮紫霄，冰紈火布鮫人綃。

燕釵十二歌白苧，珊瑚玲瓏綠珠舞。

月榭吹笙引鳳凰，霧幄傳觴語鸚鵡。

爨下爛光宵未歇，樓上佳人碎瓊雪。

空將遺恨寄丹青，留作千年覆車轍。

　　　　　　　　　　　（明・劉基〈題金谷園圖〉）〔註196〕

〔註190〕【宋】周密撰、【清】江昱疏證：《蘋洲漁笛譜疏證》卷1，清乾隆刻本，頁13。

〔註191〕【宋】呂濱老撰：《聖求詞》，明刻宋名家詞本，頁8。

〔註192〕【宋】崔敦禮撰：《宮教集》卷4，清文淵閣四庫全書本，頁21。

〔註193〕【宋】趙以夫撰：《虛齋樂府》卷上，四部叢刊三編景宋鈔本，頁7。

〔註194〕【宋】周密撰、【清】江昱疏證：《蘋洲漁笛譜疏證》，〈集外詞〉，清乾隆刻本，頁32。

〔註195〕【清】顧嗣立：《元詩選》二集卷15，清文淵閣四庫全書本，頁1851。

〔註196〕【明】劉基撰：《誠意伯文集》，〈太師誠意伯劉文成公集卷之11〉，四部叢刊景明本，頁208。另見【清】陳邦彥選編：《歷代題畫詩》卷36，〈故實類〉，北京古籍出版社，頁440。

金谷渺何許，邈在洛城闉，借問作者誰？晉代石季倫。

念昔初建時，氣勢亦何殷，兼金貿寸地，豈惜寶與珍。

園池極侈麗，臺榭窮奐輪，但恐已樂違，寧顧閭里貧。

遙遙步錦障，錯繡綵繡紋，屑沈試輕體，燔蠟代爲薪。

翠釜出駝峰，玉盤薦猩唇，醒揮鐵如意，珊瑚輕若塵。

平生知己友，二十有四人，事異各已去，伊誰仍見親。

賴有墜樓妓，雨泣情殷勤，雖能効微節，寧復免爾身。

倉皇死生際，徒供奴輩嗔，至今園上草，寂寞伴宵燐。

我來一經過，駐馬立荆榛，俯仰重裵徊，感慨臨風頻。

（明‧劉士皆〈金谷園〉）〔註197〕

元、明詩歌中，石崇汰侈形貌幾已定型，對於金谷事典的掌握亦趨於一致，大抵而言，爲具體呈現侈靡行止，錦障、珊瑚成爲詩中貫用詞，然不同於宋代詩作的強烈批判，元、明作品雖亦聚焦於富貴敗亡，其內涵則較具勸世意味，濟世用心亦較爲深厚。自此，金谷園意象大抵定型，縱觀清代金谷園詩，詩作數量如恆河沙數，無法一一羅列，詩中金谷意象延續元、明形貌，聚焦於「富貴侈靡」，試舉數例以證之：

食何必膏粱，居何必大廈，衣何必輕裘，騎何必駿馬，艷艷金谷園，

至今無片瓦。　　　　　　　　　　（清‧高鑾〈儗古云〉）〔註198〕

麤豪誰似石齊奴，賈禍都緣嬖綠珠。

十五人同斬東市，血流紅似碎珊瑚。

蒼頭八百妓騈羅，玉粒經宵忽化螺。

方悔連雲錦步障，不如竇牖保身多。

（清‧馮景〈題金谷園畫障二首〉）〔註199〕

石尉金谷園，彈指奴輩利。　　　　（清‧傅仲辰〈種竹吟〉）〔註200〕

〔註197〕【明】曹學佺編：《石倉歷代詩選》卷353，〈明詩初集73〉，清文淵閣四庫全書補配清文津閣四庫全書本，頁3434。

〔註198〕【清】丁宿章輯：《湖北詩徵傳略》卷25，清光緒7年孝感丁氏涇北草堂刻本，頁489。

〔註199〕【清】馮景撰：《解春集詩文鈔》，〈詩鈔卷1〉，清乾隆盧氏刻抱經堂叢書本，頁167。

〔註200〕【清】傅仲辰輯：《心孺詩選》卷9，清樹滋堂刻本，頁55。

莫羨金谷園，繁華今在否。莫羨嚴道山，幾多餘身後。

蚩蚩世間氓，東西南北走。利令智者昏，壟斷爭勝負。

所嗜甘如飴，到處成利藪，見得不思義，日與小人偶。

（清・胡鳳丹〈重有感〉）〔註201〕

君不見石崇當日稱豪侈，百萬金錢買羅綺。

聯翩車馬爛盈門，行筵夜深死階前。

（清・林直〈金谷歎〉）〔註202〕

我從洛城東，來遊金谷園。金谷最繁盛，琴瑟奏高軒。

珊瑚紫步障，綿亘遍郊原。佳人出帷中，雜坐呈金樽。

富貴豈不美，禍患沉其門。何如修令節，榮名千載存。

（清・陸進〈詠懷詩其二十八〉）〔註203〕

殘園莽莽路塵空，如此繁華爾許窮。

名士十年無賴賊，美人雙淚有情儂。

更無玉樹珊瑚碎，會見銅駝荊棘中。

何似黃金築郿塢，臍燈紅照富家翁。

（清・舒位〈金谷園故址〉）〔註204〕

金谷園意象發展至清，其「汰侈」形貌已在詩歌中成熟發展。其融記敘、寫景、抒情及議論於一體，有歎惋、有議論，且又深富積極濟世的勸世意涵，使金谷事在時代消亡後，仍能映射光芒，賦予時代更豐富而正向的提升力。

　　整體而言，唐代詩人以其敏銳之心照看金谷詩，則詩中金谷多賦情義；宋代詩人以其理趣詮解金谷，則詩中金谷多發人省思；直至元、明、清三代，金谷園詩中除引鬥富競奢之史事入典，更直接點出對驕奢侈靡及富貴敗亡的批判。現今，我們所感知與理解的金谷園意象，多聚焦於此類作品。推敲其因，詩作援引歷史事典，使文學意涵近於真實，此有助後世讀者掌握西晉史事。石崇鬥富競奢，以錦為步障，又因希冀「身名俱泰」，躋身二十四友集團等，相關史料的匯入，增添了文學的真實。詩人據此評說，更具說服力，然

〔註201〕 【清】胡鳳丹撰：《退補齋詩文存》詩存卷5，〈古體詩〉，清同治12年退補齋鄂州刻本，頁27。

〔註202〕 【清】林直撰：《壯懷堂詩》二集卷1，清光緒31年羊城刻本，頁8。

〔註203〕 【清】陸進撰：《巢青閣集》卷3，〈五言古詩〉，清康熙劉愫等刻本，頁10。

〔註204〕 【清】舒位撰：《瓶水齋詩集》卷13，清光緒12年邊保樞刻17年增修本，頁212。

代代傳衍，詩作中的部分眞實，在時間的遺忘與記憶中，逐漸定於一格。於是，金谷園意象逐凝煉在「汰侈奢靡」及「浮華交遊」的形象上。

小　結

　　對歷代詩人而言，金谷史事已是既成的歷史，然唐人所感、宋人所知、元明文人所悟皆有不同。清人王士禎在《帶經堂詩話》中曾言：「唐人詩主情，故多蘊藉。宋詩主氣，故多徑露。」〔註205〕錢鍾書於《談藝錄》中言：「唐詩、宋詩非僅朝代之別，乃體格性分之殊。」又云：「唐詩多以風神情韻擅長，宋詩多以筋骨思理見勝。」〔註206〕是故，不同的時代風尚與背景，對於詩歌風格的型塑與評議，都將產生不同影響，於是，在超脫歷史時空後，輔入人文想像，在歷史眞實與後世詮釋中，文人對典故運用與詮釋，造成了「意象」的變化。關於典故的詮解，說明如下：

> 典故，是用典者從已存在發生，抑或經載錄流傳的特定的人事物對象當中，提煉或演繹而成的某種詮釋、記憶乃至紀念，它指涉著與原人事物相同、相似或相關的內容，它是兼能指與所指於一體的符號。弔詭的是，在鍛造新典故或借用舊典故之際，用典者在某種程度上對原人事物內容的篩汰與變形，同時也是不可避免的，甚至是必要的。……
> 典故的成形，必須仰賴記憶與忘卻、選擇與排除的同步進行。〔註207〕

檢示歷代詩人用典，既得照看古今史料的軌跡，亦得看見詩人對於古事的保留與創新。然而通過歷代詩歌的傳唱，我們得以發現入典者的形象實非史傳的全然複製。關於歷史眞實與文學化用之間的關係，可用以下文字說明之：

> 本事和典故之間，未必然講求彼此對稱。本事作為前人流傳下來的記憶用典者雖在認知上接受其導向，卻不負擔「忠實」抄傳的責任，而經常祇是挪借這批舊記憶的局部軀殼和意義，裨以填充新的記憶，嫁接新的意義。〔註208〕

〔註205〕【清】王士禎：《帶經堂詩話》卷29，清乾隆27年刻本，頁459。
〔註206〕錢鍾書：《談藝錄》，北京：生活・讀書・新知三聯書店，2001年1月，頁3。
〔註207〕葉常泓：〈在忘卻中紀念：論南朝詩援竹林名士入典〉，收入於江建俊主編：《竹林風致之反思與視域拓延》，臺北：里仁書局，2011年7月，頁539。
〔註208〕葉常泓：〈在忘卻中紀念：論南朝詩援竹林名士入典〉，收入於江建俊主編：《竹林風致之反思與視域拓延》，臺北：里仁書局，2011年7月，頁567。

詩人在運用金谷園意象的過程中,顯示了什麼樣的記憶、詮釋觀與閱讀視角?這其中又包含著何種的遺忘與記憶?這些都在詩人的詩句裡留存記錄。「金谷」與「金谷園」,不全然只是個地理名詞與園林名稱,其已在歷代意象衍化中,成為一抽象的指稱,超脫於實際空間與文學的想像。在「金谷園意象」的使用中,其背後反應著西晉浮華侈靡的時代氛圍,是以詩句中常常縈繞著綺麗的色彩。

在建功立業與超凡絕俗的隱逸追求下,金谷園成了石崇暫得避世的樂園。然不論是縱情放逸的生活享樂,亦或仕宦歸隱的矛盾心理,西晉士子之所以敢於面對真實且複雜的自我,其皆源於自我真情的覺醒,敢愛敢恨,敢於與眾不同,這是個人的特色,亦是時代的流行。在石崇倍受爭議的行事風格中,詩人為其留下詩篇,記載金谷盛事,中有興衰、有傷悲,結合豪奢、多情與惋惜的「金谷意象」在石崇身名俱殞後,靜靜輝映其光芒。金谷園意象的生成,亦為當年繁華似錦的金谷園,找到價值創新處。

總說「金谷園意象」,廣義而言除包含「金谷園」或「金谷」外,另活躍其中的人、事、物,皆可涵攝其中。透過歷代詩作得證,金谷園意象經歷了三種變化,三階段的變化過程中,詩人的接受狀況從認同到否定、從企羨到批判。第一階段,詩歌旨在陳說宴飲逸樂,讚美金谷盛景,進而肯定賦詩集會之雅,詩作情意圍繞於「樂」;第二階段,轉入情感的內化與反思,詩人因感於景物依舊,歎息今昔事變。思古感懷之餘,進而援引古事,歌詠情懷,整體情懷環繞於「悲」;第三階段,轉出大量議論,詩人感發今古事,跳脫傷感情懷,用理性爬梳富貴敗亡的具體原因,將矛頭指向石崇汰侈敗德一事上,自此,金谷園的富貴形象漸趨定型。至於石崇與綠珠,也在歷代詩人的評議中完成人物形貌的型造。石崇,從穎悟有才,到汰侈卑佞;綠珠,從色藝俱佳,到重情守節。詩人靜觀古事,藉由詩歌批判譴責,或賞譽推崇,無形間之透顯著時代的集體意識與讀者心靈。

第五章 結 論

　　從歷史到文學，從西晉的生活場域，延展至南北朝、唐、宋、元、明、清的文學作品，不論石崇性情、仕宦心態，或文學作品中的金谷園意象，都在時代的遞嬗中，有了兩極化的轉變與詮釋。

第一節　石崇性情與仕宦心態的轉變

　　石崇仕宦之路，挫折有之、波折有之，更由於生活與精神的多樣性，因此未能以「汰侈無行」一語簡單概說。在不同的生活領域中，在政治連結的緊密或疏離下，都使得石崇的人格與情感呈現著極為複雜的樣貌。歷代以來，對於石崇的關注視角重著於「侈靡」的行事風格上，以至於在以石崇為首的文學活動或作品研究上，都鮮少給予正面肯定與評說。在仕宦失意的前期生涯，石崇的人生態度亦曾有過積極正直的批判因子，這與仕宦後期所呈顯的卑佞諂媚大相逕庭。在個人生活上，石崇在面對綠珠時，更見一分難得情義。關於石崇性情與仕宦心態的轉變，可從下列諸點論述：

一、勇而有謀，積極濟世：「信義忠篤」的價值實踐

　　由於幅員遼闊，各地觀點殊別，士族生活情態各不相同，是以思想差異總是南轅北轍。欲深究人物性格，外緣因素之考量尤顯重要，小至家族門第，大至地理環境、風俗民情，皆是型塑人格的要因。葉楓宇於《西晉作家的人格與文風》一文中點出：受限於地域距離的遠近，儒學傳統的深化，以及地位權勢、政治傾向等多項變因的影響，都將造成人格的複雜與

多樣。〔註1〕晉初，統治階級為鞏固新政權的產生，意欲復興儒學重整社會秩序，致使儒學逐漸走向實際層面，解決現實的社會問題，成為時代發展的趨勢。

石崇，渤海南皮人，生於青州，按地理位置劃分乃冀州人。就西晉文人地理分佈觀之，其所處場域恰與儒學傳播範疇相重合，因此，冀州子弟除深受儒學經世致用之影響，更將儒學帶入「功利性」、「實用性」的事功主義上。《晉書‧祖逖傳》載祖逖之言：「君汝穎之士，利如錐；我幽冀之士，鈍如槌。」〔註2〕按葉楓宇釋義〔註3〕，祖逖話語點出，在新玄風與舊儒學的消長融合中，造成青、徐、幽、冀與汝穎之間子弟人格特質的差異。所謂「利如錐」所指，當是善長言辯的談玄之士；而「鈍如槌」，正為不善論辯且多尚武的幽冀士人。依葉氏所論，可歸結出，由於幽冀士人的不善論辯，恰將其帶往習武之途，而石崇正屬冀州子弟，上起石苞，下迄石崇及其兄弟，都有出色的事功表現。石家父子之驍勇善戰與銳意事功之積極表現，當受地緣因素影響甚深。再看《三國志‧魏書》載冀州子弟崔琰，言「論冀州士人，稱琰為首」〔註4〕，琰「少樸訥，好擊劍，尚武事」〔註5〕，由此得見，身為冀州子弟的崔琰亦同樣具有尚武精神。在此地理因素及風俗民情的影響下，型塑出石崇「勇而有謀、屢建事功」的人格特質。

綜上所述，在地緣因素的潛移默化下，儒家積極濟世之理念滲透人心，加之以晉武帝意欲復興儒學的政治倡導，傳統儒學經世濟民的初衷，已逐漸走向實用的功利主義，並且深化成青、徐、幽、冀等地「銳意事功」的地理風格。石崇，在天賦秉性的發展下，加之以「尚武」的地緣影響，型塑出「銳意事功」的人格特質。就入世觀點而言，石崇強烈的功名意識，實是儒家積

〔註1〕 對此葉楓宇述及：「魏晉時期，由於地域關係，北方各地區與當時的政治、思想文化中心地域距離的遠近不同，所受時代精神的洗禮也就不同，這樣就導致士人對儒學傳統的保留，對老、莊思想的接納程度及理解方式均各不相同，由此也就造成了各地士人人格精神的差異。」葉楓宇：《西晉作家的人格與文風》，上海：上海三聯書店，2006 年 4 月第 1 版，頁 292。

〔註2〕 【唐】房玄齡等撰：《晉書》卷 62，〈祖逖傳〉列傳第 32，頁 1699。

〔註3〕 葉楓宇：《西晉作家的人格與文風》，上海：上海三聯書店，2006 年 4 月第 1 版，頁 292。

〔註4〕 【晉】陳壽撰、【南朝宋】裴松之注、楊家駱主編：《三國志》卷 12，〈魏書 12‧崔琰〉，臺北：鼎文書局，1980 年，頁 370。

〔註5〕 【晉】陳壽撰、【南朝宋】裴松之注、楊家駱主編：《三國志》卷 12，〈魏書 12‧崔琰〉，臺北：鼎文書局，1980 年，頁 367。

極進取的展現，加上父親爲西晉開國功臣，因此「志向遠大，積極入世」，這種汲汲於事功建立的「立功」抱負，可以作爲石崇早期人格的主要特徵。

　　據石崇繫年觀之，石崇二十七歲「爲脩武令，有能名」，二十八歲入爲散騎郎，三十歲遷城陽太守，三十二歲以伐吳有功封安陽鄉侯，此間山濤屢薦，兩薦崇爲太子衛率，一薦崇爲中庶子，據考，太子衛率及中庶子之官職性質，前者以「侍衛威重，宜得其才」爲標準，後者以「宜得俊茂者」爲考量。山公屢薦石崇，乃因石崇具備忠篤、有文武、有信義等人格特質，然其後蓋與楊駿有隙，故終不見用。按史傳所載，此時期以前，石崇未有任何負面評議傳於世。三十四歲，因石統事件上〈自理表〉，對於扶風王駿之所爲，石崇正氣凜然直指王駿橫所誣謗，其剛直不畏強權之性格，流於字字句句間。此事，在石崇上表自理後圓滿落幕。三十六歲累遷散騎常侍，三十七歲於青史中留下夜救劉琨的事蹟。從二十七歲生平著錄於史書起，十年間石崇敢言直諫、積極濟世，無論事功與人品都是正向有爲的，「信義忠篤的價值實踐」可說是石崇此時期的註腳。

二、侈靡縱欲，直言見黜：汰侈卑佞的人格轉變

　　晉太康七年，石崇三十八歲，見於史書中的侈靡行止從這一年開始。根據繫年資料指出，這年石崇遷侍中、與王愷鬥富、歷經母喪，其中「鬥富」與「母喪」兩事，由於未有進一步資料，不知何者在前、何者在後。倘若「鬥富」一事在「母喪」之後，是否可合理推斷：石崇的鬥富行止是否在某些程度上受到母喪的影響？一如《世說新語‧傷逝》中載錄諸多因過度悲傷而產生之怪異及不合常理的行止。晉泰始九年，石崇二十五歲，遭父喪。石苞臨終前分財物，獨不及崇，對此情形，唯母親站出來爲么兒說話，石苞一語「此兒雖小，後自能得。」維持了家產的分配。究竟，石苞是洞悉了孩子的本性，故出此言，亦或是深具期盼，知其必展鴻圖？史事沉寂，諸多疑點不能解，然可確定的是，在石崇積極表現的十年間，母親給予石崇的影響必定是大於父親的。因此，無論母喪在鬥富行止前或後，對石崇而言，應當都造成了些許影響。

　　晉武帝太熙元年，石崇四十二歲，是年四月，晉武帝司馬炎崩徂，惠帝即位。由於楊駿輔政，大開封賞，石崇上書表示：「封賞當依準舊事。」然惠帝並未採納石崇意見。該事件上、下往來間，群臣大多採取明哲保身的默然態度，石崇抗言直諫的結果是：「出爲南中郎將、荆州刺史。」而後，在外放

荊州刺史期間，史傳留下了「任俠無行檢，劫遠使商客，致富不貲」的記錄。對此，我們不得不推斷，理想受挫、遷謫貶黜的政治歷程，似在無形中扭轉了石崇的性格、思想與作為，此後，石崇隨世俯靡、明哲保身、及時行樂等行事特徵亦日漸顯著。

　　在三十八歲到四十二歲之間，短短四年，史書上著錄了石崇汰侈鬥富、劫遠使商客等卑佞行止，而這些事件，似乎是後世所了解的石崇「全貌」。這些事件當然是值得批評且非議的，然若只以此四年，涵括一個人一生行止，卻又略顯偏頗。透過繫年所得，完整架構石崇行事，觀事件因果，我們幾乎可以確定，晉武帝太熙元年，司馬炎駕崩一事，確實讓石崇這位功臣子弟失去了政治的依附。於是在歷經直言貶黜等事後，石崇性格轉變了、行事調整了，而且更積極地尋找下一個得以攀比的權貴，畢竟在詭譎的政治鬥爭中，唯有擁有憑藉，才得以保全並直上青雲。

　　在無常的生命中覺醒，亦在憂患的世事中擺渡，瞬息萬變的政治場域，改變了石崇的性格與行事，其在有限的生命中，追求物慾的滿足，窮盡感官的享受，在個體物慾被極至彰顯後，生命的密度亦隨之提升。一面渴求建功立業，積極實踐儒家的濟世心念，一面又溺於逸樂，放縱物質的欲求，在理想與現實中，石崇的人格與行事終究產生了質變。

三、望塵而拜，攀比權貴：「身名俱泰」的人生信仰

　　四十三歲這年，石崇已是賈謐二十四友的核心成員，其游於權貴，諂事賈謐，甚至與潘岳一同寫下「望塵而拜」的卑劣行止。此或與直言見黜略有關聯，畢竟權貴的依附，才是仕宦順遂的保證。四十五歲與王敦齊入太學，留下「士當身與名俱泰」的經典語句。對於財富、名利、地位、生命等各種欲望的追索，石崇「身名俱泰」的觀念，實是當世求名逐利、全生避禍的普遍世風。所謂「身」，是對物質欲望的充分享受與追索，侈靡鬥富、積聚財貨、嗜錢如命，都是這種褊狹觀點下的具體表現；所謂「名」，則是對權勢的追求與掌握，於是展現在具體行為上就有了攀比富貴、望塵而拜的卑佞行止了。對於這種以自我「身」、「名」為核心的價值觀，羅宗強以為如此轉變源繫於政權的失衡，其言：「政權既失去思想的凝聚力，名教在士人生活中的地位亦名存實亡，士之出處去就，便純然以自我之得失為中心。」〔註6〕由是得見政

〔註 6〕羅宗強：《玄學與魏晉士人心態》，天津：南開大學出版社，2003 年 3 月 1 版，頁 191。

治情勢的脈動，實則深牽引著世風的轉變。後，石崇設宴於金谷，時年四十八歲，自此金谷宴遊成爲文學史上鮮明的一頁。遊於金谷，與二十四友酬唱應答，石崇留下有限的詩文創作，爲其「能文」寫下記錄。以後世視角觀之，石崇所企求的「身名俱泰」，自某些層面觀之，其「名」看似留鑄青史，然史傳所載「劫遠使商客」、「望塵而拜，卑佞如此」及「二十四友」身份的負面評議，當是當年暢言「身名俱泰」時未曾想過的。

四、時無知音，思歸詠歎：棲遁金谷的逍遙自適

政局動盪，學術風氣轉變，乃至於人性逐漸覺醒，「厭世不厭生」〔註7〕的觀念，伴隨著逍遙自適的思維，轉動著魏晉隱逸風氣的流衍。元康八年，石崇因高誕事免官，距離亡身只剩二年時光，當時石崇寫下〈思歸引及序〉，藉由詩句發抒生活的濃重倦怠感，並展現思歸情懷。然而，石崇的「思歸」，乍看下雖是希企隱逸，但卻未能率性隱遁，那不過是仕宦挫折中，暫時萌生的心緒。其隱逸，非高雅絕塵，僅是自一險惡的仕宦場域，移轉到結合著山林美景與人間富貴的金谷園裡。政治的現實，牽動著生涯的起落，權勢的攀比與爭奪，使人意氣風發，亦令人落寞寂寥，在石崇受挫思歸的生命歷程中，棲遁金谷，實是爲了追求個人心靈的自由與安慰。

在「仕宦」與「棲遁」之間，石崇一面渴望建功立名，在攀比諂媚中使「身名俱泰」，一面希冀脫離現實桎梏，藉宴遊縱欲弭除對生命的不安與恐懼，進而追求精神心靈的超越與自由。然而自由適性的生命追求，終究沉淪於現實功名的誘惑中，使得石崇在〈思歸歎〉中一面高舉棲遁歸隱的念頭，卻又脫離不了塵世的聲色與繁華。金谷園中既仕欲隱的生命情懷，仍舊無法與名利的汲汲追求脫勾，亦無法與侈靡的生活享樂切割。所謂的「肥遁金谷」，實是石崇避世全身暫脫現實的逸樂享受，至此「金谷園」不再只是地理詞彙，其更是宦途失意的生命出口，人於其間，賦詩抒懷、縱情逸樂，濃於真情的個我情懷亦自然流露。

總體而論，石崇的多元身份與行事，是難以一語概括的。既是功臣子弟，又具文人才氣；既豪奢闊綽，又任俠無行；時而多情重義、時又卑佞無恥，縱觀一生風貌，我們難以將石崇框限在某一個範圍裡，用三言兩語予以評價。西晉一朝，論官職權勢、論文采學思，石崇皆非第一，然其之殊別，正在於

〔註7〕劉大杰：《魏晉思想論》，頁 113～138，收錄於賀昌群等著：《魏晉思想》，臺北：里仁書局，1974 年。

縊合了所有風貌於一身，論汰侈、議卑佞、述多情、言文采，不管正評、負評，關於西晉的時代特色，都能在石崇身上得到印證，而其「身名俱泰」的人生觀，更成西晉士人的代表。在黑暗而又繽紛的時代裡，石崇複雜的人生，供予了後世照看史事的多重角度。雖則，石崇最終仍因未能「藏器待時」〔註8〕，遂不得遠離殺身滅族之禍，然其「金谷園意象」，在繁華事散後，成為詩人詠歎議論的對象，兀自輝映著文學的璀璨光芒。

第二節　歷代詩歌中的金谷園意象

　　總說「金谷園意象」，除包含「金谷園」或「金谷」外，另活躍其中的人、事、物，皆可涵攝其中。以「物意象」來說，可分為三種，其一、人物：石崇、綠珠（或以「美人」入詩）、二十四友等。其二、自然：植物類以「金谷樹」、「園中柳」、「杏花」、「桃李」、「芳草」，或廣義以「金谷園中花」指稱；動物類以「鶯」、「蝶」出現頻率為多，蓋此自然意象皆為營造繁花盛景之春季而得。其三、物品：以銅駝、錦障、椒房、珊瑚樹、舞榭歌臺、豆粥、金丸玉饌、綠珠樓等入題者為多。以「事意象」來說，則有宴飲歡愉、管絃歌舞、富貴汰侈、奢靡敗亡、多情堅貞、文人雅集、金谷酒數、離別送行等意涵。然，上述「金谷園意象」，皆需以「金谷」、「石崇（石季倫）」或「綠珠」等詞為軸心，如是則「銅駝」、「錦障」、「珊瑚」等一般性詞彙方能與「金谷園意象」相連結，脫離金谷核心人物，則一切「自然」、「物品」及「事意象」將不具意義。當詩人將上述「金谷園意象」化入詩句，又可呈現出多層面的意象衍化，下分就三點總結「金谷園意象」的形成與衍化：

一、從企羨、慨嘆至批判，談「金谷」三變

　　石崇金谷園，從最初的園林名稱，到成為文學作品裡的一種意象，其意象形成期起於西晉，所有人物活動所著錄的事件，皆成後世意象的素材。首度大量以「金谷園」史事入詩者，始於南北朝庾信，「金谷園」正式成為文學裡的意象，蓋自此開始。至於金谷意象的衍化，其間歷經三層轉變，三種思

〔註8〕劉勰：《文心雕龍·程器》云：「擒文必在緯軍國，負重必在任棟梁，窮則獨善以垂文，達則奉時以騁績」。楊明照：《文心雕龍校注拾遺》，臺北：崧高書社，1985年，頁371～372。

維的磨合。〔註9〕透過歷代詩作得證，金谷園意象的三種變化，反映了歷代對
金谷史事的接受度，從認同到否定、從企羨到批判，如此變革，可視爲文化
群體的共同思維。第一階段，詩歌旨在陳說宴飲逸樂，讚美金谷盛景，進而
肯定集會賦詩的集體活動，詩作情意歡愉，可以「樂」字一語涵括；第二階
段，詩人觀金谷變遷後，轉入情感的內化與反思，感於景物依舊、人事已非
的無奈與滄桑，詩人懷古歎息，或於思古之餘，援引古事執筆詠懷。於是，
第二層的金谷園意象，在淡淡的哀情渲染中，呈顯出寂寞與蒼涼，「哀」字可
爲此期代表；第三階段，一反前者，翻轉出大量議論，詩人以理性思考照看
金谷園興衰，在跳脫傷感情懷後，冷靜爬梳富貴敗亡的具體原因，並矛頭指
向石崇的汰侈敗德，自此，金谷園的富貴形象漸趨定型。

二、從多情有才到侈靡敗亡，觀「石崇」形貌

作爲西晉功臣之子，石崇的人生態度在政治消長及時代風尙中發生變
化，然史傳卑佞之負面評議，無損於當代人物照看石崇的觀點。王羲之以「蘭
亭集」方「金谷集」而甚有欣色，唐詩人作品中亦不乏有企羨其才者，甚至
對於金谷歡愉的生活享受，人多羨之，欲與其同。然，隨著詩人對「金谷園」
逸樂認知的移轉，石崇形貌亦從「穎悟有才」過渡到「汰侈卑佞」，最後型塑
在「侈靡殘忍」上。這樣的變化，和時代對於「金谷園」的評議有著密切的
關係，或者也可以說「金谷園」與「石崇」本是一體，是以任一形貌的轉變，
勢必帶動人們對另一詞彙的概念遷移。於是當「金谷園意象」歷經三層變化
時，石崇形貌也從多情有才，轉入侈靡敗亡。因此，也就成爲現今我們所認
知的富貴的、侈靡的金谷園意象。

三、可憐金谷墜樓人，感「綠珠」有情

作爲石崇寵妾，綠珠的色藝俱佳爲其留名，然而眞正著錄於青史，爲
人所表揚且傳頌不已的，是重情守節的墜樓之舉。隨著唐朝詩人在「情義」
方面的渲染與描繪，綠珠形象也在「情」與「忠」的基礎下，從翠袖輕旋
的舞伎，轉變而爲受人賞譽的指標人物。儘管詩人靜觀古事時，對於其墜

〔註 9〕金谷園意象之形成與衍化，在漫長的時間洪流裡完成，其意涵非突然產生，
　　　亦不無故消失，此處所謂「金谷三變」，非突如其來的逆轉或消失，而是指在
　　　某一時期裡，意象多集中於同一主軸上，是以在特定時期，而有特定形貌的
　　　展現。故其轉變乃數量多寡之變，而非詩作內容的突然消失或移轉。

樓一事，有美言者，亦有惋惜者，然無形間也透顯著時代的集體意識與讀者心靈。

在西晉殊奇的時代背景中，石崇人格與行事隨宦途波折而轉變，據繫年所指，概可分為：一、勇而有謀，積極濟世（27～37歲）；二、侈靡縱欲，直言見黜（38～42歲）；三、望塵而拜，攀比權貴（43～48歲）；四、時無知音，思歸詠嘆等四階段（43～52歲）。其中，思歸棲遁的矛盾心態，反射出遊走「雅」、「俗」之間的複雜心理，在建功立業與超凡絕俗的追求下，金谷園成了石崇暫得避世的樂園。然不論是縱情放逸的生活享樂，抑或棲遁歸隱的矛盾心理，西晉士子之所以敢於面對真實且複雜的自我，其皆源於自我真情的覺醒，敢愛敢恨，敢於與眾不同，這是個人的特色，亦是時代的風尚。在石崇倍受爭議的行事風格中，詩人為其留下詩篇，記載金谷盛事，中有興衰、有傷悲，然結合豪奢、多情與惋惜的「金谷意象」在石崇身名俱歿後，在歷經南北朝、唐、宋、元、明、清等朝代型塑後，最終收結在富貴繁華、侈靡豪奢的單一形貌中，成為如今我們所熟知的「金谷園意象」。

參考書目

一、古代典籍

（一）史

1. 【北魏】楊衒之：《洛陽伽藍記》，臺北：華正書局，1980 年 4 月。

2. 【北魏】酈道元注，【清】楊守敬、熊會貞疏，段熙仲點校，陳橋驛復校：《水經注疏》，南京：江蘇古籍出版社，1989 年 6 月。

3. 【晉】陳壽撰、【南朝宋】裴松之注、楊家駱主編：《三國志》，臺北：鼎文書局，1980 年。

4. 【晉】陳壽撰，裴松之注，盧弼集解，錢劍夫整理：《三國志集解》，上海：上海古籍出版社，2009 年 6 月。

5. 【南朝宋】范曄撰，【唐】李賢等注：《後漢書》，北京：中華書局，1991 年 3 月 5 刷。

6. 【南朝宋】沈約撰：《宋書》，臺北：鼎文書局，1993 年 10 月。

7. 【唐】魏徵等撰：《隋書》，臺北：鼎文書局，1975 年 3 月。

8. 【唐】房玄齡撰 、【清】吳士鑑、劉承幹注：《晉書斠注》，臺北：新文豐出版，1975 年 6 月。

9. 【唐】房玄齡等撰：《晉書》，臺北：鼎文出版社，1976 年。

10. 【宋】司馬光編集、【元】胡三省音註：《資治通鑑》，臺北：藝文印書館印行，1955 年。

11. 【宋】范曄撰：《新校本後漢書并附編十三種》，臺北：臺灣商務印書館，1967 年。

12. 【宋】鄭樵：《通志》，臺北：臺灣商務印書館，1987 年。

13. 【清】王先謙：《後漢書集解》，收錄於《二十五史》，臺北：新文豐出版社，1975 年 3 月。

14. 【清】王先謙：《漢書補注》，收錄於《二十五史》，臺北：新文豐出版社，1975 年 3 月。

15. 【清】永瑢、紀昀等撰：《武英殿本四庫全書總目提要》，臺北：臺灣商務印書館，1983 年 10 月。

16. 【清】丁國鈞：《補晉書藝文志》，收錄於《叢書集成初編》，北京：中華書局，1985 年。

17. 【清】湯球輯本：《晉陽秋輯本》，收錄於《叢書集成初編》，北京：中華書局，1985 年。

18. 【清】湯球輯本：《漢晉春秋輯本》，收錄於《叢書集成初編》，北京：中華書局，1985 年。

19. 【清】石右軍等纂修：《南明石氏宗譜》，北京：線裝書局，2002 年。

20. 【清】趙翼撰：《二十二史箚記》，收錄於《叢書集成簡編》，臺北：臺灣商務印書館，2005 年。

（二）子

1. 【晉】郭象注，【唐】成玄英疏，【清】郭慶藩編，王孝魚整理：《莊子集釋》，臺北：萬卷樓圖書有限公司，1993 年 3 月。

2. 【南朝宋】劉義慶編撰，余嘉錫箋疏：《世說新語箋疏》，臺北：華正書局，2003 年 11 月。

3. 【唐】歐陽詢：《藝文類聚》，京都：中文出版社，1980 年。

4. 【唐】林寶：《元和姓纂》，收錄於《文淵四閣庫全書·子部一九六·類書類》，臺北：臺灣商務印書館，1983 年。

5. 【宋】李昉等撰：《太平御覽》，北京：中華書局，1992 年 2 月。

6. 【明】凌迪知撰：《萬姓統譜》，收錄於《文淵閣四庫全書·子部二六三·類書類》，臺北：臺灣商務印書館，1983 年。

7. 【民】魯迅校錄：《古小說鉤沉》，濟南：齊魯書社，1997 年 11 月。

（三）集

1. 【晉】潘岳著，董志廣校注：《潘岳集校注》，天津：天津人民出版社，1993 年 5 月。

2. 【晉】陸機著，劉韻好校注：《陸士衡文集校注》，南京：鳳凰出版社，2007 年 12 月。

3. 【南朝梁】蕭統著，【唐】李善注：《李善注昭明文選》，臺北：河洛圖書出版社，1975 年 5 月。

4. 【南朝梁】鍾嶸著，曹旭集注：《詩品集注》，上海：上海古籍出版社，1994 年 10 月。

5. 【南朝梁】劉勰著，周振甫注釋：《文心雕龍注釋》，臺北：里仁書局，2007 年 10 月初版 5 刷。

6. 【宋】樂史：《太平寰宇記》，臺北：文海出版社，1963 年。

7. 【宋】郭茂倩：《樂府詩集》，臺北：里仁書局，1999 年 1 月。

8. 【明】張溥：《漢魏六朝百三家集》，臺北：新興書局，1976 年。

9. 【清】曹寅編：《全唐詩》，北京：中華書局，1960 年。

10. 【清】陳邦彥選編：《歷代題畫詩》，北京古籍出版社，1996 年。

11. 【清】嚴可均校輯：《全上古三代秦漢三國六朝文》，北京：中華書局，1999 年 6 月。

12. 【民】丁仲祜：《全漢三國晉南北朝詩》，臺北：藝文印書館，1975 年 9 月。

13. 【民】逯欽立：《先秦漢魏晉南北朝詩》，臺北：木鐸出版社，1983 年。

14. 【民】傅璇琮等主編：《全宋詩》，北京：北京大學出版社，1991 年 7 月。

15. 【民】王運熙、王國安：《漢魏六朝樂府詩》，臺北：萬卷樓圖書有限公司，1993 年 7 月。

二、今人著作

（一）專書

魏晉研究論著：

1. 張仁青：《魏晉南北朝文學思想史》，臺北：文史哲出版社，1978 年 12 月。

2. 李曰剛：《文心雕龍斠詮》，臺北：國立編譯館中華叢書編審委員會，1982 年。

3. 江建俊：《建安七子學述》，臺北：文史哲出版社，1982 年 2 月。

4. 王瑤：《中古文學史論》，臺北：長安出版社，1982 年 8 月。

5. 江建俊：《漢末人倫鑒識之總理則——劉邵人物志研究》，臺北：文史哲出版社，1983 年 3 月。

6. 賀昌群等著：《魏晉思想》，臺北，里仁書局，1984 年。

7. 楊明照：《文心雕龍校注拾遺》，臺北：崧高書社，1985 年。

8. 王仲犖：《魏晉南北朝史》，新店：谷風出版社，1987 年。

9. 毛漢光：《中國中古社會史論》，臺北：聯經出版社，1988 年 2 月。

10. 燕國材：《漢魏六朝心理思想研究》，臺北：谷風出版社，1988 年 6 月。

11. 湯一介：《郭象與魏晉玄學》，臺北：谷風出版社，1989 年。

12. 劉勰著、詹鍈義證：《文心雕龍義證》，上海：上海古籍出版社，1989 年。

13. 鄭欣：《魏晉南北朝史探索》，濟南：山東大學出版社，1989年。

14. 廖國棟：《魏晉詠物賦研究》，臺北：文史哲出版社，1990年3月。

15 王曉毅：《放蕩不羈的士族》，臺北：文津出版社，1990年7月。

16. 勞幹：《魏晉南北朝史》，臺北：中國文化大學出版部，1991年。

17. 張蓓蓓：《中古學術論略》，臺北：大安出版社，1991年。

18. 陳長琦：《兩晉南朝政治史稿》，河南：河南大學出版社，1992年。

19. 唐翼明：《魏晉清談》，臺北：東大圖書股份有限公司，1992年10月。

20. 羅宗強：《玄學與魏晉士人心態》，臺北：文史哲出版社，1992年11月。

21. 許抗生：《魏晉思想史》，臺北：桂冠圖書股份有限公司，1992年12月。

22. 錢鍾書：《談藝錄》，北京：中華書局，1993年3月。

23. 陳順智：《魏晉玄學與六朝文學》，武昌：武漢大學出版社，1993年7月。

24. 潘嘯龍：《鄴下風流：英雄、文士、才子與文學革命》，太原：山西教育出版社，1994年1月。

25. 宗白華：《美學的散步》，合肥市：安徽教育出版社出版發行，1994年12月。

26. 袁濟喜：《人海孤舟——漢魏六朝士的孤獨意識》，鄭州：河南人民出版社，1995年4月。

27. 魯迅、容肇祖、湯用彤：《魏晉思想乙編三種》，臺北：里仁書局，1995年8月。

28. 余英時：《士與中國文化》，上海人民出版社，1996年。

29. 牟宗三：《才性與玄理》，臺北：臺灣學生書局，1997年8月。

30. 梅家玲：《漢魏六朝文學新論——擬代與贈答篇》，臺北：里仁書局，1997年4月。

31. 余嘉錫：《余嘉錫文史論集》，長沙：岳麓書社，1997年5月。

32. 尤雅姿：《魏晉士人之思想與文化研究》，臺北：文史哲出版社，1998年9月。

33. 徐公持編：《魏晉文學史》，北京：人民文學出版社，1999年。

34. 陳淑美：《潘岳及其詩文研究》，臺北：文津出版社，1999年8月。

35. 李清筠：《魏晉名士人格研究》，臺北：文津出版社，2000年。

36. 陳寅恪：《魏晉南北朝史講演錄》，合肥：黃山書社，2000年。

37. 李文初：《漢魏六朝文學研究》，廣州：廣東人民出版社，2000年6月。

38. 王仲犖：《魏晉南北朝史》，上海：上海人民出版社，2003年4月。

39. 馬小虎：《魏晉以前個體「自我」的演變》，北京：中國人民大學出版社，2004年2月。

40. （日）佐藤利行：《西晉文學研究》，北京：中國社會科學出版社，2004年6月。

41. 呂思勉：《兩晉南北朝史》，上海：上海古籍出版社，2005年11月。

42. 陳昌明：《沉迷與超越：六朝文學之感官辯證》，臺北：里仁書局，2005年11月。

43. 葉楓宇：《西晉作家的人格與文風》，上海：上海三聯書店出版社，2006年。

44. 吳冠宏：《魏晉玄義與聲論新探》，臺北：里仁書局，2006年3月。

45. 何善蒙：《魏晉情論》，北京：光明日報出版社，2007年1月。

46. 李曉風：《陸機論》，鄭州：中州古籍出版社，2007年8月。

47. 寧稼雨：《魏晉名士風流》，北京：中華書局，2007年11月。

48. 俞士玲：《西晉文學考論》，南京：南京大學出版社，2008年9月。

49. 俞士玲：《陸機陸雲年譜》，北京：人民文學出版社出版，2009年2月。

50. 馬良懷：《魏晉文人講演錄》，桂林：廣西師範大學出版社，2009年3月。

51. 江建俊：《于有非有，于無非無——魏晉思想文化綜論》，臺北：新文豐出版股份有限公司，2009年8月。

52. 徐公持：《浮華人生——徐公持講西晉二十四友》，天津：天津古籍出版社，2010年6月。

53. 林瑞翰、逯耀東：《晉會要》，臺北：國立編譯館，2010年12月。

54. 劉師培：《中國中古文學史講義》，北京：中國人民大學出版社，2011年3月。

55. 何詩海：《漢魏六朝文體與文化研究》，北京：北京大學出版社，2011年7月。

園林研究：

1. 彭一剛：《中國古典園林分析》，臺北：地景出版社，1988年12月。

2. 周維權：《中國古典園林史》，臺北：明文書局，1991年。

3. 王國瓔：《中國山水詩研究》，臺北：聯經出版社，1991年。

4. 劉天華：《園林美學》，臺北：地景企業股份有限公司，1992年2月。

5. 孟亞男：《中國園林史》，臺北：文津出版社，1993年。

6. 黃永武：《中國詩學·設計篇》，臺北：巨流出版社，1999年。

7. 周武忠：《城市園林藝術》，南京：東南大學出版社，2000年9月。

8. 樓慶西：《中國園林藝術》，臺北：藝術家出版社，2001年8月。

9. 林秀珍：《北宋園林詩之研究》，臺北：花木蘭文化出版社，2010年3月。

家譜：

1. 石繼平編輯：《石氏家譜》，家譜編輯委員會，2004 年 3 月 18 日。

工具書：

1. 敖士英《中國文學年表》，臺北：文海印行，1971 年。
2. 劉汝霖《漢晉學術編年》，上海：上海書店出版，1992 年。
3. 呂宗力主編：《中國歷代官制大辭典》，北京：北京出版社，1994 年。
4. 張福裕、劉占武編著：《中國歷史大事編年》，臺北：黎明文化事業公司，1994 年。
5. 陳慶麒編纂：《中國大事年表》，臺北：臺灣商務印書館，1994 年 6 月。
6. 陳明遠、汪宗虎主編：《中國姓氏辭典》，北京：北京出版社，1995 年。
7. 唐圭璋編：《全宋詞》，北京：中華書局出版，1995 年 6 月。
8. 吳文治：《中國文學史大事年表》，合肥市：黃山書社，1996 年。
9. 陸侃如：《中古文學繫年》，北京：人民文學出版社，1998 年。
10. 曾蓓饗、王孝平編：《中國歷史大事記》，臺北：年輪文化事業股份有限公司，1998 年。
11. 巫聲惠編：《中華姓氏大典》，石家庄：河北人民出版社，2000 年。

（二）學位論文

1. 魏敏慧：《東晉隱逸風氣探析》，政治大學碩士論文，1990 年 6 月。
2. 張金耀：《金谷與蘭亭——晉代文人集會個案研究》，復旦大學碩士學位論文，1998 年 5 月。
3. 陳玉眞：〈魏晉遊覽賦研究〉，成功大學中國文學系碩士論文，2003 年 7 月。
4. 鄭文僑：《魏晉園林之士文化意蘊》，成功大學碩士論文，2004 年 6 月。
5. 黃亮禎：〈以「達生適情」論王羲之生命情調〉，成功大學中國文學研究所碩士在職專班論文，2006 年 7 月。
6. 林昭毅：《陶淵明與隱逸之風研究》，成功大學在職專班碩士論文，2008 年 7 月。
7. 張瑀琳：《遊與友：漢晉名士交往行動探究》，成功大學碩士論文，2008 年 7 月。
8. 王敘云：《魏晉士人遊憩觀與身心治療關係》，成功大學碩士論文，2009 年 7 月。
9. 黃銀姝：〈論魏晉知識分子的分化——以《名士傳》、《文士傳》與《高士傳》爲考核對象〉，成功大學中國文學研究所碩士在職專班論文，2010 年 6 月。

10. 姚晨娟：〈魏晉「任誕」思想研究〉，河北師範大學文學研究所碩士論文，2011 年 4 月。

（三）期刊論文

魏晉研究：

1. 三鑑：〈西晉富豪石崇〉，《暢流》，第 54 卷第 1 期，頁 36～38，1976 年 8 月。

2. 胡秋原：〈西晉之始末──中國文化與國知識份子〉（上），《中華雜誌》，第 20 卷第 222 期，頁 50～53，1982 年 1 月。

3. 胡秋原：〈西晉之始末──中國文化與國知識份子〉（下），《中華雜誌》，第 20 卷第 223 期，頁 51～53，1982 年 2 月。

4. 黃錦鋐：〈論魏晉詩歌風格的思想性〉，《國文學報》，第 14 期，1985 年 6 月。

5. 江建俊：〈魏晉「朝隱」風氣盛行的原因及其理論根據〉，《尉素秋教授八秩榮慶論文集》，臺北：文史哲出版社，頁 449～480，1988 年。

6. 景蜀慧：〈西晉名教之治與放達之風〉，《中國文化月刊》，頁 16～28，1991 年 8 月。

7. 鄧福舜：〈二十四友文人集團形成時間考〉，《大慶高等專科學校學報》，第 1 期，1995 年。

8. 王曉毅：〈西晉玄學與佛教的互動〉，《中國文哲研究集刊》，第 9 期，1996 年 9 月。

9. 廖蔚卿：〈論魏晉名士的狂與癡〉，《漢魏六朝文學論集》，臺北：大安出版社，頁 149～164，1997 年 12 月。

10. 劉榮傑：〈金谷之會與蘭亭之會的比較〉，《國立屏東科技大學學報》，第 7 卷第 1 期，頁 71～79，1998 年 3 月。

11. 李光富：〈論石崇的縱情享樂及其社會環境〉，《成都師專學報》，第 4 期，頁 23～34，1998 年。

12. 江建俊：〈在超脫與沉淪之間──以「玄」的角度解讀「賈謐與二十四友」〉，《成大中文學報》，第 7 期，頁 1～30，1999 年 6 月。

13. 黃菊芳：〈詩與歷史──唐詩人筆下的「金谷園」〉，《國立編譯館館刊》，第 28 卷第 2 期，頁 27～43，1999 年 12 月。

14. 盧靜：〈石崇詩淺論〉，《社科縱橫》，第 4 期，頁，72～73，2000 年。

15. 朱曉海：〈西晉佐命功臣銘饗表微〉，《臺大中文學報》，頁 147～192，2000 年 5 月。

16. 黃明誠：〈王羲之與魏晉風流 1〉，《中國語文》，第 106 卷第 5 期，頁 48～60，2000 年 5 月。

17. 黃明誠：〈王羲之與魏晉風流 2〉，《中國語文》，第 106 卷第 6 期，頁 30 ～35，2000 年 6 月。

18. 黃明誠：〈王羲之與魏晉風流 3〉，《中國語文》，第 107 卷第 16 期，頁 28 ～41，2000 年 7 月。

19. 徐欣薰：〈從嵇康、阮籍、山濤看魏晉名士與司馬政權〉，《史化》，第 28 期，頁 1～26，2000 年 6 月。

20. 王惟貞：〈從「晉書・石苞傳〉看魏晉之際的君臣關係，《中國歷史學會 史學集刊》，第 32 期，頁 1～26，2000 年 7 月。

21. 劉運好：〈魏晉士風與詩風的嬗變趨向〉，《中文學報》，第 6 期，頁 87～ 102，2000 年 12 月。

22. 張金耀：〈金谷遊宴人物考〉，《復旦學報》（社會科學版），第 2 期，頁 128～132，2001 年。

23. 馬以謹：〈石崇「王明君」詩探源〉，《逢甲人文社會學報》，第 2 期，頁 187～206，2001 年 5 月。

24. 楊惠如：〈1950 年以來兩岸三地魏晉南北史學史的研究〉，《景女學報》，第 2 期，頁 85～106，2002 年 1 月。

25. 周海平、韓廷俊：〈略論「金谷之會」的重要意義 〉，《常熟高專學報》，第 3 期，頁 78～81，2002 年 5 月。

26. 楊明：〈魏晉南北朝時期人生論述評〉，《哲學與文化》，第 29 卷第 6 期，頁 571～580+582～583，2002 年 6 月。

27. 吳秋慧：〈唐代文士的「金谷」印象〉，《中國古典文學研究》，第 8 期，頁 37～68，2002 年 12 月。

28. 彭婉惠：〈「世說新語」「我輩」一詞探義──兼論魏晉士人的群我處境與自我定位〉，《中極學刊》，第 2 期，頁 23～51，2002 年 12 月。

29. 黃雅：〈論魏晉士人悲情意識的消解〉，《興大中文學報》，第 15 期，頁 63～106，2003 年 6 月。

30. 蔣海怒：〈從禮玄之辨看魏晉名士的倫理困境〉，《孔子研究》，第 3 期，頁 72～82，2004 年。

31. 陳嘉英：〈幽賞蘭亭，暢敘情懷──記一場文人聚會〉，《國文天地》，第 19 卷，第 11 期，頁 54～57，2004 年 4 月。

32. 林登順：〈從儒家「時」的概念論魏晉士人之隱逸風格〉，《南師語教學報》，第 2 期，頁 1～16，2004 年 7 月。

33. 阮忠勇：〈論王羲之的生命意識〉，《浙江海洋學院學報》（人文科學版），第 21 卷第 3 期，頁 57～61，2004 年 9 月。

34. 徐華：〈《蘭亭詩》《序》的思想底蘊及文學價值〉，《華僑大學學報》（哲學社會科學版），第 1 期，頁 85～90，2005 年。

35. 彭維：〈顯山顯水，見情見理——《蘭亭集》風格淺析〉，《蘭州教育學院學報》，第 3 期，頁 16～20，2005 年。

36. 王曉家：〈「蘭亭修禊」諸問題考實〉，《浙江藝術職業學院學報》，第 3 卷第 1 期，頁 97～110，2005 年 3 月。

37. 王妙純：〈從《世說新語》看魏晉人的尚情特質〉，《國文天地》，第 20 卷第 11 期，頁 56～60，2005 年 4 月。

38. 吳冠宏：〈從余英時「名教危機與魏晉士風的演變」一文中「情」之論述及其商榷談玄論與魏晉士風的合理關涉〉，《東華人文學報》，第 8 期，頁 1～26，2006 年 1 月。

39. 劉慶華：〈從《金谷詩序》、《蘭亭集序》看兩晉文人的生存選擇與文學選擇〉，《廣州大學學報》（社會科學版），第 5 卷第 3 期，頁 91～96，2006 年 3 月。

40. 林佳燕：〈「載馳載驅，唯錢是求」——試魯褒〈錢神論〉之三重嘲弄層次的建構〉，《高雄師大學報》（人文與藝術類），頁 55～71，2006 年 6 月。

41. 張愛波：〈論石崇人格特徵的多元性〉，甘肅社會科學：《甘肅社會科學雙月刊》，第 1 期，甘肅省社會科學雜誌社出版，頁 151～155，2007 年。

42. 蔡振念：〈時間與不朽——中國魏晉以前不死的追求〉，《文與哲》，第 10 期，頁 153～171，2007 年 6 月。

43. 晁成林：〈祿利誘因下西晉士人人格衝突範型的文本關照——對讀石崇的《王明君辭》和《楚妃歎》〉，《學科新視野》，頁 125～128，2007 年 12 月。

44. 陳慧元：〈西晉名士類型的簡單勾勒〉，《歷史月刊》，頁 104～109，2008 年 5 月。

45. 隋秀玲：〈從「二十四友」看西晉文化精神與文學風貌〉，《鄭州航空工業管理學院學報》（社會科學版），第 27 卷第 5 期，頁 16～19，2008 年 10 月。

46. 張珊：〈從魏晉官制背景看「二十四友」的出現〉，《殷都學刊》，頁 31～35，2009 年。

47. 陳碧：〈山水之樂 死生之悲——王羲之《蘭亭序》思想探析〉，《湖北社會科學》，第 3 期，頁 127～130，2009 年。

48. 那秋生：〈適我無非新——從《金谷詩序》到《蘭亭集序》〉，《閱讀與寫作》，第 7 期，頁 37，2009 年。

49. 曾春海：〈從規範倫理與德術倫理省察魏晉名教危機〉，《哲學與文化》，第 36 卷第 4 期，頁 155～172，2009 年 4 月。

50. 李文才：〈亂世流離——兩晉南北朝的時代特色〉，《歷史月刊》，第 260 期，頁 42～59，2009 年 9 月。

51. 孫中峰：〈魏晉「任情」士風與莊學的轉化〉，《中山學報》，第 30 期，頁 99～117，2009 年 12 月。

52. 黃偉倫：〈蘭亭修禊的文化闡釋——自然的發現與本體的探詢〉，《華梵人文學報》第 13 期，頁 157～186，2010 年 1 月。

53. 轟春華：〈從《蘭亭集序》看晉人的山水審美與文化實踐〉，《四川文理學院學報》第 20 卷第 1 期，頁 93～95，2010 年 1 月。

54. 王永平：〈西晉時期士風之任誕及其批判與反省思潮〉，《徐州師範大學學報》（哲學社會科學版），第 36 卷第 2 期，2010 年 3 月。

55. 孫明君：〈蘭亭雅集與會稽士族的精神世界〉，《陝西師範大學學報》（哲學社會科學版），第 39 卷第 2 期，頁 13～20，2010 年 3 月。

56. 孫明君：〈蘭亭雅集與會人員考辨〉，《古典文學知識》，2010 年第 2 期，頁 147～150，2010 年。

57. 夏芒：〈石崇：奢我其誰〉，《領導文萃》，頁 100～102，2010 年 10 月。

58. 譽高槐、廖宏昌：〈石崇之歷史原貌及文學形象演變探微〉，《北方論叢》，2010 年第 6 期，頁 25～28，2010 年。

59. 戴東明：〈石崇巨富探因〉，《聊城大學學報》（社會科學版），第 2 期，頁 100～102，2010 年。

60. 夏習英、孫靜：〈明清小說戲曲中綠珠故事的演變及其文化闡釋〉，《名作欣賞》，第 35 期，頁 47～48，2010 年。

61. 李乃龍：〈詩序範型與西晉名士剪影——論《思歸引序》的雙重價值〉，《賀州學院學報》，第 27 卷第 1 期，頁 67～69，2011 年 3 月。

62. 夏習英、孫靜：〈唐代詩文中綠珠故事的文化意蘊探析〉，《學理論》，第 15 期，頁 187～189，2011 年。

63. 夏習英、孫靜：〈西晉至南北朝時期的綠珠形象論析〉，《名作欣賞》，第 14 期，頁 26～28+51，2011 年。

64. 王亞風：〈金谷集會的文化意義〉，《安徽文學》，第 6 期，頁 159～160，2011 年。

65. 侯豔：〈從金谷詩到蘭亭詩——兩晉文人山水生態審美之漸變〉，《甘肅社會科學》，第 5 期，頁 95～98，2011 年。

66. 謝剛：〈梓澤與金谷〉，《語文學習》，頁 47～49，2011 年 1 月。

67. 劉苑如：〈從品鑑到借鑑——葉德輝輯刻〔（西晉）山濤撰〕《山公啟事》與閱讀〉，《中國文哲研究集刊》，頁 171～213，2011 年 3 月。

68. 徐贛麗：〈民間傳說與地方認同——以廣西博白綠珠傳說為例〉，《廣西師範學院學報》（哲學社會科學版），第 32 卷第 2 期，頁 1～7，2011 年 4 月。

69. 李根柱：〈金谷園址新考〉，《洛陽理工學院學報》（社會科學版），第 26 卷第 4 期，頁 1～5，2011 年 8 月。

2. 其他

1. 陳滿銘：〈辭章意象論〉，《師大學報：人文與社會類》，第 50 卷第 1 期，頁 17～39，2005 年 4 月。
2. 陳滿銘：〈論篇章意象之真、善、美〉，《成大中文學報》第 27 期，頁 90～118，2009 年 12 月。

（四）網路資源

中國基本古籍庫：

經部類

1. 【三國】何晏集解：《論語》，四部叢刊景日本正平本。

史部類

1. 【漢】司馬遷：《史記》，清乾隆武英殿刻本。
2. 【南北朝】酈道元：《水經注釋》，清文淵閣四庫全書本。
3. 【晉】杜預注、【唐】孔穎達疏：《春秋經傳集解》，四部叢刊景宋本。
4. 【晉】杜預注、【唐】孔穎達疏：《左傳正義》，清阮刻十三經注疏注本。
5. 【唐】杜佑撰：《通典》，清武英殿刻本。
6. 【宋】鄭樵：《通志》，清文淵閣四庫全書本。
7. 【宋】孫逢吉撰：《職官分紀》，清文淵閣四庫全書本。
8. 【宋】司馬光：《資治通鑑》，四部叢刊景宋刻本。
9. 【清】馮桂芬：《（同治）蘇州府志》，清光緒九年刊本。

子部類

1. 【唐】林寶：《元和姓纂》，清文淵閣四庫全書本。
2. 【宋】鄧名世：《古今姓氏書辯證》，清文淵閣四庫全書本。
3. 【宋】李昉：《太平御覽》，四部叢刊三編景宋本。
4. 【明】凌迪知：《萬姓統譜》，清文淵閣四庫全書本。
5. 【清】石韞玉：《獨廬稿》，清寫刻獨學廬全稿本。

集部類

1. 【南北朝】庾信：《庾子山集》，四部叢刊景明屠隆本。
2. 【南北朝】蕭統：《文選》，胡刻本。
3. 【唐】佚名撰：《大唐傳載》，清守山閣叢書本。

4. 【唐】李白撰、【清】王琦注：《李太白詩集注》，清文淵閣四庫全書本。

5. 【唐】李白撰：《李太白集》，宋刻本。

6. 【唐】劉克莊：《後村集》，四部叢刊景舊鈔本。

7. 【唐】李嶠撰：《李嶠雜咏》，日本寬政至文化間本。

8. 【唐】權德輿撰：《權載之文集》，四部叢刊景清嘉慶本。

9. 【唐】劉禹錫撰：《劉夢得文集》，四部叢刊景宋本。

10. 【唐】歐陽詢編：《藝文類聚》，清文淵閣四庫全書本。

11. 【唐】錢起撰：《錢考功集》，四部叢刊景明活字本。

12. 【唐】白居易撰：《白氏長慶集》，四部叢刊景日本翻宋大字本。

13. 【唐】駱賓王撰：《駱賓王文集》，四部叢刊景明翻元本。

14. 【唐】孟浩然撰：《孟浩然集》，四部叢刊景明本。

15. 【唐】徐寅撰：《釣磯文集》，四部叢刊三編景清述古堂本。

16. 【唐】釋皎然撰：《畫上人集》，四部叢刊景宋鈔本。

17. 【唐】李德裕撰：《李文饒集》，四部叢刊景明本。

18. 【唐】吳融撰：《唐英歌詩》，清文淵閣四庫全書本。

19. 【唐】曹鄴撰：《曹祠部集》，清文淵閣四庫全書本。

20. 【唐】李賀撰：《李賀歌詩集》，四部叢刊景金刊本。

21. 【唐】佚名撰：《搜玉小集》，明崇禎元年唐人選唐詩本。

22. 【唐】許渾撰：《丁卯集》，四部叢刊景宋鈔本。

23. 【唐】孟郊撰：《孟東野詩集》，宋刻本。

24. 【唐】杜甫撰：《杜工部集》，續古逸叢書景宋本配毛氏汲古閣本。

25. 【唐】李商隱：《李義山詩集》，四部叢刊景明嘉靖本。

26. 【唐】儲光羲撰：《儲光羲詩集》，清文淵閣四庫全書本。

27. 【唐】釋寒山撰：《寒山詩》，四部叢刊景宋本。

28. 【唐】李咸用撰：《唐李推官披沙集》，四部叢刊景宋本。

29. 【唐】元稹撰：《元氏長慶集》，四部叢刊景明嘉靖本。

30. 【唐】王維撰：《王摩詰文集》，宋蜀本。

31. 【唐】杜牧撰：《樊川集》，四部叢刊景明翻宋本。

32. 【唐】李群玉撰：《李群玉詩集》，四部叢刊景宋本。

33. 【唐】釋貫休撰：《禪月集》，四部叢刊景宋鈔本。

34. 【五代】韋莊撰：《浣花集》，四部叢刊景明本。

35. 【五代】李建勳撰：《李丞相詩集》，宋刊本。

36. 【宋】邵雍《擊壤集》，四部叢刊景明成化本。

37. 【宋】秦觀：《淮海集》，四部叢刊景明嘉靖小字本。

38. 【宋】秦觀：《淮海長短句》，明嘉靖小字本。

39. 【宋】黃庭堅：《山谷別集》，清文淵閣四庫全書本。

40. 【宋】朱敦儒：《樵歌》，清嘉慶宛委別藏本。

41. 【宋】陳景沂：《全芳備祖》，明毛氏汲古閣鈔本。

42. 【宋】趙聞禮輯：《陽春白雪》，清嘉慶宛委別藏本。

43. 【宋】周密撰、【清】江昱疏證：《蘋洲漁笛譜疏證》，清乾隆刻本。

44. 【宋】晁說之撰：《嵩山文集》，四部叢刊續編景舊鈔本。

45. 【宋】吳文英：《夢窗稿》，明刻宋名家詞本。

46. 【宋】張耒撰：《張右史文集》，四部叢刊景舊鈔本。

47. 【宋】李廌撰：《濟南集》，清文淵閣四庫全書本。

48. 【宋】辛棄疾撰：《稼軒長短句》，元大德 3 年刊本。

49. 【宋】陳著：《本堂集》，清文淵閣四庫全書補編。

50. 【宋】陸游撰：《劍南詩稿》，清文淵閣四庫全書補配清文津閣四庫全書本。

51. 【宋】司馬光：《溫國文正公文集》，四部叢刊景宋紹興本。

52. 【宋】楊萬里：《誠齋集》，四部叢刊景宋寫本。

53. 【宋】劉克莊：《後村集》，四部叢刊景舊鈔本。

54. 【宋】李昉：《太平廣記》，民國景明嘉靖談愷刻本。

55. 【宋】李昉：《文苑英華》，明刻本。

56. 【宋】：史浩撰：《鄮峰真隱漫錄》，清文淵閣四庫全書補配清文津閣四庫全書本。

57. 【宋】梅堯臣撰：《宛陵集》，四部叢刊景明萬曆梅氏祠堂本。

58. 【宋】樂史撰：《綠珠傳》，清香艷叢書本。

59. 【宋】劉辰翁撰：《須溪集》，清文淵閣四庫全書本。

60. 【宋】吳泳：《鶴林集》，清文淵閣四庫全書補配清文津閣四庫全書本。

61. 【宋】蘇軾：《蘇文忠公全集》明成化本。。

62. 【宋】蘇軾：《東坡詩集注》，四部叢刊景宋本。

63. 【宋】何夢桂撰：《潛齋集》，清文淵閣四庫全書本。

64. 【宋】呂濱老撰：《聖求詞》，明刻宋名家詞本。

65. 【宋】崔敦禮撰：《宮教集》，清文淵閣四庫全書本。

66. 【宋】趙以夫撰：《虛齋樂府》，四部叢刊三編景宋鈔本。

67. 【宋】蒲積中編：《歲時雜咏》，清文淵閣四庫全書補配清文津閣四庫全書本。

68. 【元】侯克中撰：《艮齋詩集》，清文淵閣四庫全書本。

69. 【元】葉顒：《樵雲獨唱》，清文淵閣四庫全書補配清文津閣四庫全書本。

70. 【元】周巽撰：《性情集》，清文淵閣四庫全書本。

71. 【元】郭鈺撰：《靜思集》，清文淵閣四庫全書本。

72. 【元】王恭撰：《白雲樵唱集》，清文淵閣四庫全書本。

73. 【元】張觀光撰：《屏巖小稿》，民國續金華叢書本。

74. 【明】佚名輯：《元音遺響》，清文淵閣四庫全書本。

75. 【明】高啓撰：《高太史大全集》，四部叢刊景明景泰刊本。

76. 【明】夏良勝撰：《東洲初稿》，清文淵閣四庫全書補配清文津閣四庫全書本。

77. 【明】孫承恩撰：《文簡集》，清文淵閣四庫全書本。

78. 【明】方孝孺撰：《遜志齋集》，四部叢刊景明景泰刊本。

79. 【明】袁凱：《海叟集》，明萬曆刻本。

80. 【明】陳耀文編：《花草稡編》，清文淵閣四庫全書補配清文津閣四庫全書本。

81. 【明】曹學佺編：《石倉歷代詩選》，清文淵閣四庫全書補配清文津閣四庫全書本。

82. 【清】曹寅編：《全唐詩》，清文淵閣四庫全書本。

83. 【清】沈辰垣輯：《歷代詩餘》，清文淵閣四庫全書本。

84. 【清】陳焯編：《宋元詩會》，清文淵閣四庫全書本。

85. 【清】顧嗣立編：《元詩選》，清文淵閣四庫全書本。

86. 【清】陶樑輯：《詞綜補遺》，清道光 14 年陶氏紅豆樹館刻本。

87. 【清】王士禎：《帶經堂詩話》，清乾隆 27 年刻本。

88. 【清】張玉書撰：《佩文韻府》，清文淵閣四庫全書本。

89. 【清】王嗣槐：《桂山堂詩文選》，清康熙青筠閣刻本。

90. 【清】曹溶：《靜惕堂詩集》，清雍正刻本。

91. 【清】陳維崧：《湖海樓詩集》，清刊本。

92. 【清】丁宿章輯：《湖北詩徵傳略》，清光緒 7 年孝感丁氏涇北草堂刻本。

93. 【清】馮景：《解春集詩文鈔》，清乾隆盧氏刻抱經堂叢書本。

94. 【清】傅仲辰：《心孺詩選》，清樹滋堂刻本。

95. 【清】高一麟：《矩庵詩質》，清乾隆高莫及刻本。

96. 【清】洪亮吉：《卷施閣集》，清光緒 3 年洪氏授經堂刻洪北江全集增修本。

97. 【清】胡鳳丹：《退補齋詩文存》，清同治 12 年退補齋鄂州刻本。

98. 【清】計東：《改亭詩文集》，清乾隆 13 年計璸刻本。

99. 【清】李雯：《蓼齋集》，清順治 14 年石維崑刻本。

100. 【清】林良銓：《林睡廬詩選》，清乾隆 20 年詠春堂刻本。

101. 【清】林直：《壯懷堂詩》，清光緒 31 年羊城刻本。

102. 【清】陸繼輅：《崇百藥齋文集》，清嘉慶 25 年刻本。

103. 【清】陸進：《巢青閣集》，清康熙劉愫等刻本。

104. 【清】馬惟敏：《半處士詩集》，清康熙 48 年郎廷槐刻本。

105. 【清】毛奇齡：《西河集》，清文淵閣四庫全書本。

106. 【清】任端書：《南屏山人集》，清乾隆刻本。

107. 【清】茹綸常：《容齋詩集》，清乾隆 35 年刻、乾隆 52 年、嘉慶 4 年、13 年增修本。

108. 【清】舒位：《瓶水齋詩集》，清光緒 12 年邊保樞刻 17 年增修本。

109. 【清】湯鵬：《海秋詩集》，清道光 18 年刻本。

110. 【清】阮元輯：《雨淛輶軒錄》，清嘉慶刻本。

111. 文淵閣四庫全書內聯網版（3.0 版）。

112. 中華詩詞系列（詞林廣粹、詩心瀚選、詩心賞析）

113. 中央研究院漢籍電子文獻資料庫 http://hanchi.ihp.sinica.edu.tw/ihp/hanji.htm

114. 故宮【寒泉】古典文獻全文檢索資料庫　http://210.69.170.100/s25/

115. 唐宋文史資料庫 http://cls.hs.yzu.edu.tw/tasuhome.htm

116. 廣東省連州石姓網 http://www.lzsx.org.cn/